M

Mercedes Ron

# Dímelo en secreto

El papel utilizado para la impresión de este libro ha sido fabricado a partir de madera procedente de bosques y plantaciones gestionadas con los más altos estándares ambientales, garantizando una explotación de los recursos sostenible con el medio ambiente y beneficiosa para las personas.

**Dímelo en secreto**

Primera edición en España: noviembre de 2020
Primera edición en México: julio de 2021



penguinlibros.com



ISBN: 978-607-380-389-2

Impreso en México – *Printed in Mexico*

*A todas aquellas personas*
*que creyeron alguna vez no ser suficiente.*
*¡Lo sois!*

# Prólogo

## KAMI

De nuevo volvíamos a meternos en problemas, pero esta vez de la mano del más mayor y, supuestamente, del más responsable.

Que nos hubiese hecho venir aquí a altas horas de la noche y lo primero que hiciese fuera sacar de su mochila una especie de metal, un mechero y un botiquín de primeros auxilios no presagiaba nada bueno, pero era Thiago di Bianco. A él siempre le hacíamos caso. Era un privilegio que se había ganado simplemente por sacarnos tres años. Era el mayor y, por lo tanto, era el que mandaba, así de simple.

Yo a veces tenía problemas para acatar esa norma no escrita, sobre todo porque significaba seguir las instrucciones de alguien que a la primera de cambio me tiraba de las trenzas o me hacía llorar, aunque debía de admitir que con Thiago me sentía segura incluso en la aventura más peligrosa. Era la figura paterna que necesitábamos para no sentir que la estábamos cagando.

Eso sí, desde la noche en la que nos metimos a robar chuches de la casa del vecino y Thiago me dio mi primer beso, su manera de tratarme parecía haber cambiado ligeramente: ya no me tiraba de las trenzas, por ejemplo, pero sí que se había vuelto más mandón, más autoritario y buscaba más mi atención.

—¿Qué piensas hacer con eso? —pregunté mirando el mechero.

Las ocurrencias de Thiago habían empezado a ser cada vez más peligrosas y exigían más y más coraje por nuestra parte. Yo estaba abierta a vivir aventuras, pero también tenía un límite... o una edad que me frenaba, más bien.

—Nada que no puedas soportar —me dijo levantándose y acercándose a la ventana donde había dejado su mochila.

Mis ojos se encontraron con Taylor, que miraba también nervioso a su hermano mayor.

Estábamos en la casita del árbol... o más bien en la cabaña de madera que Thiago había conseguido colocar de cualquier manera, aunque con mucho esfuerzo.

Para Taylor esa era la primera vez que subía y estaba bastante impresionado.

—No tengas miedo, Kami —me dijo cogiendo mi mano—. Yo estoy aquí.

Sonreí y entonces algo chocó contra nuestras manos unidas.

Thiago.

—Ni siquiera sabes qué vamos a hacer —le dijo sentándose entre los dos y cogiendo la caja de cerillas—. ¿Sabéis qué es esto? —nos preguntó enseñándonos el triángulo que ya nos había dejado entrever antes.

Ninguno de los dos contestó nada.

—La prueba de amistad.

—¿Ese metal es una prueba de amistad? ¿Cómo? —pregunté mirando con curiosidad ambas cosas, las cerillas y el metal y preguntándome adónde quería llegar con eso.

Thiago se giró y me miró.

—No hay nada más duradero que un tatuaje, ¿verdad? —preguntó encendiendo la cerilla.

Nuestros rostros se iluminaron bajo la luz de la pequeña llama.

—Y, por tanto, no hay nada que mejor represente nuestra amistad que algo que nunca se va a poder borrar...

—¿Qué vas a hacer, Thiago? —le preguntó Taylor mirándolo inquieto.

Thiago no respondió.

Colocó el pequeño triangulo de metal sobre el fuego, tanto, que este brilló hasta volverse naranja y luego, no sin antes lanzarme una mirada para asegurarse de que lo estaba observando, colocó el metal ardiendo sobre su muñeca izquierda, justo en el lado.

Apretó los labios con fuerza y cerró los ojos mientras el metal quemaba su piel.

—¡Thiago, para! —no pude evitar gritar, pero no lo hizo.

Aguantó unos segundos y después apartó el triángulo de su piel.

Taylor y yo nos inclinamos hacia delante para ver el resultado.

Estaba rojo... muy rojo y arrugado. ¡Se había quemado a sí mismo!

—¿Estás loco? —le pregunté sin dar crédito.

—¿Te ha dolido mucho? —le preguntó entonces Tay mirándolo alucinado.

—No es para tanto... —dijo girando la muñeca para que lo pudiéramos ver bien. Debajo de la irritación de su piel se podía ver claramente el pequeño triangulito—. ¿Quién es el siguiente?

Taylor y yo nos miramos ambos con miedo y los ojos muy abiertos.

—¡No pienso quemarme la mano!

—La muñeca, no la mano —lo corrigió Thiago sin mirarlo. Solo me miraba a mí—. ¿Qué me dices, princesita? ¿Quieres un tatuaje para toda la vida o eres una cagona como este de aquí? —dijo sin importarle que su hermano se pudiera sentir ofendido.

—No soy ninguna princesita —dije muy seria y, armándome de valor, me senté sobre mis rodillas y tiré de la manga de mi jersey hacia arriba—. Adelante —dije sin apenas pestañear.

El orgullo en la cara de Thiago aún estaba bien guardado en mis recuerdos.

Eso y el dolor que me produjo su estúpida idea.

# 1

# KAMI

Hacía dos semanas que el frío se había instalado en Carsville, llevándose con él cualquier resto de verano y cualquier rayo cálido de sol para dejarnos lluvias torrenciales, amenazas de tornados y pocas posibilidades para salir y poder entretenernos. Aunque no es que tuviese dinero para poder hacer mucho. La situación de mi padre era cada vez peor, pero hubiera dado lo que fuera por poder acercarme al pueblo, ir a Mill's y tomarme un batido de fresa o un café con un *muffin* de chocolate... Pero no podía hacer nada de eso porque, por culpa de la quiebra de mi padre, ya no tenía coche para ir hasta allí.

Por suerte, aún podía mirar por la ventana. Por suerte... o por desgracia. Mis ojos siguieron el movimiento de aquella chica que desde hacía media hora se encargaba de pasarle herramientas a Thiago al mismo tiempo que le dejaba entrever sus piernas largas en una minifalda que apenas le cubría el trasero.

¡Hacía ocho grados ahí fuera! ¿No tenía frío?

¿De dónde había salido esa chica? ¿Dónde la había conocido?

Tenía que admitir que era guapa a rabiar. Tenía el pelo oscuro y largo, y estaba segura de que sus ojos eran celestes. Aunque estaba bastante lejos, había habido un momento en que se había girado hacia mi casa y la poca luz que a veces se colaba por las nubes le había dado de lleno en los ojos, permitiéndome así entrever que, joder, era guapísima. Alta, esbelta y perfecta.

No pude evitar pensar en mí misma. En mi metro sesenta y cinco, en mi media melena a la altura de los hombros y de ese color rubio que ya empezaba a oscurecerse porque los rayos de sol del verano quedaban ya muy atrás... Joder, a su lado me sentí una maldita renacuaja.

Esas manos... Esas manos que ahora veía rodear la cintura de esa chica habían sido las mismas que dos semanas atrás, en medio de una tormenta, me habían acariciado dentro de un coche. Si cerraba los ojos y recordaba aquel momento, mi corazón se aceleraba casi al instante. Mi cuerpo se calentaba, mis muslos se apretaban inconscientemente y mi mente volaba a aquel instante en que nos comimos a besos. Volaba a aquel día e imaginaba cómo hubiese sido seguir más allá de los labios, cómo hubiese sido tener sus manos tocando mi piel, mis pechos, sus dedos dándome placer, su mirada fija en la mía y nuestros cuerpos unidos por...

Alguien llamó a mi puerta y me sacó de mi ensoñación.

—Kamila, tu padre y yo queremos hablar contigo —dijo mi madre asomándose a mi puerta—. Reúnete con nosotros en el salón.

No dijo nada más. Cerró la puerta y escuché sus pasos bajando las escaleras.

Miré una vez más por la ventana y vi a Thiago besándola...

Algo dentro de mí me dolió... No sé qué parte. No creo que el corazón sangre por desamor, por amor o como queráis llamarlo, pero algo en mi interior me dolió... y mucho.

Cerré las cortinas de mi ventana y me puse de pie.

¿Qué querrían mis padres ahora?

Las últimas semanas me las había pasado encerrada en mi habitación, con la música a todo volumen para no escuchar sus gritos y la mente intentando alejarse de allí lo máximo posible.

Taylor me había sacado de allí en contadas ocasiones. Nos subíamos a su coche y nos marchábamos a Stony Creek.

Íbamos al cine o nos quedábamos en el Starbucks tomando café y charlando durante horas. Nuestra relación avanzaba a pasos agigantados y yo cada día que pasaba me volvía más y más adicta a su compañía, su cariño, sus besos y su forma de hacerme reír.

No sabía cómo lo conseguía, pero cuando estaba con él, todos los problemas parecían desaparecer. Hasta me olvidaba de Thiago. Cuando estábamos solos, éramos Taylor y Kami otra vez, los mejores amigos de siempre... Aunque todo un poco más subido de tono.

Pero, cuando no estaba a su lado, no podía evitar sentirme dividida en dos. Mi corazón quería a un chico y deseaba a otro... y eso hacía que me sintiera la peor persona del mundo.

Bajé al piso inferior y entré en el salón. Mi madre estaba sentada en el sofá blanco de cara a la chimenea, que por el frío ya habíamos empezado a encender. Era de locos que en dos semanas el buen tiempo hubiera desaparecido y nos hubiera dejado con un otoño de lo más frío.

Mi hermano Cameron estaba sentado en el otro sofá, despatarrado, con su Nintendo Switch entre las manos y el ruido de Mario Bross llenando la estancia. Los últimos días había estado superarisco. No quería que nadie lo abrazase, no quería jugar en el jardín. Se pasaba las horas frente al televisor, jugando a videojuegos o mirando los dibujos... Apenas podía reconocer a ese renacuajo de seis años cuyos ataques de risa solían iluminarme incluso los peores momentos.

—¿Qué pasa? —pregunté acomodándome junto a Cam.

Mi padre, que había estado moviendo los troncos de la chimenea, se incorporó, dejó las pinzas de metal a un lado y miró a mi madre.

—Chicos... Vuestro padre y yo nos vamos a divorciar.

Mi mente se paró por unos instantes al igual que lo hicieron los ruidos provenientes de la consola de mi hermano.

—¿Cómo? —dije cuando me recuperé del impacto.

Mis padres se peleaban, sí. Mi madre era insoportable, sí. Pero se querían, ¿no? Joder, habían superado hasta un engaño. Mi madre le había puesto los cuernos a mi padre y este la había perdonado...

—Lo hemos estado hablando y no creemos que sea sano para vosotros vivir en un ambiente en el que estamos todo el día peleándonos...

—Tú no peleas, ella pelea —dije apuntando a mi madre con un dedo.

El miedo, la rabia, la impotencia estaban burbujeando

en mi interior como una olla de agua a presión a punto de explotar.

—¡Kamila! —dijo mi madre indignada—. Esto no es un juego y tú no opinas en esto... Hay veces en que el amor se acaba y...

—¡Oh, por favor! —la corté indignada poniéndome de pie—. No me vengas con chorradas sobre el amor. No es el amor lo que se ha acabado, ¡sino el dinero!

Miré a mi padre y sus ojos evitaron los míos y miraron al suelo.

Dios mío... mi padre no quería eso.

—¿Cómo te atreves...?

—¿Que cómo me atrevo? —le solté fuera de mí—. ¡A la primera de cambio le has dado la espalda! En cuanto las cosas se han complicado, en cuanto te has quedado sin tu spa, sin tu coche descapotable y sin tus compras diarias, ¡le has pedido el puto divorcio!

—Kamila, basta —dijo esta vez mi padre, cortando mi discurso.

—No pienso tolerar que me hables así, niña malcriada... —dijo mi madre interrumpiendo a mi padre.

—¿Yo soy una malcriada? —espeté sin podérmelo creer.

Mi madre fue a abrir la boca otra vez, pero mi padre golpeó la mesa con fuerza.

—¡Basta! —dijo y todos nos callamos—. No vamos a discutir sobre este asunto. Está decidido, Kamila. Nos vamos a divorciar y entiendo perfectamente que esto te disguste. Tenemos que hablar sobre cómo van a ser las cosas a partir de ahora y sobre...

—Yo me voy contigo. —No lo dudé ni un instante—. No pienso vivir con ella. No pienso dejarte solo, papá...

—Os quedaréis con vuestra madre —zanjó mi padre mirándonos a ambos.

Me había olvidado de mi hermano.

Miré a Cam y vi que estaba callado, mirándonos a todos en silencio.

—Queremos llevar este asunto de la manera más civilizada posible. Os quedaréis aquí, en casa, y yo me mudaré a un piso que ya he alquilado en Stony Creek.

—¿Cómo? —dije notando cómo los ojos se me llenaban de lágrimas—. Papá..., yo no quiero que te vayas. —Me sentí una cría, pero sin poder hacer nada para evitar el desaliento que me invadía en ese instante.

—Nos veremos los fines de semana...

—Bueno, eso lo tendrá que decidir el juez, Roger. No le digas a la niña cosas que aún no sabemos...

Miré a mi madre con odio.

—No me llames «niña» y no me vengas con jueces ahora. Si quiero ver a mi padre, lo voy a ver, ¿te enteras?

—Nadie ha dicho que no lo vayas a ver —dijo mi madre apretando los labios—. Pero, mientras seas menor de edad, te quedarás donde yo te diga y harás lo que yo te diga.

Solté una risa que no tenía nada de alegre.

—Cumplo dieciocho años en enero —dije aliviada ante ese hecho—. Te quedan dos meses y medio para poder decirme lo que puedo o lo que no puedo hacer.

—Kamila... —volvió a reprenderme mi padre.

—¡No! —lo encaré molesta—. Cuando sea mayor de edad me iré contigo, no me importa lo que me digas.

Sin decir nada más, rodeé la mesa del salón y subí a mi habitación pisando fuerte.

No podía creerlo. No podía creerlo.

Cuando creía que mi madre no podía caer más bajo...

Lloré abrazada a mi almohada y sentí miedo ante la incertidumbre que se me ponía por delante. ¿Cómo se atrevía a dejar a mi padre? Ella había sido la infiel. Ella había sido quien nos había engañado a todos. Ella había sido quien había roto dos familias. Por su puta culpa la hermana de Taylor y Thiago había muerto. Por su culpa Katia Di Bianco había perdido lo que más quería... Era ella quien debería irse de casa. La casa de mi padre, mi madre no había trabajado en su vida. Era una maldita mantenida, hija de ricos que lo único que había querido desde que era pequeña era seguir siendo mantenida para poder jugar a las casitas, irse de retiro espiritual y comprarse bolsos de Chanel rebajados.

Era patética.

Lloré hasta quedarme dormida y al cabo de unas horas abrí los ojos. Fuera ya se había hecho de noche y el viento rugía con fuerza contra el cristal de mi ventana.

Me senté sobre mis almohadas y alguien llamó a mi puerta.

No contesté y esta se abrió dejando entrar a la persona que más quería de esa casa.

—Kami... —dijo Cameron acercándose a mi cama—. ¿Qué es el divorcio?

Cerré los ojos y lo abracé.

Al día siguiente mi padre fue quien nos llevó al colegio. A mí me dejó en la parte donde estaba el instituto y después giró para acercar a mi hermano a la zona infantil, que se unía al instituto por un largo pasillo donde los de arte solían exponer sus trabajos. Ahora que yo no tenía coche, o nos traían mis padres o yo me venía en bici. El que salía perjudicado era Cam, que entraba a las nueve y no a las ocho como yo. Pero bueno..., los días que yo lo había traído, se quedaba sentado en el patio jugando con la consola.

Crucé el aparcamiento del instituto y seguí caminando hasta sumergirme en los abarrotados pasillos. Ya no me apetecía quedarme fuera, mientras mis amigos fumaban, charlaban, se reían y se creían los más guais del lugar. Además, Kate y yo seguíamos sin hablarnos y el resto de mis amigas parecían querer seguirla a ella a todas partes.

Llegué hasta mi taquilla y empecé a coger los libros que necesitaría para la siguiente clase. Estábamos a punto de entrar en el mes de noviembre, lo que significaba que los exámenes estaban al caer. Teníamos que terminar los trabajos, exponerlos y presentarlos, y eso sin contar con las actividades extracurriculares que necesitábamos la mayoría si queríamos entrar en una importante universidad.

Saber que no solo iba a tener que conseguir una plaza en Yale, sino que iba a necesitar una beca, me había cambiado todos los planes. No podía relajarme, me jugaba mi futuro, mi independencia... todo.

—Hola, preciosa —me susurraron al oído desde atrás.

Sonreí y me di la vuelta apoyando la espalda en las taquillas.

—Hola —dije sintiendo esa calidez que necesitaba aquel día más que nunca.

—Creía que hoy os traería yo al instituto —me dijo Taylor colocándome un mechón de pelo detrás de la oreja.

—Mi padre ha insistido —dije—. Se me olvidó avisarte, lo siento —añadí cayendo, tarde, en que debería haberle dicho algo.

—No te preocupes —dijo y vi cómo sus ojos azules recorrían mis facciones y sus dedos acariciaban suavemente mis mejillas—. ¿Has llorado? —me preguntó entonces.

—No —dije automáticamente.

—Kami...

Me giré, cerré la taquilla y me alejé de él.

—Te veo en clase de biología —dije alejándome y preguntándome por qué no me veía capaz de contarle lo de mis padres.

Lo cierto era que no quería que nadie me compadeciera. No quería que nadie me mirara con lástima o con pena. Quería mantener en secreto lo que ocurría en mi casa la mayor parte del tiempo posible.

—¡Eh, Kami, espera! —escuché a Ellie gritarme desde la otra punta del pasillo. Esperé hasta que me alcanzó—. ¿Qué tal el finde? —me preguntó y vi claramente que se sentía un poco incómoda.

No la culpaba.

Aquellas dos últimas semanas había permanecido alejada de todo el mundo excepto de Taylor.

—Podría haber ido mejor —contesté caminando hacia la clase del profesor Trivequi.

—¿Has oído lo de la fiesta de este viernes? —me preguntó ignorando mi tono sombrío—. Como Halloween cae entre semana, quieren celebrarlo este viernes en casa de Aron.

«Uf —pensé—. Fiesta en casa de Aron Martin...»

Solo de pensarlo me dolía la cabeza, pero Halloween me encantaba... Amaba disfrazarme, adornar mi casa, comer caramelos... Aquel año no pensaba hacer nada de esas cosas. Pensaba limitarme a llevar a mi hermano a recoger caramelos y mi disfraz iba a consistir en una sábana con dos agujeros por ojos. Ya podía imaginarme a Taylor carcajeándose de mí mientras recorríamos la urbanización con mi hermanito de la mano.

—Vas a venir, ¿no? —me preguntó Ellie con entusiasmo.

—No lo sé, Ellie... —dije mordiéndome el labio y entrando en clase. Me senté en primera fila y Ellie se acomodó a mi lado.

—Venga ya —dijo decepcionada—. Llevas semanas como un esqueleto andando por estos pasillos, sin hablar apenas con nadie y con cara tristona. ¿Qué te pasa? ¡Cuéntamelo! Se supone que somos mejores amigas...

Y lo éramos. De todas mis amigas, Ellie era en quien más confiaba, a la que más quería y la que era más afín a mí, pero últimamente me sentía como pez fuera del agua con todo el mundo...

—Kate quiere que vayas —me dijo entonces, como si eso pudiese importarme lo más mínimo—. Ha dicho que le gustaría que todas nos disfrazásemos a juego, como hacíais en el colegio...

Ellie era la única que había entrado más tarde que el resto, la única que venía de una gran ciudad como Nueva York y, por lo tanto, la más abierta de mente. Por eso habíamos congeniado tan bien. Ellie no tenía prejuicios estúpidos.

—Si voy, pienso disfrazarme como a mí me dé la gana, no como Kate diga que debemos hacerlo.

A Ellie se le iluminó la cara.

—¿Eso significa que vas a venir?

Miré la alegría en sus ojos castaños y supe que no iba a ser capaz de decir que no.

—Si no hay más remedio...

Ellie me abrazó con fuerza justo en el instante en el que el profesor entraba en el aula.

—Bien, sacad boli y papel. Examen sorpresa sobre matrices...

Ellie y yo nos miramos con horror.

«¿Por qué me odias tanto, karma?»

El examen me salió regular. Las últimas semanas había estado estudiando, pero apenas había podido retener nada. Tenía tanas distracciones en la cabeza que me resultaba difícil concentrarme. Mis ojos pasaban por encima de las letras sin poder dejar de pensar en todos mis problemas: lo de mis padres, lo de mis supuestas amigas y su reciente odio, lo de Taylor y Thiago... Solo esperaba que todo eso no me hubiese impedido llegar al notable, no podía permitirme un simple aprobado.

Nada más salir de clase noté la vibración de mi teléfono móvil en el bolsillo trasero de mis vaqueros. Lo sé, lo sé, no debería tener el móvil en el bolsillo trasero, pero todos cometemos ese error alguna vez.

Era mi madre.

Miré la pantalla y colgué.

No pensaba hablar con ella. No pensaba dirigirle la palabra durante todo lo que quedaba de curso.

Volvió a llamarme.

Volví a colgar.

—¿Quién es? —me preguntó Ellie, que caminaba en silencio a mi lado mientras nos dirigíamos al laboratorio de ciencias.

—Mi madre.

Ellie puso cara de horror y ambas nos reímos.

Justo entonces resonó la voz del director por los altavoces del colegio.

—Kamila Hamilton, acuda inmediatamente al despacho del director.

Todos los que en ese momento caminaban por los pasillos se giraron para mirarme.

—Tía, ¿qué has hecho ahora?

—¡Nada!

Sentí un pinchazo de miedo al comprender que seguramente las llamadas ignoradas de mi madre y la llamada del director tenían algo que ver. Algo podría haberles pasado a mis padres, a mis abuelos o, joder, yo qué sabía.

—Nos vemos después —dije deteniéndome y cambiando de dirección.

Diez minutos después estaba frente al escritorio de la secretaria del director Harrison. Este me estaba esperando.

—Buenos días, señorita —dijo el director indicándome que pasara y me sentara.

—¿Qué he hecho ahora? —pregunté nerviosa.

El director tomó asiento frente a mí y suspiró.

—Usted nada... para variar —dijo con calma. Esperé a que continuara—. Su hermano Cameron, por el contrario... —empezó a decir, pero justo en ese instante llamaron a la puerta.

—Adelante —dijo el director y me giré para ver quién era. La puerta se abrió y allí apareció el causante de todas mis fantasías nocturnas.

Sentí un tirón en el estómago cuando sus ojos se cruzaron con los míos... Aunque solo fue un segundo. Apartó tan rápido la mirada que no tuve ocasión de perderme en sus ojos color verde oscuro.

—Ah, señor Di Bianco —dijo el director Harrison—, justo estaba a punto de explicarle a la señorita Hamilton por qué la había llamado al despacho.

—Buenos días, director. He venido para poder hablar directamente con Kamila —dijo. Mi nombre en sus labios me provocó un estremecimiento interno de lo más maravilloso.

Qué guapo estaba... Su pelo rubio oscuro peinado hacia atrás, de cualquier manera... Su barba incipiente no muy larga, su altura y su imponente presencia... ¿Cómo lo hacía? ¿Cómo conseguía ser tan odiosamente atractivo?

—¿Qué le pasa a Cameron? ¿Está bien? —pregunté recordando entonces lo que había dicho el director segundos antes de que Thiago entrara por la puerta.

—Se ha vuelto a meter en una pelea —dijo el director mirándome con seriedad. Thiago se acercó a la mesa del director y se colocó de manera que pudiese mirarlos a ambos.

—Lo cierto, director Harrison, es que creo que Cam no fue quien inició la trifulca. Estas dos últimas semanas lo he estado observando y me he dado cuenta de que está muy solo... No juega con los demás niños. Se sienta solo en el patio y lo único que hace es jugar con su Nintendo... No quería informarle de lo que ocurría hasta que no estuviese seguro de lo que pasaba, pero creo que Cameron está sufriendo *bullying* por parte de sus compañeros.

Algo en mi interior se rompió.

—¿Cómo? —dije con voz temblorosa.

—¿Está usted seguro de eso, señor Di Bianco...? Porque este colegio tiene tolerancia cero ante cualquier tipo de acoso. Si usted sospecha de alguien que...

—Se trata de Geordie Walker, señor —dijo Thiago dirigiéndome entonces la mirada—. Es el líder de la clase, por lo que he podido ver, y todos los niños hacen lo que él dice.

—¿El hermano de Dani? —inquirí sin podérmelo creer.

—¿Tiene alguna prueba de lo que dice, señor Di Bianco? Porque una acusación de ese calibre...

—Mi hermano lleva semanas llegando a casa con la cara hecha un cristo —dije comprendiendo entonces muchas cosas.

—Director, hace solo unas semanas que yo imparto las clases de educación física y solo me han bastado unos días para darme cuenta de que algo no va bien.

Era cierto. Hacía dos semanas que el profesor de educación física de los más pequeños había renunciado por asuntos personales y, desde entonces, Thiago había ocupado su lugar. Hacía dos semanas que tenía que escuchar a mi hermano hablar de su nuevo profesor, que era su vecino también, y de lo mucho que aprendían y se divertían en clase. Hacía dos semanas que lo único que mi hermanito le pedía a mi padre era una pelota de baloncesto y un aro donde poder encestar en una repentina obsesión por el baloncesto para seguir los pasos de su nuevo ídolo: Thiago.

—¿Qué le han hecho? —dije furiosa.

—Las últimas semanas he visto que se reían de Cameron, lo insultaban y le pegaban. Los profesores hemos intervenido en más de una ocasión, pero Cam siempre dice que están jugando.

No podía creerlo... Mi hermanito, mi dulce hermanito que no mataba ni a una mosca...

—¿Y cómo está usted tan seguro de que no juegan? —preguntó el director.

Lo miré ofendida. ¡No podía creerlo!

—Porque encerrar a un niño en los lavabos del colegio durante toda la mañana no creo que sea un juego a quien nadie se preste, director Harrison —contestó Thiago mirándolo con una frialdad escalofriante.

El director tosió y acomodó los papeles de su mesa asintiendo.

Ya entendía lo que pasaba. Geordie Walker, al igual que Dani Walker, tenía un trato especial en el colegio por ser hijo de uno de sus mayores contribuyentes. Todos lo sabían. El dineral que los padres de Dani habían donado al instituto a cambio de que lo dejaran volver a jugar en el equipo había sido una locura y un acto de injusticia que aún conseguía que me hirviera la sangre.

—La profesora de Cameron y Geordie ha intentado ponerse en contacto con tu madre para que se acercara al colegio y así poder explicarle bien lo que está ocurriendo, pero tu madre le ha dicho a Maggie que hablásemos contigo.

—Me ha llamado antes... —dije sin admitir que le había colgado el teléfono deliberadamente.

—Director, me gustaría que la señorita Hamilton me acompañase al ala infantil para hablar con el equipo docente y encontrar una solución.

El director me miró un instante y luego asintió.

—Intenten solucionarlo, sí. Esos críos tienen seis años, no tienen maldad en ningún poro de sus diminutos cuerpos, por Dios.

Pero qué equivocado estaba. Los niños, cuanto más pequeños, más crueles son. Y os aseguro que no pensaba parar hasta que mi hermano volviese a sentirse seguro entre aquellas paredes.

Salí del despacho del director seguida de Thiago.

—Vamos, te llevaré hasta la clase de Maggie. Me ha dicho que tiene que hablar con alguien de la familia y, como tú eres la única que se ha presentado...

—¿Dónde está mi hermano ahora? —pregunté sintiendo una necesidad terrible de abrazarlo.

—En la sala de profesores. Le dije que podía quedarse ahí hasta que yo volviera.

Seguí a Thiago por los pasillos desiertos. Todo el mundo estaba en clase y seguimos caminando, dejando las escaleras atrás, hasta girar a la izquierda y dar con el pasillo de arte que comunicaba con el ala infantil.

—He de admitir que me he detenido en varias ocasiones a admirar estos cuadros esperando ver alguno tuyo... —dijo entonces Thiago para relajar el ambiente.

Muchas veces había mirado esas paredes y había deseado tener el coraje de exponer mis dibujos o mis pinturas en ellas.

Nunca me había atrevido.

—No encontrarás ninguno —dije encogiéndome de hombros.

Thiago me miró un segundo y siguió caminando.

Finalmente atravesamos la puerta que daba al otro edificio del colegio. Nada más entrar, se percibía un ambiente totalmente diferente. Las paredes estaban pintadas de vivos colores, nada que ver con el gris y blanco del instituto. Podías ver dibujos de los niños colgados en las paredes, percheros con un montón de abrigos y mochilas infantiles llenando las esquinas...

Mi hermano acababa de empezar el colegio. Cuando Thiago me llevó a la sala de profesores y abrió la puerta, vimos que Cameron estaba acurrucado en el sofá, dormido... Sentí que las lágrimas me llenaban los ojos.

Lo que debía de estar sufriendo mientras que todos lo castigábamos y echábamos la bronca por llevar semanas tan extraño...

Nunca debí de escuchar a mi madre. Sabía que Cam nunca se metería en una pelea, no si no lo provocaban.

—Me alegro de que hayas venido, Kamila —dijo una voz dulce a mis espaldas.

Me giré y entonces la vi.

Ahí estaba... La chica guapa que Thiago había estado besando la tarde anterior delante de su casa... La misma que, con una minifalda minúscula, lo provocaba mientras le pasaba herramientas como haría una buena chica.

—Soy Maggie Brown —dijo con una sonrisa superdulce que me dejó entrever su dentadura perfectamente blanca—, la profesora de tu hermano. Tenemos que hablar.

La miré y se me revolvió el estómago.

Sí, tenía los ojos celestes.

Sí, era preciosa.

Y sí, ahora trabajaba codo a codo con Thiago.

# 2

# KAMI

—Será mejor que hablemos fuera —dijo animándome a seguirla por el largo pasillo hasta llegar a una puerta con un cartel que rezaba «Los orangutanes».

Los tres entramos en la clase y me fijé en que era la típica aula infantil. Con colorines por todas partes, dibujos, la tabla de multiplicar pintada en una pared, las letras en otra...

—Antes que nada, quería preguntarte qué tal están yendo las cosas en tu casa —dijo apoyándose contra su mesa mientras yo me sentaba en uno de los pupitres. Thiago se colocó junto a Maggie y no pude evitar mirar con atención que sus cuerpos casi se rozaban.

—¿Por qué lo preguntas? —No pensaba tratarla de usted. No cuando tendría como mucho cinco años más que yo.

—Desde el comienzo de curso, tu hermano se ha aislado bastante del resto de sus compañeros... Eso ha hecho que los demás lo vean débil y quieran provocarlo. El comportamiento infantil a veces...

—¿Y por qué no has hecho nada para detenerlos? —la acusé cada vez más enfadada—. Como ha dicho el director Harrison, tienen seis años. ¿Qué levantan? ¿Medio palmo del suelo?

—Este colegio se caracteriza por dejar que los estudiantes crezcan de manera independiente y encuentren su propia identidad dentro de las...

—Déjate de chorradas. A mi hermano lo están maltratando y ¡nadie hace nada!

—Kamila —me advirtió Thiago mirándome fijamente y censurándome con la mirada.

Desvié mi mirada de la de ella a la de él.

—¡Déjate de Kamila! —le contesté subiendo el tono de voz—. Llevas dos semanas viendo que está pasando algo raro, ¿por qué no me lo dijiste? ¡Eres mi vecino!

No sé por qué dije eso... Tal vez para que la Maggie esa se anduviese con cuidado la próxima vez que se presentase medio desnuda a ver a su nuevo noviecito. Mi hermano no debía verla de esa guisa... Le perdería completamente el respeto.

—Te he explicado hace un momento por qué decidí

callarme. Quería asegurarme de lo que estaba pasando antes de que...

—No hay que ser muy listo tampoco, ¿no? —dije echando chispas—. ¿Desde cuándo es normal que un niño de seis años esté lleno de arañazos?

Al decirlo me di cuenta de lo estúpida que había sido al no haberlo visto antes. ¿Cómo podía haberme creído todas esas excusas? Que si las zarzas, que si se había caído jugando al fútbol...

Era culpa mía... Había estado tan centrada en mi vida, en mis problemas, en los de mis padres, que no me había dado cuenta de las señales... y al final el que había salido perdiendo era Cam.

—Por eso vamos a tomar medidas, Kamila —dijo Maggie manteniendo la calma—. Pero necesito que me cuentes si en tu casa está ocurriendo algo que nosotros debamos saber...

Miré a Thiago, que parecía impasible aunque algo preocupado, y luego a ella...

—Mis padres van a divorciarse —admití un segundo después evitando que mis ojos se cruzaran con los de Thiago. No quería verlo regocijarse en mi desdicha. En contadas ocasiones había dejado claro que deseaba que mi familia se arruinara igual que la de él.

Miré a Maggie, que a su vez me miró con lástima.

«Borra esa expresión de la cara», me hubiese encantado gritarle, pero seguí hablando.

—Así que sí... Se puede decir que el ambiente donde vive mi hermano no es el más saludable en estos momentos...

—Creí que podía tratarse de algo parecido cuando vi este dibujo que hizo tu hermano hace unos días —dijo rodeando la mesa y buscando algo en el cajón.

Me lo tendió y me puse muy muy triste.

En el dibujo se veían varios monigotes. En la izquierda del papel estaba dibujado lo que supuse que era mi madre, mi hermano la había dibujado más grande de lo normal y muy alejada del resto de los monigotes. Le había puesto dos círculos verdes por ojos, lo que relacioné a los segundos con los típicos pepinos que uno ve que les ponen a las mujeres en los spas. En el otro extremo del papel estaba mi padre, a quien identifiqué por la prominente barriga. Tenía un teléfono pegado a la oreja y daba la espalda al resto de los monigotes. Cam se había dibujado a sí mismo en el centro de la hoja, con su iguana a su lado... Pero lo que más me sorprendió fue mi monigote. Me había dibujado muy pequeñita, con el pelo rubio y corto, y había dibujado una gran carita triste en mi cara... Las lágrimas que había pintado en celeste caían por mis ojos...

¿Así me veía mi hermano?

¿Así nos veía a todos?

Me costó levantar la mirada de aquel dibujo.

Thiago me miró preocupado, casi creí ver cómo su mano se elevaba unos centímetros de su cuerpo para después apretarla en un puño y quedarse donde estaba.

—Los niños pequeños sufren de una manera muy fuerte la separación de sus padres... En muchas ocasiones se recluyen en sí mismos, probablemente por eso no os haya contado lo que estaba sucediendo...

—¿Y cuál sería la solución? —pregunté en voz más baja de lo normal.

—Me gustaría hablar con tus padres, pero ambos me han dejado claro que ahora mismo les es imposible acudir a una reunión conmigo. He podido oír a algunos niños decirle a Cam que su padre es un ladrón y de ahí que necesitase que me informaras bien sobre lo que ocurre en tu casa..., para tener una ligera idea sobre por dónde poder encaminar esta situación... No me gustaría tener que expulsar a los niños otra vez, eso solo consigue que se genere más odio entre ellos y...

—¿Ladrón? —la interrumpí comprendiendo sus palabras con unos segundos de retraso—. ¿Quién ha dicho eso?

Maggie miró a Thiago un segundo y pareció un poco incómoda.

—Según Geordie, tu padre le ha robado al suyo mucho dinero...

—¡Eso no es cierto!

—Solo te cuento lo que yo he oído decir a los niños...

Me puse de pie.

Detrás de aquello solo podía estar una persona.

—Ya te he contado todo lo que necesitas saber —dije deseando largarme de allí.

—Me gustaría que te pasaras por el recreo a ver a Cameron de vez en cuando. A veces la presencia de un familiar adulto asusta a los demás niños y consigue que dejen de abusar de él.

La miré con incredulidad.

—Por supuesto que pienso venir en los recreos, no te quepa duda —dije muy segura de mis palabras— y repartiré hostias a cualquiera que se atreva a volver a ponerle un solo dedo a mi hermanito.

Dicho esto, salí de la clase y me alejé pasillo abajo.

—¡Kamila! —oí que me llamaba Thiago nada más alcanzar la mitad del pasillo.

Me detuve y respiré hondo antes de girarme hacia él.

—¿Qué quieres?

Acortó la distancia que nos separaba en tres grandes zancadas.

—No puedes decirle a una profesora que repartirás hostias a diestro y siniestro. ¡¿Estás loca?!

—Si nadie los para, lo haré yo —dije fulminándolo con la mirada.

—Así no se hacen las cosas.

—Ah, ¿no? ¿Y cómo se hacen según tú?

Thiago miró a ambos lados del pasillo, me cogió por el brazo y tiró de mí hasta quedar ocultos en el hueco de una columna, frente a un armario de la limpieza.

—Cálmate, ¿quieres? —Sus ojos verdes refulgían como nunca—. Yo me encargaré de que nadie le ponga un dedo encima.

Había estado a punto de mandarlo a la mierda, pero me detuve en cuanto lo oí decir eso.

—¿Lo harás? —pregunté con sorpresa.

Thiago asintió en silencio y noté que sus ojos se detenían en mis facciones, analizándolas como lo hubiese hecho un médico preocupado por mi salud.

—¿Estás bien? —preguntó entonces sin apartar sus ojos de los míos.

Sentí un cosquilleo en las manos, uno intenso que me animaba a levantarlas, enredarlas en su nuca y atraerlo hacia mí para poder volver a sentir sus labios contra los míos.

—Mejor que nunca —contesté con frialdad.

—Siento lo de tus padres... —empezó a decir y consiguió que una carcajada amarga saliera desde el fondo de mi garganta hasta el exterior.

—No insultes mi inteligencia —dije dando un paso hacia atrás—. Esto es lo que querías, ¿o ya te has olvidado del odio que sientes por mi familia?

Thiago pestañeó y una sombra de ira iluminó sus ojos.

—Nunca olvidaré que el egoísmo de tu madre mató a mi hermana, no, eso tenlo por seguro. Pero poco puedo hacer por desear que nada malo te pase a ti o a tu hermano.

Me quedé quieta, mirándolo sin poderme creer que hubiese dicho eso.

Sentí la necesidad casi desesperada de que me tocara, de que me abrazara, de que me besara...

No lo pensé.

Mi mano subió hasta su nuca y mis pies se pusieron de puntillas.

Pero Thiago me detuvo.

Sus manos cogieron mi cintura y tiraron hacia atrás alejándome de él.

—No —dijo muy serio, respirando fuertemente por

la nariz—. No podemos hacerlo, por miles de razones, pero la más importante es porque estás con mi hermano, joder.

Mis manos soltaron su nuca como si me hubiese quemado la piel.

Sentí cómo mis ojos se llenaban de lágrimas.

Era una persona horrible.

Thiago me miró un instante. Pareció arrepentido por un segundo, pero decidido uno después.

—Cualquier cosa que quieras saber de Cameron, aquí estaré... Pero para lo demás, te pido que mantengas las distancias.

Dicho esto, se giró y desapareció pasillo abajo.

Me quedé un rato con mi hermano y hablé con él. Le dije que sabía lo que estaba ocurriendo y que no entendía por qué no me lo había contado antes.

—No quería ser un chivato...

Maggie, la profesora, me había dejado llevarme a Cam conmigo al patio de los «mayores» y, después de haberle comprado un helado en la cafetería, los dos charlábamos sentados sobre el césped. A lo lejos, los de primero jugaban un partido de fútbol.

—Cam, no eres ningún chivato, ¿vale? Nadie tiene derecho a hacerte daño. Nadie. ¿Me has oído?

Mi hermano ni siquiera me miraba a los ojos. Tenía la mirada perdida en los chicos que jugaban al fútbol, aunque por su expresión estaba segura de que ni los estaba viendo.

—Cam... —empecé respirando hondo—, que mamá y papá se vayan a separar es algo muy triste, puedes hablarlo conmigo, ¿sabes? Yo también estoy triste.

Mi hermano levantó entonces la mirada.

—¿Lo estás?

—Claro... —dije odiando verlo así—, pero a veces es mejor que los padres se separen ¿o acaso te gusta ver cómo se pelean todo el rato?

Cam arrancaba hierba con su pequeño puño y la tiraba lejos.

—Yo no quiero que papá esté solo —dijo un minuto después con lágrimas en los ojos.

Sentí que mi corazón se encogía.

Cogí a Cam y lo abracé por detrás, envolviéndolo entre mis brazos.

—Papá no estará solo —dije apretándolo fuerte y sintiendo cómo su cuerpo se convulsionaba por los sollozos—. Nosotros lo visitaremos todos los findes, y ¿sabes qué? Podremos quedarnos viendo las películas de *Star Wars* hasta pasada medianoche ¡porque mamá no estará ahí para mandarnos a la cama!

Cam giró la cabeza y sonrió un poco a través de las lágrimas.

—¿Podemos verlas todas? ¿Podemos hacer un *moratón*?

Me reí.

—Podemos hacer un maratón, sí.

Mi hermano pareció muy emocionado con la perspectiva de desmadrarse un poquito alejado de nuestra madre y se puso más contento.

Después de esa pequeña charla, lo acompañé hasta su clase y regresé justo a tiempo de coger los libros y entrar en la clase de literatura.

—¿Todo bien? —me preguntó Taylor nada más verme entrar por la puerta. Cada vez que coincidíamos en una clase, nos sentábamos juntos. No sé si era del todo una buena idea, porque yo me distraía con facilidad y Taylor no es que me lo pusiese muy fácil. Su mano siempre encontraba el camino hacia mi entrepierna, aunque siempre lo paraba: no podía permitirme otra reprimenda del director. Además, me sorprendía lo inteligente que era. En un momento dado, habíamos estado hablando a través de una libreta, no me acuerdo cuál había sido el tema de conversación, aunque sí recuerdo que se me había escapado una risilla que despertó la curiosidad del profesor, lo que consiguió que nos lanzara una pregunta dificilísima sobre Lenin. Taylor respondió sin titubear y el profesor solo pudo apretar los labios con fuerza y seguir con la clase.

—¿Qué quieres estudiar en la universidad? —le había preguntado una vez que nos habíamos quedado charlando en su coche bajo la lluvia, y me sorprendió diciendo que quería ser astronauta.

Lo miré con los ojos muy abiertos y luego empezó a reírse como un loco.

—Qué poca fe tienes en mí, pero no, quiero ser ingeniero informático.

No me lo esperaba tampoco.

—¿Y eso?

—Quiero hackear todas las cuentas porno que existan y no tener que suscribirme a ninguna.

Puse los ojos en blanco y él volvió a reírse. Con Taylor era siempre así, uno nunca se aburría y eso me encantaba... Sobre todo porque desde hacía mucho tiempo había ido perdiendo esa chispa que siempre tuve de pequeña. Tantas normas, tantas apariencias estúpidas habían hecho de mí alguien aburrido y correcto, alguien que no se saltaba nunca las reglas y asentía con la cabeza siempre que alguien me lo ordenaba.

Taylor me ayudaba a ser mejor persona, me enseñaba

que la vida había que vivirla sin límites, que un día sin una fuerte carcajada era un día sin sentido y que siempre había algo que podíamos hacer para sentirnos mejor con nosotros mismos.

—¿Dónde te habías metido? —me preguntó escribiendo en la libreta.

Lo miré un instante y lamenté no haberme apoyado en él antes. No haberle contado lo de mis padres, no hundir la cara en su hombro y dejar que me consolara...

Me sentía tan triste...

Respiré hondo para intentar contener las lágrimas y entonces hizo algo que no me esperaba.

—Profesor, ¡algo me ha picado en el pie! —gritó como un loco interrumpiendo la clase y consiguiendo que todo el mundo se volviera a mirarlo.

Me habría asustado si no hubiese sido porque me guiñó un ojo sin que nadie lo viese.

—¿Cómo? —dijo el profesor alarmado.

—¡Algo me ha picado! ¡Dios, qué dolor!

—¿Quieres ir a la enfermería? ¿Ha sido una avispa?

—No lo sé, pero, joder, ¡cómo duele! —Para mi sorpresa, Taylor se levantó, sin apoyar el pie derecho en el suelo y siguió con la mejor actuación de la historia—. ¡Ayúdame, Kami, por favor!

Me puse de pie de inmediato y me acerqué a él para que se apoyara en mis hombros, que fue lo que hizo.

—Dios, ¡¿y si soy alérgico?! —exclamó entonces llevándose la mano a la garganta.

El profesor lo miró alarmado.

—¡Vete a la enfermería de inmediato, Di Bianco! ¡Vamos! ¿Puedes con él, Hamilton?

—Creo que sí —dije caminando a su lado y aguantándome la risa.

Cuando cruzamos el pasillo y se aseguró de que el profesor Stoe ya no podía vernos, entonces me cogió la mano y tiró de mí, empezando a correr.

—Pero ¿qué haces? —le pregunté sin poderme creer lo que acababa de hacer.

Corrimos por los pasillos hasta salir del edificio. Me hizo cruzar toda la pista de atletismo hasta llegar a las gradas y después tiró de mí para meterme debajo de ellas.

Cuando ya estuvimos allí, me cogió la cara entre sus manos y me plantó un beso que me dejó sin aliento.

—Cuidarte, eso es lo que hago —dijo después de separar sus labios de los míos—. Ahora, cuéntame lo que va mal, preciosa.

Lo miré durante unos segundos y rompí a llorar.

# 3

# TAYLOR

Sabía perfectamente que desde hacía semanas algo iba mal en casa de Kami. Tenían problemas de dinero y eso ya estaba en boca de todos. Odiaba oír los cuchicheos sobre ella. Muchos incluso se alegraban de que ya no fuera «doña Perfecta», como la llamaban, y Kami no era tonta, sabía que hablaban de ella. Además, que se hubiese alejado también de sus amigas no la ayudaba en su situación. La única que seguía mostrando interés en ella era Ellie, que se acercaba siempre que la veía y se preocupaba de que estuviese bien.

No me gustaba ese aislamiento en el que parecía sumirse cada día más. Me sentía afortunado viendo que era de los pocos al que aún le permitía seguir acompañándola, pero sabía que necesitaba a sus amigas, a lo mejor no a la idiota de Kate, pero sí al resto.

Cuando vi sus ojos llorosos en clase de literatura, supe que necesitaba salir de allí. El numerito que me había montado sobre la picadura me había salido casi como un acto reflejo y no me había importado una mierda el riesgo que corría al mentirle a un profesor.

Kami era lo único que me importaba.

La abracé cuando se derrumbó sin remedio y sentí que su cuerpo, que se perdía en el mío, temblaba por los sollozos.

—Tranquila, nena —dije acariciándole el pelo y la espalda.

No sé cuánto tiempo estuvo llorando, pero sé que al acabar parecía aún más agotada que antes.

—Lo siento... —dijo limpiándose la cara y mirando mi camiseta, que había mojado con sus lágrimas.

—Puedes usarme como un pañuelo cuando quieras, ya lo sabes —dije sonriendo y ella me imitó.

—Es que... todo esto está siendo tan duro... —empezó diciendo y luego me contó lo que sucedía. Lo del divorcio de sus padres, la mala situación económica en la que estaba su padre, que se estaban quedando sin dinero, el *bullying* que estaba sufriendo su hermano a manos del hermano de Dani Walker.

—Lo voy a matar —dije lleno de rabia.

Kam negó con la cabeza.

—No te metas, Taylor, por favor —me pidió arrancando hierbajos y tirándolos de cualquier manera—. Esto es algo que tengo que solucionar yo con él.

—Si lo solucionas dándole una patada en las pelotas...

Negó con la cabeza y volvió a reírse.

—Hablaré con él... Aunque no creo que consiga mucho por su parte. Voy a tener que estar muy pendiente de mi hermano, de cualquier señal... Ya me entiendes. Los niños son muy buenos ocultando estas cosas. Ya ves, lleva casi dos meses sufriendo acoso y nosotros sin enterarnos...

—Hablaré con Thiago... —dije—. Ahora que es profesor de los enanos seguro que puede...

—Ya he hablado con él antes —admitió y sentí una punzada de algo extraño al imaginarme a los dos manteniendo una simple conversación—. Me ha dicho que va a estar muy pendiente a partir de ahora...

—¿Cuándo has hablado con él? —pregunté, intentando que la tensión en mi voz no se notara.

—Ha sido él quien se ha dado cuenta de lo que ocurría con Cam. Me ha llevado a hablar con su profesora, la tal Maggie esa... —dijo y, por alguna razón desconocida para mí, pronunció su nombre arrugando la nariz.

Sabía quién era Maggie... Últimamente pasaba mucho

tiempo en casa. Thiago la había traído la semana anterior y desde entonces se habían visto casi todos los días. Era muy guapa y parecía muy interesada en mi hermano mayor. Escucharlos follar desde la habitación de enfrente no había sido agradable, eso sí, y aunque parecían divertirse juntos, sabía que para Thiago no era más que eso... una diversión.

—Bueno... a Thiago le gusta demasiado ese niño, aunque nunca lo admitiría en voz alta... Si él va a estar pendiente, deberías quedarte tranquila.

Kami no parecía muy convencida, pero al menos conseguí que se relajara y que me contara tranquila cuál era la situación en su casa. Yo había pasado por lo mismo siete años atrás: un divorcio marcado por la tristeza de haber perdido a una hermana de cuatro años, un divorcio en el que se había cometido adulterio, en el que mi madre cayó en una depresión y en el que mi padre desapareció de nuestras vidas para siempre.

Muchas veces lo había echado de menos. Mi padre no había sido malo con nosotros, había sido el típico padre que nos llevaba a ver los partidos de baloncesto, el que nos compraba petardos de todos los tamaños el cuatro de julio, el que preparaba acampadas los fines de semana...

—¡Aquí estáis! —nos interrumpió Ellie apareciendo

por el hueco de las gradas—. ¡No os vais a creer lo que ha pasado!

Nos insistió en que la siguiéramos y, cuando entramos en el instituto, vimos el revuelo que se había montado por los pasillos. La gente se peleaba, otros murmuraban en grupitos y se quejaban en voz alta.

Kami y yo nos adentramos entre la masa de gente hasta llegar a lo que parecía ser el foco de toda esa locura.

El pasillo de las taquillas estaba totalmente irreconocible. Alguien había pintado en cada taquilla una palabra con espray de color negro: «guarra», «mentirosa», «negro asqueroso», «pedófilo», «puta»...

Fui hacia la mía y leí lo que habían escrito: «cornudo».

Sentí una punzada en el pecho y el cabreo borró cualquier otro sentimiento.

—¡¿Has sido tú?! —Entre todo el revuelo, alguien apareció al final del pasillo gritándole a Kam.

Me giré hacia Dani.

En su taquilla habían escrito «maltratador».

Kam también se giró hacia la persona que le gritaba y, cuando Dani llegó hasta donde estábamos nosotros, tuve que contenerme para no pegarle un puñetazo.

—¿De qué hablas? —le preguntó ella sin dar crédito.

—Tu taquilla es la única que no tiene nada. Qué casualidad, ¿no?

Los dos nos giramos hacia la taquilla de Kami, era cierto. Rodeada de insultos, la taquilla de Kami permanecía intacta.

—¡Yo no he sido! —gritó indignada.

Todos los que habían oído la acusación de Dani se giraron para mirar la taquilla de Kami y empezaron a gritar que había sido ella.

Julian apareció junto a Dani y miró furioso a Kami.

—Tú eras la única que lo sabía —le dijo apretando los labios con fuerza.

Kami negó con la cabeza y se giró hacia la izquierda, donde estaba la taquilla de Julian. La palabra «maricón» podía leerse bien clara y bien grande.

¿Julian gay?

Joder, eso sí que no me lo esperaba.

—¡Yo no he sido, te lo juro! —dijo Kami dando un paso hacia atrás y chocando conmigo. Coloqué mis manos en sus brazos y le lancé una mirada asesina a todos los que empezaron a mirarla mal.

—Kami estaba conmigo fuera, ella no ha hecho nada —dije sin dar crédito.

—¡Tú eres su novio!

—¡La estás defendiendo!

Dani dijo algo que no pude escuchar en voz baja, pero que le puso los pelos de punta a Kami e hice lo que llevaba deseando hacer desde hacía semanas.

Le pegué un puñetazo que fue directo a su boca y que lo tumbó en el suelo.

«¡Todos los alumnos al gimnasio inmediatamente!»

Se escuchó entonces al director por los altavoces del colegio.

«¡Todos los alumnos al gimnasio inmediatamente!»

Dani se incorporó y se me acercó al mismo tiempo que todo el mundo empezaba a movilizarse hacia el gimnasio.

—Vuelve a tocarme, Di Bianco, y será lo último que hagas —me amenazó desprendiendo llamaradas por los ojos.

Kami se metió entre los dos y eso hizo que no fuese yo el que consiguiera que esa amenaza fuese lo último que hiciera.

—No entres más al trapo, Taylor, por favor —me pidió y, solo cuando oí su voz temblorosa, fui capaz de despegar la mirada de la espalda de ese idiota y bajarla hacia mi persona preferida.

—Vamos al gimnasio —dije cogiéndola de la mano.

Todos nos miraban mal. Bueno, sobre todo miraban

mal a Kami. Cuando entramos en el gimnasio, las gradas estaban llenas y el silencio se adueñó de la estancia. Notaba cómo la ansiedad que emanaba del cuerpo de Kami podía llegar hasta donde estaba yo y odié saber que aquello iba a sumarse a su lista de preocupaciones.

¿Quién la había tomado con ella y por qué?

El director entró en el gimnasio acompañado del resto de los profesores. Cuando se colocó en medio, cogió el micrófono que tenían reservado para los partidos y empezó a hablar.

—No pienso tolerar que algo como lo que acaba de los ocurrir vuelva a pasar en estas instalaciones. Hasta la fecha nunca había tenido que enfrentarme a algo tan rastrero como lo que acaba de pasar. Nunca en esta institución fue necesario que se colocaran cámaras de seguridad dentro de las instalaciones, ni nunca tuvo que iniciarse una investigación como la que os aseguro que voy a poner en marcha nada más salir de este gimnasio. El culpable pagará por lo ocurrido y, no solo será expulsado, sino que tendrá que indemnizar al instituto por el coste que supondrá limpiar todas las taquillas. Si el culpable se presenta en mi despacho hoy mismo, el castigo será mucho menos severo y me replantearé la expulsión definitiva. ¡No pienso tolerar este tipo de comportamiento! ¿Ha quedado claro?

Nadie se atrevió a abrir la boca.

—Que todos los alumnos regresen a sus respectivas clases de inmediato.

La masa de alumnos empezó a movilizarse y, mientras nos mezclábamos entre la gente para poder llegar hasta la clase de biología, pude oír todo tipo de cuchicheos.

Supe que Kami estaba poniéndose cada vez más nerviosa a medida que su nombre nos llegaba desde todas las direcciones.

Cuando doblamos la esquina no lo dudé.

La empujé y la metí en el cuarto de baño de minusválidos. Su espalda quedó contra la puerta y le cogí la cara con mis manos.

—Kami, estabas conmigo y Ellie es testigo. No pasará de hoy que la gente deje de verte como la culpable, te lo prometo.

—¿Quién ha podido hacerlo? ¿Por qué quieren que yo parezca la culpable? —me preguntó martirizada.

—Porque te tienen envidia, cariño —dije acariciándole la mejilla—. Quieren verte caer y no saben cómo hacerlo.

—Me da igual caer o no caer, ¡quiero que me dejen en paz!

—Y lo harán. Te prometo que lo harán.

La besé en los labios y después salimos y nos dirigimos a la clase de biología.

Todos nos miraron mal, todos menos Kate, que ni siquiera desvió la mirada de la pizarra cuando entramos tarde y pasamos por su lado hasta llegar al final de la clase.

El resto del día fue una pesadilla. Tuve que dedicar cada segundo a intentar convencer a la gente de que Kami era inocente y de que había estado conmigo todo el rato. Algunos de los chicos me creyeron, pero la mayoría estaban de parte de Dani Walker y su afán por hacer que todo el mundo odiara a su exnovia.

¿Se podía ser más patético?

La cosa empeoró a la hora de los entrenamientos de baloncesto. Kami se había marchado a casa, ya que por suerte ya no estábamos castigados y ella ya no entrenaba con las animadoras. Se había marchado en su bicicleta, bajo el frío intenso que parecía haber llegado para no marcharse. Se tardaba casi media hora en llegar y casi estuve a punto de llevarla en coche y volver corriendo a los entrenamientos, aunque hubiese llegado tarde, pero ella insistió en que quería ir en bici, que la ayudaba a pensar y que no le preocupaba el frío.

Mientras calentábamos y hacíamos unos cuantos tiros libres, pude ver a mi hermano coger a Dani del brazo y apartarlo hacia una esquina.

Nadie les prestaba atención, pero yo agudicé el oído para enterarme.

—Vuelve a insinuar algo parecido y chuparás banquillo hasta el día del Juicio Final. ¿Te ha quedado claro?

Dani se soltó del agarre de Thiago y sonrió como buen imbécil que era.

—Tus días aquí están contados..., «entrenador» —le dijo. Caminó hacia atrás y después me lanzó una mirada—. Ten cuidado, no vaya a ser que te quite a la novia.

Dani se unió entonces al grupo que entrenaba y me dejó allí de pie, asimilando sus palabras.

Me giré hacia mi hermano, que también seguía con los ojos clavados en ese capullo.

—¿Qué ha querido decir con eso? —le pregunté muy serio.

Thiago me miró.

—Que es imbécil, eso es lo que ha querido decir —dijo con calma—. Ahora vuelve a la cancha.

Le mantuve la mirada unos segundos y después hice lo que me pedía.

No dejé que la semilla de ese pensamiento peligroso se gestara más de lo que ya llevaba gestándose desde hacía semanas.

Kami no.

Kami no me haría eso y mi hermano aún menos.

# 4

# KAMI

¿Cómo podía desmoronarse todo en tan poco tiempo? Desde que el curso había empezado, todo había ido de mal en peor. Salvo por la presencia de los hermanos que, para mí, a pesar de todos los problemas que me habían supuesto, seguía siendo lo mejor que podría haberme pasado nunca. Ver su casa llena, qué aspecto tenían, su madre saliendo a trabajar... Eso era algo que hacía un año solo podía soñar.

El día se había ido alargando y alargando hasta parecer que no iba a llegar nunca a su fin. Primero enterarme de lo de mi hermano, luego el rechazo de Thiago y, sobre todo, mi enorme error por haber intentado besarlo. ¿Qué se me había pasado por la cabeza? Lo nuestro había quedado cerrado, así lo decidimos y así debía ser.

Yo estaba con Taylor.

Taylor... Joder, lo quería, mucho. Me había sacado una

sonrisa incluso en aquel día de mierda y después..., el asunto de las taquillas. ¿Por qué habían hecho algo así? ¿Quién había querido hacer algo parecido y hacer creer a los demás que había sido yo?

Alguien que me odiaba mucho, eso seguro.

Ahora todo el instituto creía que yo había sido quien había pintarrajeado con insultos todas las taquillas de los estudiantes del último curso. Incluso Julian se había creído aquella encerrona y había puesto en duda mi confianza y nuestra reciente amistad.

Iba a tener que hablar con él...

Llegué a casa sobre las cuatro de la tarde. Desde que tenía uso de razón, nunca había podido llegar tan pronto, a no ser que se hubiesen cancelado los entrenamientos por alguna razón externa que no pudiésemos controlar. Me gustaba saber que entonces podía disponer de más tiempo para mí. Iba a poder estudiar durante más horas y sacar mejores notas sin necesidad de trasnochar. Iba a tener tiempo para poder dibujar o incluso para poder leer un libro sin sentirme culpable por no invertir mi escaso tiempo libre en algo más productivo.

Dejar el equipo suponía todo un nuevo abanico de posibilidades, sí, pero lo mejor de todo era que me permitía alejarme del instituto lo máximo posible.

Entré en casa y, para mi sorpresa, no me recibió ningún grito por parte de mi madre ni tampoco ninguna blasfemia de mi padre hablándole al teléfono.

—¿Hola? —pregunté extrañada por que no hubiese nadie en casa a esas horas.

—¡Estamos aquí! —me contestó la voz de mi madre desde el salón.

Fui hacia allí y al entrar me encontré a mis padres sentados en la mesa del comedor frente a un hombre de unos cincuenta años, con canas y barba blanca y unos papeles frente a ellos.

—Hola, cariño, ¿qué tal el instituto? —me preguntó mi padre alejando la vista del papel que tenía delante y que había estado leyendo, ya que tenía las gafas de leer de cerca puestas.

—Bien —mentí sin quitarle la vista a aquel señor—. ¿Qué hacéis?

—Este es el señor Richards, nuestro abogado —me explicó mi madre con excesiva educación—. Nos ha preparado un borrador del divorcio y estábamos repasándolo juntos.

Era increíble la frialdad con la que mi madre podía hablar sobre la separación del hombre que había estado con ella desde que tenía diecinueve años. Mi padre por primera vez no parecía triste o amargado, sino serio, decidido...

¿Se habría dado cuenta por fin del tipo de persona con la que estaba casado?

Sentía tanta rabia en mi interior que me resultaba difícil controlarla. Pero en ese momento, por mi propio bien, debía intentar mantener la calma.

Di un paso hacia delante y me dirigí directamente a aquel hombre.

—Señor Richards —dije con toda la educación que pude—, ¿qué tengo que hacer para poder irme a vivir con mi padre?

El señor Richards miró primero a mi madre y después a mi padre, incómodo.

—Bueno..., aquí pone que tus padres han acordado que tu hermano y tú os quedéis aquí con vuestra madre por el momento y...

—Cuando cumpla los dieciocho años podré irme con él, ¿verdad? —sentencié.

—Kamila... —empezó a decir mi madre, poniéndose nerviosa.

—Bueno, la ley ampara a aquellos niños que aún no son económicamente independientes y, por lo que me han dicho tus padres, tú aún estás en el instituto y...

—Si tengo un trabajo, ¿entonces puedo marcharme?

—Kamila, basta. Te quedarás con tu madre. No hay más que hablar —dijo entonces mi padre muy serio.

Me giré hacia él.

—¿Por qué? —lo increpé dolida—. ¿Acaso no quieres que viva contigo?

Mi padre respiró hondo y se pellizcó el puente de la nariz.

—Quiero que te quedes con tu hermano, Kamila —dijo mirándome amargamente pero muy decidido.

Aquello que dijo me hizo recular.

—Cameron es más pequeño y lo mejor es que se quede con tu madre, pero te necesita, y más en este momento.

—Y yo necesito que cuides de él cuando esté ocupada —añadió mi madre desafiándome a contradecirla.

—Vamos, que me quieres aquí para que simplemente te haga de niñera, ¿no?

El señor Richards no dejaba de mirarnos a una y a otra como si estuviese presenciando un partido de tenis muy interesante.

—Tu padre ya no puede manteneros, ¿no lo entiendes? —dijo mi madre perdiendo ya la compostura.

—¡¿Y acaso tú sí?!

—Los abuelos van a echarnos una mano...

Oh, Dios mío, lo que me faltaba.

—Prefieres acudir a tus padres en vez de buscarte tú un trabajo, ¿no? —la acusé sin importarme un comino que el abogado estuviese presente.

Mi padre se puso de pie con lentitud y se dirigió al abogado.

—Será mejor que lo dejemos para mañana, Richards —dijo muy serio.

El abogado se levantó y recogió los papeles para guardarlos en su maletín.

—Hasta mañana, señores Hamilton —dijo y después me miró asintiendo con la cabeza, aunque sin poder disimular la aversión de su mirada en cuanto posó sus ojos en mí.

No pensaba quedarme ahí para charlar. Giré sobre mis talones con la intención de subir a mi cuarto y encerrarme, pero mi madre me detuvo.

—Kamila, esto se ha acabado —dijo poniéndose ella también de pie—. No pienso seguir tolerando tu actitud de niña malcriada, ¿me has oído?

—Pues si quieres que viva contigo, tendrás que acostumbrarte.

—¡Roger! —gritó mirando a mi padre.

—No pienso entrar en esta pelea sin sentido. Kamila,

ya eres mayorcita para estar teniendo este tipo de rabietas. Solo has dicho algo lógico en toda tu perorata y es que no sería en absoluto una mala idea que te busques un trabajo después de clase.

Cerré la boca y lo miré atentamente.

—¿Lo dices en serio? —pregunté.

—Tu madre tiene razón... No voy a ser capaz de mantener esta casa y todos vuestros gastos, al menos por un tiempo. Por ahora he asegurado la casa hasta final del curso escolar, pero el resto no voy a poder proporcionároslo.

—Mis padres nos echarán una mano. Kamila no tiene por qué trabajar en un antro de mala muerte, no le va a faltar de nada.

Lo dijo mirándome esperanzada, como queriendo dejar claro quién iba a cuidarnos a partir de entonces.

—Trabajaré —dije sin apenas pestañear—. Buscaré algo que me deje tiempo para estudiar, ahora que ya no estoy en el equipo de las animadoras...

—¡¿Cómo?! —saltó mi madre abriendo los ojos sin dar crédito—. ¿Has dejado el equipo?

—Lo dejé hace dos semanas —contesté sin poder creerme que aún no se hubiese dado cuenta.

—¿Por qué lo has hecho?

—¡Porque quiero! —contesté cruzándome de brazos—.

Prefiero utilizar ese tiempo libre para estudiar... o trabajar —agregué al comprender que mi libertad había durado exactamente unos catorce días contados.

—Madre mía, ¿qué dirán en el pueblo? Sin animar, trabajando... Tantos años entrenando, incluso has sido la capitana y ¿vas a dejarlo?

—Sí —dije simplemente—. Animar es una afición que no me va a llevar a ningún lado... Solo hay que verte a ti.

Mi madre se quedó en silencio y supe que me había pasado.

—Kamila, sube a tu habitación —me dijo mi padre y no lo dudé ni un instante.

Ya arriba, cerré la puerta y me senté frente a mi escritorio. Abrí el portátil y tecleé: «trabajo en Carsville».

Pasé el resto de la tarde mandando currículos.

Sobre las seis de la tarde, cansada de haberme pasado dos horas frente al ordenador, me puse mis mallas, cogí mi sudadera y mis cascos y salí a correr. El frío me ayudó a despejarme la mente y a librarme de la culpabilidad que sentía por haberle hablado así a mi madre. Ella no tenía la culpa de haber sido educada de una manera en que ser mujer significaba ser vulnerable, perfecta y mantenida. Pero yo no iba a ser igual.

Esta vez no me dirigí hacia las afueras del pueblo, sino en dirección contraria. Corrí hasta adentrarme en Carsville; en sus calles perfectamente pavimentadas, en sus altos pinos perfectamente cortados, en sus edificios de ladrillos blancos y rojos y en sus tiendas locales que, al haberse hecho ya de noche, se habían iluminado dejando entrever a las personas que dentro se habían resguardado del frío y que plácidamente tomaban una taza de café, compraban alguna artesanía, ropa, verduras o simplemente paseaban antes de que se hiciera excesivamente tarde.

Dejé de correr y empecé a caminar.

¿Qué tenía aquel pueblo para que todos quisieran ser perfectos?

Fui hacia la cafetería que había enfrente de la plazoleta central del pueblo: Mill's. Me encantaba ir allí, pedirme una gran taza de café, algún *brownie* recién salido del horno y ponerme a dibujar. Era la mejor cafetería del pueblo, todos acudían a ese lugar para reunirse con amigos o tomarse un respiro de la agotadora rutina. Los fines de semana se ponía hasta arriba, por eso era mejor ir entre semana. Lo bueno es que era muy grande, y tenía tres espacios. En uno de ellos había mesas con enchufes para así poder trabajar con el ordenador y por eso era el lugar por excelencia de los estudiantes de Carsville. La otra área era la del café: unas mesitas redondas, no muchas, unas tres o cuatro, te permitían tener unas buenas vistas del exterior, gracias al gran ventanal que daba hacia la plaza. Y, por último, estaba la zona de los pasteles: ahí siempre podías encontrar al señor y la señora Mill's vendiendo tartas caseras, bollería, pan de centeno, galletitas...

Al entrar hice sonar la campanita de la puerta y me recibió el increíble aroma a chocolate caliente y pan recién horneado. Las voces de la gente llegaban en murmullos no muy altos y sonaba a lo lejos la lista de reproducción preferida de los Mill's. Todo clásicos, por supuesto.

—¡Kami, hacía mucho que no venías por aquí! —exclamó entusiasmada la señora Mill's.

Era una mujer de unos setenta años, un poco gordita, con unos tiernos ojos azules alrededor de los cuales se formaban unas marcadas arrugas cada vez que reía. Adoraba a mi hermano y, las veces que lo traía, lo atiborraba a dulces de todo tipo.

—¿Y tu hermano?

—Está en casa, señora Mill's —dije acercándome al mostrador principal, riéndome para mis adentros al haber predicho lo que diría—. ¿Qué tal se encuentra usted? ¿Y el señor Mill's?

—Yo muy bien, cielo —dijo terminando de recoger un billete que le daba una señora—. Pero el señor Mill's no está en su mejor momento... Lumbago —me explicó haciendo una mueca—. Pero bueno, ¿tú qué tal, niña?

—Muy bien, estudiando mucho —dije con una sonrisa.

—¿Entrarás en Yale? —me preguntó entusiasmada.

Me reí.

—Eso espero, señora Mill's —dije. A continuación, le pedí una taza de café con leche y una porción de su exquisita tarta de zanahoria.

—Ve, cielo, siéntate, que yo te la alcanzo.

Se lo agradecí y me di la vuelta para buscar una mesa.

Unos ojos verdes captaron mi atención casi al instante. Thiago estaba allí sentado, con su portátil y una humeante taza de café sobre la mesa. No lo había visto porque estaba junto a la columna blanca, apartado del resto de las mesas.

Respiré hondo y me acerqué vacilante.

—Oye, Thiago...

—Siéntate —me dijo señalando el asiento libre que tenía frente a él.

Dudé un segundo, pero finalmente me senté.

Mi cerebro hizo una instantánea mental de él casi sin yo

tener que pedírselo. Camisa azul marino remangada hasta los codos, pelo revuelto, barba incipiente, mirada penetrante...

—Quería pedirte perdón por lo de esta mañana...

—No tienes que pedirme perdón por nada —me interrumpió cerrando el portátil y apoyando los codos sobre la mesa. Su barbilla se apoyó sobre sus dedos y sus ojos me acariciaron lentamente la cara—. ¿Cómo estás? Hoy ha sido un día ajetreado para ti.

Intenté que mi cerebro regresase a la vida y me obligué a contestar.

—Estoy bien —dije y justo llegó la señora Mill's con mi café y mi tarta.

—Aquí tienes, cielo —me dijo colocando todo delante de mí. Después se incorporó y nos miró al uno y al otro—. ¿A qué vienen esas caras largas?

Thiago se echó hacia atrás en la silla... Estaba segura de que no le hacía gracia que la dueña de aquella cafetería se inmiscuyera en nuestra pequeña conversación. Thiago odiaba la vida de pueblo, los cotilleos, la gente sencilla de Carsville...

—Solo estamos charlando, señora Mill's —dije llenando el silencio que Thiago no parecía querer llenar.

—Bueno, bueno, pero que no me entere yo de que nadie te parte el corazón, ¿eh? —dijo tan pancha.

—¡Señora Mill's!

Me llevé las manos a la cara, avergonzada, y suspiré.

—A veces se me olvida por qué me gustaba tanto Nueva York —dijo Thiago consiguiendo que volviese a mirarlo.

La señora Mill's, por suerte, había regresado al mostrador.

—Cuando termines con las horas de servicio a la comunidad, ¿vas a quedarte?

—¿Por qué? ¿Quieres que me vaya?

—Yo no he dicho eso —me apresuré en aclarar—. Solo es que este pueblo... no te pega nada.

—¿Y a ti sí?

Me encogí de hombros en respuesta.

—No me quedaré mucho más tiempo.

—Cierto... He oído que quieres entrar en Yale.

Asentí dándole un trago a mi taza de café.

—¿Y para qué? —preguntó atento a mi respuesta.

—Pues para estudiar arte.

Thiago asintió.

—Quieres estudiar arte, pero ocultas tu talento a todo el mundo... ¿Cómo lo vas a hacer cuando tengas que exponer tus obras delante de toda la universidad?

—Dicen que la universidad te cambia, ¿no?

Se encogió de hombros.

—Solo pude ir dos años... No fue suficiente para cambiarme.

Lo miré y lamenté que hubiese echado a perder su futuro de esa manera... Volví a sentirme culpable, porque sabía que todo lo que le había sucedido a Thiago había sido resultado directo de la muerte de su hermana.

—¿No quieres volver? —pregunté con verdadera curiosidad.

—Ningún equipo admitiría a un miembro con antecedentes penales —admitió y supe, aunque lo intentase ocultar con todas sus fuerzas, que eso lo mataba por dentro.

—¿Y estudiar alguna otra cosa?

Thiago negó con la cabeza, estiró el brazo, me robó mi taza de café y le dio un sorbo.

Lo miré ensimismada sin poder emitir sonido alguno.

—La universidad es para mi hermano... Yo no tengo lo que hay que tener para aguantar cuatro años haciendo lo mismo...

Pero lo dijo sin convicción alguna.

—Podrías ser lo que quisieras, Thiago...

La mirada que me lanzó fue clara: no sigas por ahí.

—¿Y cómo vais a hacerlo, mi hermano y tú?

—¿Cómo vamos a hacer el qué?

Thiago me robó también un trozo de tarta.

—Harvard está en Massachusetts y Yale en Connecticut...

No había pensado en eso.

—Aún no lo hemos hablado —contesté sintiéndome incómoda. No me gustaba hablar con Thiago sobre mi relación con Taylor...

—En bicicleta no creo que puedas ir a verlo —dijo y, al levantar la mirada, vi que estaba sonriendo.

Su sonrisa fue tan espectacular que me la contagió.

—Bueno..., supongo que tendré que comprarme un coche, así que más me vale empezar a ahorrar ya —dije calentándome las manos con la taza de café.

—¿La paga que te dan te llega para ahorrar para un coche? —dijo claramente burlándose de mí.

—Ya no me dan paga —admití en voz alta.

—Pobrecita —dijo fingiendo lástima.

—Para —lo corté recordando entonces que debía buscar trabajo si quería poder seguir teniendo una vida social más o menos activa—. No estarán buscando a alguien en el lugar ese donde tú trabajas, ¿no?

—¿En la constructora? —dijo riéndose—. No. ¿Estás buscando trabajo?

Asentí en silencio.

—Veo que vas madurando —dijo muy orgulloso.

—¿Puedes dejar de hablarme como si fueses mi padre? —le contesté picada.

—Cariño, por mi parte, créeme que cualquier cosa que se asemeje a algo paternal está muy lejos de relacionarse contigo.

¿Eso era un cumplido?

—Ahora en serio... Necesito un trabajo.

Thiago bebió de mi café otra vez y, cuando estuve a punto de decirle que se comprara él uno propio, me señaló con un dedo algo que había a mi espalda.

Me giré hacia allí.

Debajo de la pizarra donde anunciaban la tarta del día ponía muy claro: «Se busca dependiente».

Abrí los ojos sin podérmelo creer.

—¡Ostras!

—Me atrae la idea de que seas tú quien me sirva el café y las galletas —dijo Thiago abriendo el portátil de nuevo y volviendo a su trabajo.

Me levanté ignorando su último comentario y fui hacia el mostrador.

—Señora Mill's, ¿está buscando una dependienta?

La señora Mill's me miró con sus ojos alegres.

—Sí, cariño... Ahora que el señor Mill's no se encuentra del todo bien, necesito que alguien me eche una mano...

—¡Yo puedo hacerlo! —dije entusiasmada.

—¿Tú? —dijo extrañada.

—Por favor, señora Mill's. Le prometo que seré la mejor empleada que jamás haya podido tener.

La señora Mill's pareció pensárselo.

—Bueno, bueno, deja que lo hable con el señor Mill's... Tendrás que hacer una prueba, pero, si lo haces bien, ¿por qué no?

La sonrisa que se me formó en la cara podría haber iluminado la cafetería entera.

—¡Muchas gracias, señora Mill's! ¿Le parece que venga mañana por la tarde a hacer la prueba?

—Claro, claro —dijo la señora Mill's contenta y sorprendida de verme tan feliz.

Regresé a la mesa con una sonrisa radiante y justo entonces vi que Taylor estaba allí, sentado con Thiago.

—¿Has conseguido trabajo, nena? —me preguntó Taylor con una mirada divertida.

Miré a Thiago. A pesar de que estaba sonriendo, sus ojos parecían haberse oscurecido un tanto.

—¡Creo que sí! —dije entusiasmada. Me acerqué hacia ellos—. ¿Cuándo has llegado?

—Hace un momento —dijo y sin dudarlo tiró de mí hasta hacer que me sentara sobre sus rodillas.

Thiago nos observó y noté que el ambiente se enrarecía de inmediato.

Quise levantarme, pero sabía que eso sería hacerle un feo a Taylor.

—Veo que ya os volvéis a hablar —dijo Taylor mirándonos a ambos.

—La de tonterías que hace uno cuando se aburre, ¿verdad? —dijo Thiago cerrando su portátil y empezando a recoger sus cosas—. Os dejo tranquilos.

—Espera, no te vayas —dijo Taylor forzando una sonrisa—. Necesito saber si volvemos a ser todos amigos. Nadie me había puesto al día sobre la nueva situación.

—Taylor... —empecé a decir yo, pero Thiago me interrumpió.

—Todos somos amigos —dijo muy serio mirando a su hermano—. ¿Puedo irme ya? —preguntó con cara de aburrimiento.

—Quédate un rato. No te va a matar compartir tu tiempo con tu hermano y su novia, ¿no?

«Ay, Taylor, cállate, joder.»

Thiago volvió a sentarse y nos miró como quien mira un cuadro interesante.

—Así que ya es oficial... ¿Sois novios?

Lo cierto es que nunca lo habíamos hablado como tal...

La gente lo había supuesto así y nosotros no lo habíamos desmentido...

—Eso parece —dijo Taylor apretándome la cintura con cariño. Los tres nos quedamos en silencio y empecé a notar esa sensación horrible de cuando uno está incómodo y no sabe qué decir para llenar el silencio. Pero entonces Taylor abrió la boca.

—¡Se me ha ocurrido una idea!

Lo miré y me sonrió.

—¿Os acordáis de la caja del tiempo que enterramos en el jardín hace ocho años?

Miré a Thiago, sabía que se ponía tenso siempre que recordábamos aquella época.

—¿Qué pasa con ella? —preguntó jugando con el salero que tenía entre sus dedos.

—¡Deberíamos desenterrarla!

Thiago dejó el salero en su lugar y se puso de pie.

—Lo siento, no tengo tiempo.

—¡Venga ya, Thiago!

Miré a Thiago y después a Taylor. Recordé aquel día como si hubiese sido entonces. Habíamos cogido nuestras cosas preferidas y las habíamos metido en una caja de metal que habíamos comprado en una tienda del pueblo. Junto con nuestras cosas preferidas, habíamos escrito cada uno una carta que deberíamos releer diez años después de haberla enterrado.

—Dijimos diez años... Han pasado ocho.

—¿Qué más dará eso? —insistió Taylor—. Será divertido, venga.

Hasta a mí me resultó atrayente la idea.

—Deberíamos desenterrarla la noche de la fiesta de Halloween —dije sumándome a la aventura—. Fue en Halloween cuando la enterramos, ¿no?

—Sí —dijo Taylor, contento de que yo también me sumara.

—Halloween fue la semana pasada —dijo Thiago.

—Bueno, otro tecnicismo —dijo Taylor.

—Tu vida parece estar llena de ellos, Taylor —dijo Thiago sin poder disimular la poca gracia que le hacía todo aquello.

—¡Venga ya!

—¡Sí, venga! —insistí yo.

Thiago me miró un instante y después pareció pensárselo mejor.

—Seguís siendo unos críos, joder —dijo de malas maneras—. Tendré que ir para asegurarme de que no os caéis en el agujero y os matáis en el proceso.

Me reí y Taylor sonrió.

—El viernes a las siete enfrente de la casa del árbol, ¿os parece?

Thiago y yo asentimos. Sentí aquella ilusión de antaño, aquel vértigo en el estómago por emprender una nueva travesura... solo que ocho años después, la travesura la iban a realizar dos chicos increíblemente atractivos con los que tenía algo que ni siquiera yo era capaz de definir.

# 5

## KAMI

El resto de la semana fue muy extraño. En el instituto se podía sentir la tensión de los alumnos debido a lo que había ocurrido con las taquillas. Muchos me habían creído cuando les dije que yo había estado con Taylor cuando sucedió, sobre todo cuando Ellie les contó a todos que ella nos encontró fuera, charlando bajo las gradas. Otros afirmaban que me habían visto hacerlo y que mi novio y mi mejor amiga simplemente me estaban encubriendo.

Ridículo, sí, pero tampoco me sorprendía.

Lo peor fue ver que Kate se me acercaba a la hora del recreo, acompañada de todas las que habían sido mis amigas, para decirme que nuestra amistad estaba acabada.

—Ya me pareció muy fuerte tu actitud y tu egoísmo al dejar el equipo cuando más te necesitábamos, pero que hayas escrito en mi taquilla «usurpadora», cuando sabes que llevo años esperando a que me dejes ser capitana del equipo, me ha parecido rastrero, infantil y cruel.

—Yo no he sido. —Intenté mantener la calma.

—Qué casualidad que al resto de las animadoras nos hayas llamado «secuaces», como si fuésemos idiotas y no supiésemos diferenciar entre una amiga de verdad y otra que no lo es —dijo Marissa. Sus palabras me sorprendieron y me hicieron daño.

—¡Yo no he sido!

—Cuéntaselo a otra —dijo Kate mirando de malas maneras a Ellie—. Esperaba más de ti, Galadriel.

—No me llames así —la cortó mi amiga.

—Sois tal para cual, la una para la otra —dijo Kate negando con la cabeza—. No puedo creer que llegaseis a ser mis mejores amigas.

Cuando dijo aquello, creí ver cierta emoción en sus ojos marrones.

¿Por qué Kate se había convertido en aquella persona horrible?

¿Dónde estaba mi amiga de toda la vida?

—No les hagas caso, Kami, de verdad —intentó animarme Ellie, aunque supe que a ella también le hacía daño ver que nuestras amigas nos daban la espalda—. A Kate se le ha subido el poder a la cabeza...

—Lo mejor que he podido hacer ha sido dejar ese maldito equipo de animadoras.

Ellie seguía animando con el resto y no le estaba resultando fácil mantener la relación con ellas a la vez que conmigo.

Lo único que nos mantenía más o menos a salvo de peores acusaciones era Taylor. Que fuera mi novio nos otorgaba una especie de protección elitista, ya que para el instituto Taylor seguía siendo el chico guapo, capitán del equipo de baloncesto, por el que muchas aún estaban loquitas de amor.

Los chicos parecían pasar más del tema de las taquillas. Muchos se lo habían tomado a cachondeo, pero sabía que Dani no. Que lo hubiesen llamado «maltratador» y que hubiese venido directamente a culparme a mí dejaba bien clara una cosa: lo era.

Nunca había hablado de eso con nadie, ni siquiera con Ellie, pero en un par de ocasiones, Dani se había pasado conmigo. Y yo, que era estúpida, lo había perdonado, empujada por la presión de seguir siendo la novia del más popular, de no disgustar a mis padres y, sobre todo, de no admitir que había dejado que alguien me hiciese algo parecido. Además, ¿quién me iba a creer?

Pero precisamente sobre ese tema me preguntó Taylor

después de una clase en la que habíamos tenido que mezclar hígados de pollo con detergente para así poder ver su ADN. Asqueroso pero interesante. Taylor se había pasado la hora de clase hablando como un científico loco y, de la risa, nos habían echado la bronca como cinco veces.

—No he podido dejar de darle vueltas al tema de las taquillas y a lo que ponía en la de Walker —dijo caminando a mi lado hasta salir a los jardines exteriores. Aquel día no había llovido y, a pesar del frío que cada día iba a peor, se estaba bastante a gusto gracias al sol radiante y sin nubes. Nos acercamos a las mesas de pícnic que había fuera. Taylor se sentó sobre la mesa y yo me quedé de pie entre sus piernas.

Me tensé cuando me lo recordó y desvié la mirada hacia otro lado.

Taylor me cogió la mejilla y me obligó a mirarlo.

—¿Te hizo algo, Kami?

No quería hablar de ese tema. No quería decirle nada, porque lo único que conseguiría sería provocar otra pelea.

—¿Podemos no hablar de Dani? —dije con calma—. ¿De qué te vas a disfrazar para la fiesta de Halloween?

—No cambies de tema y contesta, por favor.

—Taylor, no quiero hablar del tema porque sé lo que va a provocar —dije y al instante vi que se tensaba, su cuerpo parecía convertirse en una cuerda de guitarra, firme y lista para sonar bien alto.

—¿Qué te hizo?

—¡Nada! —mentí intentando sonar convincente—. Por favor, déjalo, en serio.

—Te prometo que no voy a provocar una pelea —dijo mirándome a los ojos—. Solo quiero saber de qué es capaz ese imbécil.

Respiré hondo y suspiré.

—No sabe medir bien la fuerza que tiene... Muchas veces peleábamos y me cogía por los brazos y apretaba demasiado...

—Lo mato... —dijo Taylor haciendo un amago de levantarse.

Ver su reacción me confirmó lo que ya sabía. No pensaba contarle lo peor. Eso me lo guardaba para mí.

—¡¿Ves, Taylor?! —dije cogiéndolo fuertemente de la camiseta y obligándolo a quedarse donde estaba—. No pienso volver a contarte nada más...

—¡¿Cómo puedes pretender que no haga nada cuando alguien te ha hecho daño?!

—Deja el pasado en el pasado, Taylor. Es asunto mío y yo ya lo he resuelto como he podido...

Aunque aún no lo había resuelto del todo. No me había

olvidado de lo que el hermano de Dani estaba haciéndole a mi hermano. Había pasado a verlo durante el recreo y parecía estar bien. Los profesores estaban mucho más atentos y mi hermano no había vuelto a casa con ningún signo de abuso más.

—¿De qué te vas a disfrazar para Halloween? —me preguntó Taylor al rato cuando ya habíamos dejado el tema atrás lo mejor que habíamos podido.

—Ni idea, la verdad. —Al contestar caí en la cuenta de que no había pensado en eso ni medio segundo. No tenía ni tiempo ni dinero para comprarme un disfraz ese año... Iba a tener que inventar—. Aunque tal y como están las cosas no sé si es buena idea ir a la fiesta de Aron... No tengo ganas de que todos me miren como si fuese una bruja de verdad.

—¿Sabes qué? —me interrumpió entonces muy convencido de algo—. No pienso ir a esa fiesta de Aron Martin... Veamos quién tiene más poder de convocatoria. Pienso hacer otra fiesta en mi casa, así nadie podrá animarse ni siquiera a mirarte mal. Ya va siendo hora de que se enteren de que, si se meten contigo, se meten conmigo.

Sonreí con ternura y lo atraje hacia mí tirando de su camiseta.

—Vuelves a hacerlo —dije casi rozando sus labios—. Sé defenderme solita, Taylor.

Ni siquiera me escuchó. En medio segundo lo tenía comiéndome la boca. Taylor besaba muy bien, conseguía despertarme mariposas en el estómago y me trasmitía esa sensación de saber que nunca me haría daño. Era esa especie de chico que interceptaría una bala por la gente que quería y eso..., joder, eso iba a terminar siendo su ruina.

La prueba en la cafetería Mill's terminó siendo un éxito. No era un secreto para nadie que a mí me gustaba mucho la repostería. Mis pasteles para el concurso de repostería del pueblo eran de los primeros que se agotaban y los que más recaudaban y eso a la señora Mill's terminó por convencerla. Podía ayudarla atendiendo mesas y cobrando en el mostrador, aparte de echarle una mano siempre que tuviésemos que hornear más cosas.

—Y si ves que viene algún grupo grande de estudiantes que solo consumen agua o café y se instalan allí como si fuese esto una biblioteca, me avisas —dijo señalando la zona de portátiles—. Me acercaré a ellos y empezaré a hablar de la guerra. Ya verás como se marchan como lagartijas asustadas. Los adolescentes de hoy en día solo se interesan por el «TakTok» ese y el «Pinstagram».

Que convirtiera TikTok en «TakTok» y uniera Instagram con Pinterest me pareció tan adorable que ni siquiera me sentí ofendida por descubrir su arma secreta para echarnos de allí. He de admitir que nos lo había hecho en bastantes ocasiones, pero si lo veía con perspectiva, tenía razón... Nos aprovechábamos un poco de aquel lugar y de su confortable zona de estudio y lectura.

No fue difícil compaginar los estudios con mi trabajo en la cafetería. Cuando las cosas estaban tranquilas, la señora Mill's me dejaba hacer mis deberes y estudiar detrás del mostrador, y así había ido haciéndolo los últimos días.

Lo único malo que tenía ese trabajo era que tenía que servirles a mis compañeros de clase, compañeros que aún no podían creer que la reina del instituto, con dinero y que se iba de vacaciones a Europa todos los veranos, estuviese sirviéndoles las mesas. Había tenido que oír todo tipo de comentarios e intentar ignorarlos cuando oía sus risas burlonas en cuanto me alejaba.

Mi madre estaba enfadadísima de ver a su hija trabajando en una vulgar cafetería, como ella la llamaba. A sus amigas del AMPA les había mentido diciéndoles que estaba haciendo trabajos extracurriculares para así poder ponerlo en el expediente y tener más posibilidades de entrar en Yale.

Si a esas alturas alguien en el pueblo seguía sin saber que nos habíamos arruinado, era porque vivía debajo de una roca.

Mi madre había perdido todo su poder... y no lo llevaba nada bien.

Julian vino el viernes por la tarde y se sentó en la misma mesa en la que Thiago se había sentado aquella vez. Intercambiamos una mirada extraña y, cuando me acerqué a preguntarle qué quería, me pidió que me sentara con él.

Miré un momento hacia la señora Mill's y, al ver que la cafetería estaba bastante tranquila, hice lo que Julian me pedía.

—Lo siento, Kam —dijo llamándome como solo lo hacía Thiago—. Sé que no fuiste tú. Sé que no serías capaz de hacer algo así, pero cuando vi eso pintado en mi taquilla, no lo pensé, solo reaccioné...

—No pasa nada... Lo entiendo, de verdad —dije contenta de ver que no seguía pensando que había sido yo.

—Sí que pasa... No he sido un buen amigo las últimas semanas —admitió estirándose sobre la mesa y cogiéndome las manos—. Tú estabas pasando por un mal momento... Te alejaste de mí y de todos, y creí que ya no querías que fuésemos amigos.

—¡Claro que quiero seguir siendo amiga tuya! —dije con sinceridad—. Solo que... bueno, tienes razón. Me he alejado de todos y creo que eso ha hecho que la gente me vea como el eslabón débil.

—Se creen que sin tus secuaces no eres nadie y se equivocan —afirmó indignado.

—Esas secuaces eran mis amigas... y ahora no quieren ni dirigirme la palabra.

—No serían tan amigas entonces —afirmó—. No tienen ni idea de lo que vales, Kam. Tú eres y siempre serás la reina de ese instituto, y quien no lo entienda terminará entendiéndolo, créeme.

Negué con la cabeza y libré mis manos del agarre de Julian.

—Ya no me interesa serlo —dije jugando con el trapo que tenía entre las manos—. No me gusta cómo me mira la gente, cierto, ni tampoco que se me acuse por cosas que no he hecho, pero me gusta estar en la sombra... Creo que nunca me gustó ser el centro de atención y ahora siento que puedo ser yo misma, ¿sabes?

—Saliendo con Taylor Di Bianco creo que siempre estarás en el punto de mira, Kam.

Me encogí de hombros.

—Es mi novio... A quien no le guste, que se joda —dije sabiendo que era la primera vez que lo llamaba así en público.

—¡Novios, ¿eh?! —exclamó abriendo mucho los ojos—. ¡Quiero detalles escabrosos! ¿Cómo la tiene?

Sentí que me ruborizaba ante esa pregunta, ya que no tenía ni idea.

—¡¿No lo habéis hecho?!

Negué con la cabeza un poco incómoda. No me gustaba hablar de eso. Eran intimidades mías y, bueno, de Taylor...

—Aún no.

Julian negó con la cabeza.

—¿Y a qué esperas, por Dios? ¡¿Tú has visto lo bueno que está?!

Me encogí de hombros.

—No se ha dado la oportunidad...

—Pero ¿tú quieres?

Lo sopesé por unos instantes y dudé.

—No sé si estoy preparada todavía...

Julian abrió los ojos con sorpresa.

—¿Eres virgen? —me preguntó bajando la voz.

¡Pues sí que estaba preguntón Julian!

—No, pero ¿qué tiene eso que ver con nada?

—No me digas que Dani Walker sigue teniendo el privilegio de decir que fue el último que estuvo dentro de ti.

—¡Julian! —lo corté soltando una risita nerviosa—. ¿Podemos dejar de hablar de mi vida sexual?

Julian levantó las manos en señal de rendición.

—Lo siento, lo siento —dijo divertido. Se calló y se me quedó mirando con una sonrisa tierna—. Te he echado de menos...

Sonreí en respuesta.

—Yo también... —Justo en ese instante escuché la campanita de la puerta resonar. Miré hacia atrás y vi que era Thiago acompañado de Taylor.

Ambos nos lanzaron una mirada y vi el recelo en los ojos de los hermanos.

Me puse de pie.

—Tus amores te reclaman —dijo y lo censuré con la mirada.

—Julian, cierra el pico —dije en un susurro.

Se encogió de hombros y yo volví al mostrador.

Les sonreí a ambos.

—¿Queréis algo?

—Sí —dijo Thiago.

—A ti —añadió Taylor.

Volví a ruborizarme. Taylor parecía no querer cortarse ni un pelo delante de su hermano y, joder, a mí me hacía sentir como si lo estuviese engañando... Era algo ridículo, lo sé.

—Mañana este idiota hace una fiesta en nuestra casa, ¿lo sabías? —preguntó Thiago ignorando el ultimo comentario de Taylor.

Asentí.

—Fiesta de Halloween, sí —dije mirando a Tay con una sonrisa.

—Íbamos a ir a comprar las cosas necesarias para decorar la casa y... —Taylor dudó.

—Tu hermano se nos ha subido al coche sin darnos cuenta y dice que quiere que lo llevemos con nosotros —terminó diciendo Thiago—. Le he dicho que no y, como pasábamos por aquí, pensaba dejártelo para que luego lo lleves a tu casa.

Taylor lo miró de malas maneras.

—Yo venía a preguntarte si querías acompañarnos, así Cam puede venir con nosotros también —dijo Taylor—. Ese enano tiene un poder de convicción asombroso.

—A mí no me ha convencido en absoluto —admitió Thiago.

Fruncí el ceño al pensar en mi hermano colándose en un coche ajeno e intentando convencer a los vecinos de que hicieran lo que él quería.

—Podéis dejarlo aquí —dije sin dar crédito—. Yo termino en veinte minutos.

—¡Pues entonces te esperamos y nos acompañáis! —insistió Taylor.

—No creo que sea buena idea...

—¿Por qué no? —dijo Taylor cruzándose de brazos. A veces era tan crío como mi hermano.

—Pues... —No se me ocurrió nada convincente.

Thiago puso los ojos en blanco.

—Te vienes, no hay más que hablar —sentenció Taylor.

—Ya podrías tener más inventiva —dijo Thiago dejándose caer en los taburetes que había junto a la barra.

Suspiré.

—Os pondré un café mientras acabo —dije metiéndome en la barra al ver que entraba una pareja.

Taylor fue a buscar a Cam y los tres se sentaron en una mesa. Julian se puso de pie, saludó a los hermanos con un gesto de la mano y se acercó para decirme adiós.

—Te has agenciado un buen séquito de hombres, eh —dijo mirando hacia la mesa donde mis tres personas preferidas se tomaban las tazas con chocolate caliente que les había servido y no cobrado, a escondidas de la señora Mill's.

—Ni siquiera yo sé cómo me meto en estos líos —admití con una sonrisa en la cara.

No iba a mentir. Me gustaba verlos juntos. Me hacía

muy feliz ver que volvíamos a llevarnos bien, que existiera esa camaradería, a pesar de lo que había ocurrido con Thiago y conmigo dos semanas atrás.

Julian asintió, volvió a mirar hacia aquella dirección y después me sonrió.

—¿Me avisas cuando te apetezca tomarte un café conmigo?

Asentí sin dudarlo.

—Claro.

Julian pagó su consumición y después se marchó.

Vi cómo Thiago y Taylor lo seguían con la mirada hasta que alcanzó la puerta. Julian levantó la mano para saludar y Taylor le devolvió el gesto. Thiago ni se inmutó.

—¿Cuándo nos vamos? —preguntó Cam dando saltitos en la silla y girándose para poder verme.

—Un minuto —dije entrando en el cuartillo. Dejé mi delantal y recogí mis cosas. Me despedí de la señora Mill's y todos nos dirigimos hacia el coche de los hermanos.

Thiago fue quien condujo mientras mi hermano y yo nos sentamos en el asiento de atrás.

—¡¿Yo podré ir a vuestra fiesta?!

—No —dijimos Thiago y yo a la vez.

—¡Claro, enano! —dijo Taylor con entusiasmo. Le lancé una mirada envenenada y pareció recular.

—Podrás ayudarnos a montar las cosas si quieres, pero después te marchas a casa —le dijo Taylor intentando sonar amigable—. Es una fiesta de mayores, Cam.

—¡Pero si os vais a disfrazar!

—Los mayores también se disfrazan —explicó Taylor.

—Yo no me disfrazo —dijo Thiago poniendo el intermitente y girando hacia la derecha. Ya era de noche y la carretera estaba bastante concurrida, ya que la mayoría de la gente volvía a casa del trabajo. Para comprar las cosas teníamos que irnos hasta el pueblo de al lado, en Carsville no había grandes almacenes como el Walmart.

—¡Pues, si vosotros os disfrazáis, yo también me disfrazo! —dijo cruzándose de hombros enfadado.

—Yo me disfrazo contigo, enano, y montamos la decoración juntos estando ya en el *mood* hallowinense.

—¿Esa palabra existe? —le preguntó mi hermano el sabiondo.

Me reí.

Taylor se encogió de hombros.

—Me gusta inventar palabras. ¿Cómo te crees si no que se crean las lenguas?

—Pero para que una palabra sea válida, tienen que usarla muchas personas, ¿verdad, Kami?

—Supongo que sí.

—¡Pues entonces empezaremos a usarla! —dijo entusiasmado mi hermano.

—Tú dile «hallowinense» a tu profesora y verás qué buenas notas sacas —dijo Thiago aparcando.

Taylor se giró y nos guiñó un ojo.

Cam sonrió y todos nos bajamos del coche.

Mi hermano se pegó a Taylor como una lapa y ambos empezaron a recorrer los pasillos llenando el carrito de cosas. Yo iba un poco más rezagada, con Thiago a mi lado.

—Son tal para cual —dijo en un momento dado.

—A veces me gustaría seguir sintiendo ese espíritu infantil, ¿sabes?

Thiago me miró un segundo y siguió cogiendo cosas de la góndola de herramientas.

Parecía importarle un comino la fiesta de Halloween y estaba surtiéndose de cosas que necesitaba para arreglar su moto, o quién sabe para qué.

—Yo lo perdí hace mucho tiempo —dijo y pude notar el deje amargo en su voz.

Recordé que al día siguiente, antes de la fiesta, íbamos a abrir la caja de los recuerdos y sentí un cosquilleo en el estómago. Me recordaba demasiado a cuando nos escaqueábamos de casa a altas horas de la noche para hacer alguna diablura y me hizo ilusión poder volver a hacer algo parecido con las mismas personas que antaño habían sido como mis hermanos.

Taylor y Cam aparecieron con el carro hasta los topes. Taylor había cogido de todo: luces, telas de arañas de mentira, arañas gigantes para colgar de los árboles, fantasmas, sangre falsa, caramelos, vasos con dibujos terroríficos, luces fantasmagóricas... Hasta encontró un cachivache que soltaba ruidos escalofriantes cada cuatro segundos.

—Está todo al cincuenta por ciento —dijo encogiéndose de hombros.

Thiago no dijo nada. Cogió seis bolsas él solo y las llevó hasta el coche con nosotros detrás cargando con las que quedaban.

—Mañana os ayudaré a montarlo todo, ¿vale? —dijo Cam cuando Thiago aparcó frente a su casa.

—Muy bien —le dijo este sonriendo de lado.

Cogí a Cam de la mano y me despedí de Thiago. Taylor se me acercó y, con mi hermano mirándonos, simplemente me dio un tierno beso en la mejilla.

—Hasta mañana, preciosa —dijo guiñándome un ojo.

Sonreí y tiré de Cam para entrar en casa.

Nada más cruzar la puerta, abrió la boca para empezar a hacerme preguntas.

—¿Taylor es tu novio, Kami?

Fui a decirle que se callara, pero justo en ese momento nuestra madre salió de la cocina a recibirnos.

Antes le había escrito un mensaje diciéndole que Cam estaba conmigo. Ni siquiera se había dado cuenta de que su hijo pequeño se había escabullido hasta la casa de los vecinos.

—¿Quién es tu novio? —preguntó con recelo.

—Nadie —dije.

—¡Taylor Di Bianco, mamá! —dijo mi hermano.

«Mierda.»

Mi madre me lanzó una mirada envenenada.

—Será una broma, ¿no?

Dudé en si mentirle o no, pero finalmente decidí optar por la verdad. Estaba cansada de ocultarme.

—Estamos saliendo —admití. Sabía que eso iba a traerme todo tipo de problemas.

Mi madre se calló por unos instantes y después abrió la boca para poder hablar.

—Estás castigada —dijo simplemente.

—¿Qué? —No podía creérmelo—. Será una broma, ¿no?

—Cameron, ve a ducharte. La cena estará lista en diez minutos.

Mi hermano miró a mi madre y después a mí. Parecía

que quería huir de aquella situación. Salió corriendo hacia las escaleras.

Mi madre me dio la espalda y entró en la cocina.

—No puedes castigarme por tener novio —dije siguiéndola y sin dar crédito.

—Puedo castigarte las veces que me dé la gana y por las razones que me dé la gana.

—¿Sí? —Seguía sin creerme nada de aquello—. Pues compra una llave y enciérrame en mi habitación, porque no pienso quedarme aquí metida porque a ti te dé la gana.

Mi madre dejó de remover lo que fuera que estaba cocinando y se giró furiosa hacia mí.

—¡¿No te basta con todo lo que está pasando en nuestras vidas que ahora tienes que ir a enrollarte con la última persona con la que tu padre y yo querríamos verte?!

—¿Puedes dejar de anteponerte a todo? ¡Es mi vida! ¡Yo también lo estoy pasando mal con todo esto! Por si se te ha olvidado, ¡Thiago y Taylor eran mis mejores amigos!

—¡Pues ya no pueden seguir siéndolo! ¿Te recuerdo las razones?

Negué con la cabeza sin dar crédito.

—Tranquila, mamá. Recordaré las razones todos y cada uno de los días de mi vida... Pero eso no hará que deje de juntarme con ellos. Taylor es mi novio, sí, y más te vale ir haciéndote a la idea.

No esperé a que me respondiera.

Me giré sobre mis talones y subí a encerrarme en mi habitación.

# 6

# THIAGO

—No te esperaba hoy —me dijo Maggie abriéndome la puerta de su apartamento en el centro del pueblo.

Yo tampoco había esperado verla esa noche, pero necesitaba huir de mi casa desesperadamente.

No podía mirar a mi hermano a la cara sin sentir la necesidad de partírsela. ¿Cómo actuaba uno cuando sentía aquello hacia una de las personas que más quería en este mundo?

Estaba jodido.

Jodido por ella, por su sonrisa, por sus hoyuelos. Por su manera de andar dando pequeños saltitos de vez en cuando para seguirme el ritmo. Por su manera de resoplar cuando le caía el pelo a la cara. Por la manera en la que aferraba la mano de su hermano para asegurarse de que no le pasaba nada. Por las tres pecas que tenía en la nariz. Por su manera de mirarme...

—Traigo vino —dije levantando la botella que había comprado en la gasolinera. Nada del otro mundo, pero tampoco podía presentarme en su casa y decirle: «Oye, necesito follarte para sacarme al amor de mi vida de la puta cabeza».

Maggie sonrió.

—Pasa. —Se hizo a un lado y me dejó entrar.

Maggie vivía en un pequeño piso decorado con encanto, aunque demasiado femenino para mi gusto... Cuando hasta el cepillo de dientes pega con las cortinas, tiendo a ponerme un poco nervioso, pero tampoco era mi problema. Sí que era verdad que llevaba dos semanas pasando más noches en ese apartamento que en mi propia casa... Mi madre, por muy tolerante que fuera, no nos permitía que las chicas pasasen la noche en casa... y menos chicas a las que simplemente me follaba.

Mi relación con Maggie había sido bastante accidental. No os voy a mentir, era increíblemente guapa y dulce, y estaba muy buena, pero era demasiado perfecta, demasiado afeminada, demasiado... A veces me hubiera gustado que reaccionara de manera exagerada ante algo, que hubiera saltado. Joder, que hubiera demostrado tener sangre en las venas. Supongo que para ser profesora de niños de primaria había que tener esa templanza y esa dulzura innata, pero yo necesitaba más fuego... más... no sé...

Maggie cogió dos copas de su pequeña cocina y juntos nos sentamos en su sofá. Abrí la botella, le serví una copa y después hice lo propio con la mía.

—¿A qué se debe esta visita inesperada? —me preguntó.

—A que quiero follarte —contesté mirándola fijamente.

¿Cómo reaccionaría ante esa frase?

Se puso incómoda... pude notarlo.

—A veces eres tan bruto —dijo dejando su copa en la mesa y girándose hacia mí. Tenía unos ojazos increíblemente azules.

—Lo sé —dije estirando la mano y acariciándole el brazo. Llevaba un pijama de pantalón corto y una camiseta de tirantes a juego de seda rosa, suave al tacto—. Pero en el fondo sé que te gusta... —dije levantando su barbilla y acercando mi boca a la suya.

Me devolvió el beso, pero después se apartó para volver a coger su copa de vino.

—¿Te apetece que veamos una peli? —me preguntó poniéndose de pie y cogiendo el mando para poner Netflix.

—Claro.

A mitad de la película, una a la cual ni siquiera estaba prestando atención, en la oscuridad parcial del salón, su mano se coló por debajo de la manta que nos cubría a ambos y se metió por mis pantalones agarrándome la polla con fuerza.

No necesité mucho más.

A los cinco minutos la tenía de rodillas, mi polla entrando y saliendo de su boca, y mi mano aferrando fuertemente su cabello.

—Sigue —insistí. Deseaba correrme en su boca, pero sabía que no me dejaría—. No pares, hasta el fondo... —murmuré cerrando los ojos e imaginándome que era otra persona quien me la chupaba...

La imagen mental de Kam acariciándome de esa manera me encendió de una manera que Maggie había visto pocas veces. Me empalmé tanto que su boca solo pudo llegar hasta la mitad.

Acabé en su mano y cuando abrí los ojos y la vi, me llevé un chasco que me puso incluso de peor humor. Me hubiese gustado levantarme e irme, pero no era tan cabrón. La desnudé, le abrí las piernas y empecé a darle placer con mi lengua.

Ella sí que se corrió en mi boca.

Después de eso la ayudé a recoger las pocas cosas que habíamos dejado por la mesa, me despedí y me fui a casa con la película sin terminar.

Cuando subí a mi habitación, no pude evitar asomarme por la ventana.

Kam dormía y se había dejado la luz encendida.

Joder... Cómo necesitaba volver a tocarla.

Al día siguiente la tendría en mi casa y en medio de la oscuridad no tenía ni puta idea de cómo iba a hacer para mantenerme apartado de ella. Me hubiese ido para evitar cualquier tentación, pero mi madre había permitido que Taylor hiciera la fiesta siempre y cuando yo estuviese presente supervisando que no se descontrolara demasiado.

Volví a asomarme por la ventana.

¿Cómo había podido pasar de odiarla a necesitarla conmigo?

A veces extrañaba ese sentimiento que me ayudaba a permanecer alejado de ella. Sin el odio, sin el rencor, no me quedaba nada para mantenerla en la distancia y, joder... Cada día estaba más cerca de caer, de olvidarme de las razones que me mantenían alejado de su piel.

Aquel sábado me desperté sudando... Mejor ni os cuento el sueño que tuve, porque creo que ya os podéis imaginar por dónde fue ni tampoco quién tenía el papel protagonista. Estaba tan cabreado, y tan empalmado, que me metí en la ducha y después me puse el chándal y salí a correr.

No sabía dónde me dirigía hasta que me vi entrando en el pueblo, cruzando sus calles, su plaza, hasta llegar a Mill's. Me pasé la mano por la cara para quitarme un poco el sudor, dudé un segundo y después entré. La dichosa campanita resonó por el lugar e indicó mi presencia.

Kam se giró hacia mí, lista para soltarme el «buenos días» de turno con la sonrisa de falsa alegría con la que la obligaban a recibir a los clientes, pero al verme su sonrisa se congeló. En sus ojos creí ver un brillo especial, pero si fue así, se apresuró en ocultarlo.

—Buenos días, Di Bianco —dijo limpiándose las manos en el delantal—. ¿Qué te pongo?

—Buenos días, Hamilton —la imité notando que la presión que había estado sintiendo cedía al verla de nuevo—. Ponme un café. Americano —añadí antes de que me preguntara.

—¿Para tomar o para llevar?

«Para llevar, Thiago. Para llevar.»

—Para tomar —dije maldiciéndome en mi fuero interno.

Fui hasta mi mesa de siempre y a los cinco minutos Kami vino con la bandeja y me sirvió el café en una enorme taza de color blanco.

—Te he traído un trozo de tarta —añadió con una sonrisa dulce—. La he hecho yo... Es de zanahoria y, no es por fliparme, pero es la tarta más buena en kilómetros a la redonda.

Me hizo gracia su modestia... o la falta de ella, pero acepté la tarta asintiendo con la cabeza.

Miré un momento a mi alrededor y vi que apenas había gente... Normal, eran las siete de la mañana.

—¿Te apetece sentarte un rato conmigo?

Kam pareció pensárselo unos instantes, pero finalmente se decidió a acompañarme.

—¿Qué haces despierto tan temprano un sábado?

«Tú en mi cabeza me mantienes despierto», me hubiese gustado decirle, pero me contuve.

—Me he desvelado —dije removiendo el café y centrando mis ojos en el líquido oscuro.

—Ayer vi que te marchabas de tu casa bastante tarde... —Consiguió que levantara la mirada del café y la centrara en ella.

—¿Me espías, Kamila?

Se ruborizó un poco y una sonrisa apareció en mis labios.

—Mi escritorio da a la puerta de tu casa... No es difícil que te observe...

—Ya, claro. —Estaba encantado de que estuviese pendiente de mí y no pudiese hacer nada para negarlo.

—¿Dónde fuiste? —me preguntó entonces.

«Uy... Entrábamos en terreno peligroso.»

Le mantuve la mirada el rato suficiente para hacerla entender que no pensaba contestar a esa pregunta.

—No es por nada, eh —se apresuró a aclarar—. Solo es que, si conoces un lugar en el que poder estar pasadas las doce en este dichoso pueblo...

«¿Qué te parece mi dormitorio?»

«Céntrate, Thiago.»

—¿No tienes suficiente con las fiestas que os montáis? —dije sorbiendo el café y probando su tarta.

«Joder... qué rica.»

—¿Te gusta? —me preguntó ignorando mi anterior pregunta.

—Está seca —mentí divirtiéndome al ver que se encendía.

—Mi tarta ha ganado el concurso de tartas de invierno durante seis años seguidos, listillo —dijo muy orgullosa.

—Pues no tendrías mucha competencia —afirme dándole otro bocado.

—¿Algún día crees que podrás decirme un cumplido o algo bonito así, sin ningún sentido oculto o fin perverso? —me preguntó con fastidio.

Le mantuve la mirada.

—No he visto nada más precioso que tú —dije sin ni siquiera detenerme en pensar las consecuencias de mis palabras.

Se hizo el silencio. Ella ni parpadeó y supe que su pulso se había acelerado...

Cómo me hubiese gustado posar mis labios sobre su cuello, justo donde podía ver que su vena latía. Latía alocada por esas simples palabras, palabras que escondían muchas cosas, palabras que eran totalmente ciertas, porque no había nada más bonito que ella.

—¿Te vale con ese cumplido o es poco para la princesita de este pueblo? —añadí intentando quitarle hierro al ver que el ambiente empezaba a pesarnos demasiado a los dos.

Kam se acomodó en el asiento ligeramente y sonrió.

—Princesita caída en desgracia, querrás decir —aclaró intentando, como yo, creer que no había pasado nada.

—Cierto... Te han derrocado, ¿no? —pregunté sabiendo que detrás de esa broma se escondían muchas cosas peliagudas. No había que ser muy listo para darse cuenta de que Kam estaba en el punto de mira. Esta vez no era por admiración o devoción, sino porque alguien quería hacerla caer de su bonito pedestal.

—He abdicado. No me interesa tener ese puesto que

me otorgaron sin yo pedirlo ni desearlo... —dijo colocándose un mechón de pelo tras la oreja.

Me fijé en el pequeño pendiente de plata que adornaba su bonito lóbulo y me imaginé metiéndomelo en la boca...

—Y por esa razón te lo mereces más que nadie —dije intentando centrarme—. Aunque he de admitir que me gusta verte intentando ser parte del pueblo llano, como el resto de los mortales.

—Oye, que yo no soy una diva ni nada parecido, ¿vale? —se picó—. Lo único que he hecho en este instituto ha sido ser la capitana del maldito equipo de animadoras...

—Y ser la novia del capitán del equipo de baloncesto... excapitán, aunque, bueno ahora sales con el nuevo —dije intentando ignorar el pinchazo al mencionar que ahora salía con mi hermano—. Eres un cliché andante, ¿lo sabías?

Kam me miró enfurruñada.

—¿Crees que salgo con los chicos porque son capitanes de un estúpido deporte que no me interesa en absoluto?

—Eh —la corté muy serio—. El baloncesto ni tocarlo, Kamila.

Puso los ojos en blanco.

—Que el puesto se lo quede Kate —dijo encogiéndose de hombros—. Yo soy muy feliz con mi nueva situación.

«Joder, qué mentirosa es.»

—¿Eres feliz teniendo que ir al instituto en bici? ¿Teniendo que trabajar en esta cafetería al mismo tiempo que estudias detrás del mostrador para poder mantener tus buenas notas?

—Si la gente que me rodeaba solo me quería porque tenía dinero, era capitana e iba al colegio en un descapotable, prefiero mil veces no tener dinero, trabajar en esta cafetería e ir al insti en bici, pero al menos rodearme de gente auténtica, te lo aseguro.

—Bien dicho. —Me terminé el café—. Pero digan lo que digan, siempre serás la reina de ese instituto... por mucho que me pese.

—¿Por qué te pesa? —me preguntó con curiosidad.

—Porque la Kam que yo conozco, la que me gusta..., es esta de aquí, no la chica estirada que eras cuando empezó el curso. —Me levanté y dejé diez dólares encima de la mesa—. Te veo esta noche para desenterrar nuestra caja del tiempo...

—¿Vas a venir? —preguntó con incredulidad.

—Alguien tiene que llevar palas y asegurarse de que no os caéis al hoyo y morís en el proceso.

Kam negó con la cabeza sonriendo.

—¿También vas a disfrazarte? Me sorprendes, Di Bianco

—dijo consiguiendo que sus hoyuelos se marcasen de manera adorable.

—Claro —dije con calma—. Iré disfrazado de «tío al que se la suda Halloween».

Se rio y me obligué a marcharme de allí.

—Nos vemos, Hamilton.

Cuando salí de la cafetería estaba peor que cuando entré.

¿Por qué siempre quería lo que no podía tener?

# 7

# KAMI

Después de salir de trabajar, y para disgusto de mi madre, me pasé la tarde en casa de los Di Bianco ayudando a decorarla para la fiesta de aquella noche. Para disgusto de mi hermano, mi madre le prohibió acercarse a la casa de los vecinos, lo que provocó un berrinche de llantos y pataletas que hacía bastante tiempo que no veía en Cameron. No pude hacer nada para convencerla de que dejara venir a Cam a ayudarnos a decorar la casa y tuve que marcharme sabiendo que mi hermanito lloraba encerrado en su habitación.

Le prometí llevarle muchas golosinas, pero ni así pareció calmarse.

—¿Estás seguro de que la gente vendrá? —le pregunté sabiendo que la fiesta de Aron ya llevaba semanas planeada.

Taylor me lanzó una mirada incrédula.

—Me insultas, nena —dijo pasando la telaraña de mentira por los árboles del jardín. Habíamos colocado luces, calaveras, esqueletos, arañas gigantes de plástico y muchísimas calabazas. Nos habíamos pasado casi tres horas metidos en su cocina, haciendo un desastre para poder vaciarlas y crear caras escalofriantes. Katia, la madre de Taylor, nos había ayudado al principio, pero como tenía guardia aquella noche en el hospital, terminó yéndose a dormir la siesta, un poco espantada al ver cómo estábamos dejando la casa. Taylor no se había conformado con decorar el exterior, sino que el interior parecía una maldita casa encantada.

—¿De dónde has sacado todas estas cosas? —llegué a preguntarle en un momento dado.

—A veces parece que te olvidas de que Halloween es una de mis fiestas preferidas.

—Cualquier fiesta es tu preferida —dije poniendo los ojos en blanco.

—Cierto —admitió bajándose del árbol por la escalera que yo había estado sujetando y me dio un sonoro beso en los labios—. ¿De qué vas a disfrazarte?

—Aún no lo tengo claro, ¿y tú?

Taylor sonrió con perspicacia.

—Tengo un disfraz que va a acojonar a más de uno, créeme —dijo divertido y sin soltar prenda.

Adoraba cuando se ilusionaba como un crío con cosas así. Había puesto mucho empeño en conseguir que aquella fiesta fuese un éxito y sabía que lo hacía por mí... Me hubiese sido imposible acudir a la fiesta de Aron sin sentirme completamente incómoda y fuera de lugar, él lo sabía, y por eso había organizado todo eso... por mí.

—Piensas pasarte la fiesta asustando a gente, ¿a que sí? —le pregunté sabiendo que sería así.

—¿Sabes cómo voy a pasar la fiesta? —dijo acercándoseme hasta que mi espalda quedó apretujada contra el árbol—. Buscando rincones oscuros para poder besarte... Eso voy a hacer.

Sonreí.

—¿Por eso te has pasado una hora y media cambiando todas las bombillas de la casa por unas de color rojo apagado?

—Exacto —contestó con una sonrisa que me dejó ver todos sus bonitos dientes.

Sus manos me cogieron las mejillas y me besó con ganas. Su lengua se introdujo suavemente en mis labios y pude notar que ciertas partes de su cuerpo se endurecían contra mi estómago.

—Mejor paro —dijo alejándose de mí cuando supo que podía llegar a perder el control.

—¿Estás seguro? —le pregunté tirando de su camiseta y siendo yo esta vez la que introducía mi lengua en la suya. Me encantaba sentir su cuerpo contra el mío y su fragancia: una mezcla de colonia de tío y olor a pino fresco...

Sus manos se colaron por mi camiseta y subieron hasta que me apretujaron ambos pechos con fuerza.

—Si insistes, nena... —dijo haciéndome estremecer. Me mordió el labio inferior y sentí el deseo burbujeando en mi interior. Sus dedos consiguieron bajar mi sujetador y, de repente, era su piel la que tocaba la mía...

El frío que hacía fuera pareció desaparecer para provocarnos a ambos un calor infernal.

—Vamos a mi habitación —me dijo besándome otra vez.

No pude responder hasta pasados unos segundos debido a cómo me estaba besando.

—No podemos... —conseguí decir entre beso y beso.

—¿Por qué no? —insistió ladeando mi cuello y enterrando su boca en la piel más sensible de mi cuerpo—. Joder, cómo me gusta cuando te estremeces así...

Lo empujé un poco cuando su otra mano empezó a desabrocharme los vaqueros.

—Es tarde, Tay —dije reposando mi mano en su hombro—. Si quieres que desenterremos el cofre y estemos listos para cuando la gente llegue..., no deberíamos retrasarlo más.

—Mierda, es verdad —dijo, aunque siguió besándome y manoseándome con ganas—. ¿Por qué no dejamos que Thiago lo desentierre y luego ya que nos cuente qué tal?

Me reí y me aparté.

—Vale, vale —dijo levantando las manos en señal de rendición.

Me recoloqué la ropa y di un paso hacia atrás.

—Nos vemos en dos horas en la casa del árbol —dije besándolo rápidamente una última vez.

Cuando entré en casa, mi hermano me esperaba sentado en las escaleras.

Sonreí y saqué de mi bolso una bolsa llena de golosinas.

—Que no las vea mamá —dije sonriendo cuando vi que por fin se alegraba. Le di un beso en la cabeza y subí a mi habitación.

Ahora tenía que inventarme un maldito disfraz. Rebusqué entre mis cosas de los años anteriores... Me había disfrazado de tantas tonterías... Casi siempre mis amigas y yo íbamos a juego, algo que nunca me había gustado, ya que perdía la gracia de intentar ser original... Miré los disfraces: enfermera sangrienta, ángel del infierno, bruja, novia de Chucky, vaquera... No pensaba reutilizar ninguno de ellos. ¿De qué se disfrazarían aquella vez? ¿De criadas asesinas? ¿De conejitas de *Playboy*? Por un momento me planteé seguir la dirección de Thiago y disfrazarme de mí misma, pero sabía que así llamaría más la atención que si me presentaba allí desnuda.

Me giré hacia mi cama y mis ojos se desviaron hacia el uniforme de animadora que reposaba sobre la silla de mi escritorio... Me había llegado el uniforme de invierno el día anterior, supuse que no les había dado tiempo a cancelar mi envío, o simplemente habían pasado de cancelarlo. Lo había tenido que pagar a sabiendas de que no iba a volver a utilizarlo... ¿Qué mejor oportunidad para usarlo que esa?

Me fui hasta la habitación de mi hermano y me lo encontré con toda la boca manchada de chocolate y media bolsa de chuches vacía.

—¡Cameron, te he dicho que los racionaras!

Me miró sin ningún arrepentimiento.

—Yo no sé hacer flexiones...

Fruncí el ceño sin entender a qué se refería, aunque eso pasaba al menos tres veces al día con ese crío.

—Querrás decir fracciones... —dije negando con la cabeza—. ¿Te queda algo de la sangre de mentira que compramos para tu disfraz?

Cam se incorporó automáticamente.

—¿Qué vas a hacer con ella?

—Digamos que hay cierto traje que necesita un toque terrorífico.

—¡Yo te ayudo! —gritó emocionado saltando de la cama y olvidándose momentáneamente de las chucherías.

Sonreí y fuimos juntos hasta mi habitación, después de que sacara la sangre de mentira de una caja que tenía escondida en el fondo del armario y la cual cerraba con un candado. Dios sabía lo que guardaba ese niño a tan buen recaudo.

Coloqué el traje de animadora sobre una sábana vieja en el suelo de mi habitación y ambos lo miramos durante unos segundos.

—Debería de darme pena, ¿no? —le pregunté a nadie en concreto.

—¡Vamos a destrozarlo! —gritó Cam demasiado emocionado.

Me reí y procedimos a hacerle los retoques necesarios para que pasara de ser un traje de animadora común y corriente a un traje de animadora terrorífico.

Le hice un corte en la barriga simulando un rasguño, y también algunos agujeros en la falda. Después pasamos a echarle sangre por encima y a darle un toque espeluznante.

—Deberías llenarte la cara de sangre —añadió mi hermano cuando terminamos de destrozar el último traje de animadora de mi vida.

—Me lo pensaré —dije observando con una sonrisa el resultado.

¿Era una metáfora de lo que había significado ser animadora los últimos años y lo mucho que me alegraba de haberlo dejado atrás? Sí, lo era.

Mi hermano se fue a su cuarto y yo empecé a vestirme y a peinarme.

Me peiné con dos trenzas y me maquillé siguiendo un tutorial de YouTube sobre cómo pintarse para Halloween. Utilicé sombras oscuras y un pintalabios de color negro que tenía en mi neceser sin estrenar. ¿Dónde iba yo con un pintalabios negro? Seguramente lo había comprado para escandalizar a mi madre y después me había arrepentido o me había dado demasiada pereza provocarla y aguantar sus sermones sobre cómo debía maquillarse una señorita.

En la cara no me puse mucha sangre artificial..., olía asquerosamente mal y solo apliqué un poco simulando una herida en la mejilla. Al ponerme el disfraz tuve que admitir que no era lo más terrorífico del mundo, pero no lo había hecho por eso, sino para dejar claras muchas cosas. La primera, que no pensaba volver al equipo; la segunda, que había odiado tener que ir siempre vestida de la misma manera que mis amigas; la tercera, que, para mí, lo más terrorífico en mi vida sería volver al equipo y rodearme de gente que había dejado más que claro que no eran mis amigas.

Sabía que a Kate le iba a reventar que utilizara algo tan sagrado como nuestro traje de animadoras para una fiesta de Halloween y, por esa misma razón, cuanto más me miraba en el espejo, más me gustaba mi elección.

Me encontré con mi padre en el pasillo y sonreí cuando sus ojos se abrieron con sorpresa.

—Estás... —empezó a decir sin saber muy bien cómo terminar.

—¿Escalofriantemente guapa? —lo ayudé.

—Exactamente eso es lo que iba a decir. —Me besó en lo alto de la cabeza y después me miró un instante.

—¿Qué pasa?

Mi padre dejó de sonreír y me miró un momento.

—Mañana me voy, cariño —dijo consiguiendo que el

dolor que seguía teniendo en el corazón se reavivase con todas sus fuerzas.

—¿Tan pronto? Pero... —empecé, pero me cortó.

—La semana que viene firmamos el divorcio. Ya es hora de que nos vayamos haciendo a la idea de que no seguiré viviendo con vosotros.

—¿Dónde vas a vivir? —le pregunté intentando que no se me notaran las ganas de llorar que acababan de entrarme. No quería hacérselo más difícil.

—Un amigo me alquila su piso de Nueva York por un buen precio...

—Eso está a casi dos horas de aquí... —puntualicé notando un pinchazo de dolor en el pecho. Si ya lo veíamos poco por lo mucho que viajaba por trabajo, si se mudaba a Nueva York...

—Lo sé, pero será por poco tiempo. Planeo venirme aquí, ¿vale? Pero mi abogado es de allí y será mejor tenerlo cerca hasta poder solucionar todos los errores que he cometido.

Miré mis zapatos intentando controlar mis sentimientos.

—Ni siquiera tengo coche para poder ir a visitarte... —dije.

—Vendré a veros en cuanto pueda, Kami —añadió forzando una sonrisa—. Ahora vete a esa fiesta... Habéis dejado la casa de los Di Bianco que da miedo. Disfruta y diviértete, cariño. Mañana desayunamos juntos antes de que me vaya, ¿de acuerdo?

Asentí y justo en ese momento mi madre salió de la habitación de mi hermano.

¿Había ido ella a contarle que nuestro padre se marchaba mañana y que no sabíamos cuándo volveríamos a verlo?

—¿Tú le has dado todas esas chucherías a Cameron? —me preguntó molesta, como siempre.

—Sí —contesté desafiante.

—No me hables en ese tono.

—Kamila, vete a tu fiesta —dijo mi padre interrumpiendo lo que fuera que iba a contestarle.

—¿Y tú no dices nada? ¿Te parece bien que ahora esté saliendo con Taylor Di Bianco? —espetó mirándolo cabreada.

Mi padre le aguantó la mirada.

—A diferencia de ti, ella no lo ha mantenido en secreto —dijo con tanta frialdad que hasta a mí me sorprendió.

Mi madre pareció ruborizarse un poco, pero se recompuso de inmediato.

—A las dos en casa —dijo mirándome muy seria.

Miré a mi padre indignada.

—Vuelve como muy tarde a las cuatro, cariño —dijo

mi padre y se giró hacia mi madre—. La fiesta es cruzando la calle, Anne.

Mi madre apretó los labios, pero no dijo nada más. Cruzó el pasillo y se metió en su habitación.

—Gracias, papá —dije besándole la mejilla.

Bajé las escaleras con un nudo en el estómago.

De repente me costaba respirar.

Cuando salí al jardín las luces de la casa de los Di Bianco ya estaban encendidas. Fuera ya casi era de noche y sabía que dentro de una hora o así, la gente empezaría a llegar. Taylor se había pasado la tarde colgando historias en Instagram para que todos vieran cómo nos estábamos currando la decoración de la casa, la comida que habría y lo chulo que habíamos dejado el jardín. Todos vendrían, lo sabía.

Encendí la linterna del móvil y me adentré en el bosquecillo que había detrás de nuestras casas. No os voy a mentir..., me acojonaba un poco caminar sola y adentrarme en la oscuridad casi total del bosque, pero habíamos quedado en la casa del árbol y no quería que pareciera que era una miedica.

Cuando llegué a la casa me detuve y entonces se hizo el silencio, interrumpido solamente por los ruidos de algunos animales y el sisear del viento.

Oí que una rama crujía detrás de mí y me giré deprisa apuntando con la linterna.

—¿Taylor? —pregunté con el corazón en la boca.

Volví a escuchar otro ruido al otro lado y me giré hacia allí.

—No tiene gracia, Taylor —dije notando que se me ponía toda la piel de gallina. De repente tenía tanto miedo que ni las piernas me reaccionaban para salir corriendo.

Algo me tocó el hombro y me giré con todas mis fuerzas, alzando mi puño como me había enseñado mi padre. Me encontré con Thiago, que con un simple movimiento atajó mi inútil intento por golpearle sonriendo divertido por mi patético numerito.

—¡Serás idiota! —grité recuperando mi mano y golpeándole el brazo—. ¡Me has asustado!

—¿No me digas? —contestó con sarcasmo.

Respiré hondo, llevándome la mano al corazón, que me latía enloquecido.

—Me muero de miedo con tu disfraz... ¿De qué vas? ¿De animadora sangrienta?

—Pues sí —contesté fulminándolo con los ojos.

—¿Y cuál es tu arma terrorífica? ¿Los pompones?

—Olvídame —dije dándole la espalda y empezando a caminar hacia donde creía que estaba el cofre enterrado.

—No es por ahí, Kamila —dijo cogiéndome del codo y haciéndome girar en la dirección opuesta.

—¿Cómo que no?

—Pues como que no —dijo como simple explicación, soltándome y empezando a caminar.

—¡Espera! —dije intentando alcanzarlo. Tenía las piernas tan largas que tres pasos suyos equivalían a cinco míos—. ¿No esperamos a Taylor?

—Él sabe cómo llegar.

—Pero...

—Puedes quedarte aquí a esperarlo si quieres.

Me lanzó una mirada divertida y supe que estaba disfrutando al verme tan cagada. No me quedé a esperar a Taylor y me pegué a Thiago sin que pareciera muy obvio que aquella idea ya no me parecía tan divertida.

Caminamos adentrándonos más en el bosque. Lo vi dudar un instante y contar con los dedos... ¿Todo eso habíamos hecho antes de encontrar el lugar donde lo enterraríamos?

Finalmente se detuvo frente a un árbol concreto.

—¿Cómo sabes que es aquí?

—Porque fui yo quien decidió dónde enterrarlo, ¿recuerdas?

Lo cierto es que no... No lo recordaba.

—Si es aquí... —empecé a decir buscando en la madera del tronco e iluminando con el móvil.

—Aquí está —dijo Thiago señalando el lado contrario donde había estado yo buscando.

Acerqué mi móvil y, en efecto..., mucho más abajo de lo que recordaba, estaban dibujadas nuestras iniciales.

Sonreí recordando el momento en que las hicimos.

—Qué recuerdos, ¿verdad?

—Precioso. —Thiago cortó mi momento sentimental—. Ahora empecemos a cavar antes de que se haga más tarde.

—Pero ¿y Taylor?

—Ya vendrá.

Thiago me tendió una de las palas. Antes de empezar a cavar, lo observé durante unos instantes para ver más o menos cómo se hacía.

Cuando apenas llevábamos un minuto cavando, escuché unos pasos acercándose. Levanté la linterna para recibir a Taylor con una sonrisa y entonces me pegué el susto de mi vida. Solté la pala automáticamente, que cayó al suelo haciendo un ruido seco, y levanté las manos intentando aparentar inocencia.

—Nos... nosotros no...

Entonces escuché la carcajada más estruendosa de la

historia. Iluminé mejor a la persona que acababa de llegar y maldije en voz alta.

—¡¿Es en serio?! —le grité enfadada—. ¡Me has dado un susto de muerte!

—¡Esa es la idea, preciosa!

Thiago a mi lado también se rio con ganas.

—¿Te dije que era el mejor disfraz o no? —preguntó Taylor a su hermano acercándose a mí y abrazándome mientras seguía riéndose a mi costa.

—¿Policía? ¿De verdad? —pregunté con incredulidad observándolo con más atención—. Sí que es realista el traje... —comenté sin dar crédito.

—Y tanto que lo es... Es de verdad —aclaró cogiendo la tercera pala y empezando a cavar.

—¿De dónde lo has sacado? —pregunté recogiendo mi pala del suelo e intentando imitarlos a los dos en la tarea.

—Tengo mis contactos —dijo sonriendo con picardía—. Qué bien me lo voy a pasar esta noche dando sustos a todo el mundo...

Sí, estaba segura. No había nada que acojonara más a un adolescente que ver a un policía en una fiesta donde se incumplían al menos cuatro leyes estatales.

Seguimos cavando... En realidad, ellos siguieron cavando porque yo me cansé a los cinco minutos y «hacía» como que cavaba hasta que por fin la pala de Thiago dio con algo duro.

—Creo que ya hemos llegado —dijo agachándose y empezando a remover con las manos la tierra que había alrededor de la caja de metal. Sentí mariposas en el estómago por los nervios que me suponía volver a abrir aquel tesoro que tantos recuerdos escondía e hice lo mismo que él. Entre los tres terminamos de desenterrar la caja con las manos hasta que Taylor la cogió y tiró de ella con fuerza.

—¡Sí que pesa...! —exclamó soltando el aire por la boca.

Los tres nos lo quedamos mirando durante unos segundos.

—¿Lo abrimos? —preguntó Tay frotándose las manos y soplando para que se calentaran. Lo cierto es que hacía un frío que pelaba.

—Sí, antes de que cojamos todos una pulmonía —dijo Thiago lanzándome una mirada.

Fue Taylor quien hizo los honores. Limpió la caja, quitándole el exceso de tierra, y tiró de la traba con fuerza. Cuando la abrió, exclamó:

—¡Thiago, los cómics de Capitán América! —dijo emocionadísimo cogiendo los cómics y abriéndolos con ilusión.

—Se me había olvidado que los habíamos metido aquí —dijo Thiago cogiendo otro de la caja.

Me asomé al tesoro de nuestra infancia.

—¡Mis Polly Pockets! —exclamé cogiendo la pequeña cajita en forma de flor y abriéndola para descubrir la casita en miniatura con la que me había podido pasar horas jugando de pequeña—. ¡Y mi Furby! ¿Os acordáis de los Furbies?

—Qué coñazo de muñecos... Aún recuerdo que me despertaban a mitad de la noche pidiendo comida —dijo Taylor dejando los cómics a un lado y asomándose para seguir sacando cosas.

Dentro había de todo: juguetes, dibujos, monedas...

—¡Cincuenta dólares! —dijo Taylor sin dar crédito—. ¿Por qué metimos dinero?

—Por si en el futuro éramos unos muertos de hambre —explicó Thiago y me reí.

—¡Mirad, aquí están las cartas! —dije sacando los tres sobres cerrados con nuestros respectivos nombres.

Thiago cogió la suya repentinamente serio.

—¿Las leemos en voz alta? —pregunté emocionada abriendo la mía—. No tengo ni idea de lo que escribí, os lo juro...

—¡Sí, venga, vamos a leerlas! —dijo Taylor abriendo

una chocolatina que vete tú a saber por qué habíamos guardado dentro.

—¿Te la vas a comer?

—¡Claro! ¡Chocolate del pasado, nena!

Negué con la cabeza poniendo cara de asco.

—Te va a sentar mal, eso está caducado —dije mirándolo con desaprobación mientras él engullía los chocolates que habíamos metido ocho años atrás.

—Lo cierto es que saben raro... —dijo poniendo cara de asco tras haberse metido cuatro en la boca.

—Mira que eres bruto, joder —dijo Thiago mirándolo también con desaprobación.

—Venga, Kami, lee tu carta.

Sonreí nerviosa y la abrí.

«Querida Kami del futuro:

»Espero que haber cumplido ya los diecinueve te haya hecho entender muchas cosas que ahora, con ocho, aún no eres capaz de comprender. Por ejemplo... de dónde vienen los niños...»

—Si quieres te lo explico —dijo Taylor riéndose.

—Chist —lo corté volviendo a fijarme en la carta.

«Espero que hayas podido entrar en Yale. Ya sabes que quieres ser o veterinaria o pintora famosa. Ya lo irás viendo con el tiempo.»

—Se me había olvidado que quería ser veterinaria —dije sorprendida.

—Te pasabas el día recogiendo animales de la carretera y del bosque —dijo Thiago—. ¿Te acuerdas de cuando nos trajo aquel murciélago...? —dijo mirando a su hermano.

Puse cara de asco.

—Fue una fase... —dije volviendo a la carta.

«Dile a Thiago que ya eres mayor y que puedes hacer cualquier cosa sin ayuda.»

Sonreí con ese comentario y lo miré. Sus ojos me devolvieron la mirada con cierto orgullo y diversión.

«Y a Taylor dile que siempre serás su mejor amiga. Dile que lo quieres como al hermano mayor que no tienes y que esperas que, ya que sois mayores, te deje coger su kit de laboratorio.»

—¿Me dejas coger tu kit de laboratorio? —le pregunté.

—Te dejo coger lo que tú quieras, nena —dijo con segundas—. Pero retira ese comentario sobre que me quieres como a un hermano, por favor... No me va mucho el incesto.

Supe que me había puesto colorada y agradecí que estuviese lo suficientemente oscuro para que ninguno de los dos se diera cuenta.

«Recuerda que, pase lo que pase, habéis jurado permanecer unidos y quereros para siempre. Y, aunque Thiago sea idiota muchas veces, sabes que le importas, si no, no esperaría todos los días junto a su ventana para darte las buenas noches con las señales de linterna que habéis acordado.»

Miré a Taylor, que parecía sorprendido.

—¿Teníais un código de linterna?

—Nuestras ventanas están una enfrente de la otra... Es por eso —dije encogiéndome de hombros.

Se hizo el silencio y me apresuré a seguir leyendo.

«Espero que seas muy feliz.

»Te quiere,

»la Kami del pasado.»

—Interesante —dije doblando la carta y guardándomela en el bolso.

—Bastante, sí. —Taylor parecía un poco más serio que antes—. Me toca.

Abrió su carta y soltó una carcajada.

—¿Qué pasa?

Desplegó bien el papel y leyó en voz alta.

«Querido Taylor del futuro:

»Espero que ya estés trabajando en la NBA. Si no es así, no me interesa saber nada de ti.

»Un saludo,

»Taylor del pasado.»

—¿Ya está? —pregunté con incredulidad.

Taylor se encogió de hombros.

—Tenía las ideas claras, al parecer...

Thiago negó con la cabeza.

Ambos, Taylor y yo lo miramos.

—Te toca —dijo Tay.

Thiago dudó un instante...

—No sé si me gusta la idea de leer mis pensamientos del pasado...

—¿Cómo que no? ¡Si eso es lo divertido!

—¡Venga, lee! —insistió Taylor.

—No —dijo asomándose a la caja y sacando una lupa—. ¿Por qué metimos esto aquí?

—Porque yo creía que cuando eras mayor perdías la vista. Ahora no cambies de tema y lee tu carta.

—Prefiero no hacerlo —dijo muy serio y empecé a preguntarme por qué.

—¡Dámela! —exclamó Taylor arrancándosela de las manos sin que él pudiese hacer nada.

Mi mirada pasó de Taylor a Thiago, este último parecía repentinamente incómodo.

Taylor empezó a leer en voz alta.

«Thiago del futuro:

»Espero de verdad que dentro de diez años no sigas sintiéndote como ahora. Espero de verdad que papá haya dejado de engañar a mamá y todo vuelva a ser como antes...»

Taylor se detuvo y miró a su hermano. Se hizo un silencio incómodo y, después de dudar un segundo, Taylor siguió leyendo.

«Espero que Tay siga sin saber nada sobre lo que está pasando y espero que dentro de diez años estés en la universidad jugando con el mejor equipo de baloncesto que puedas encontrar. Somos buenos, por favor, lucha por nuestro sueño.»

Sentí como si alguien me apretara el corazón con fuerza.

«Espero que cuando desentierres esta caja hayas tenido el valor para decirle a Kam lo que sientes por ella.»

Taylor se detuvo un segundo y agarró la carta con más fuerza. Miré a Thiago con el corazón acelerado.

Eso sí que no me lo esperaba.

«El beso que le di fue mejor de lo que pensaba y estoy seguro de que a ella también le gustó. Es la chica de mis sueños, trátala bien de mayor y dile todos los días lo especial que es para ti...»

Mi corazón se detuvo y nuestras miradas se encontraron durante un segundo muy intenso.

«Hasta dentro de diez años...

»Thiago.»

—¿Os besasteis? —preguntó Taylor aún con la mirada clavada en la carta.

Miré a Thiago, que se puso de pie.

—Fue hace mil años, Taylor. —Se levantó y su hermano también se puso en pie. Los imité.

—¿Pensabas decírmelo? —me preguntó repentinamente cabreado.

Lo miré un segundo y fue Thiago quien respondió por mí.

—¿Por qué iba a hacerlo? Fue una cosa de críos —dijo con calma.

—¿Qué más pasó? —preguntó mirándonos a ambos.

—¡Nada, Taylor! —dije intentando borrar de mi cabeza lo que había ocurrido con él hacía tres semanas, o lo que casi había pasado entre los dos el día que Thiago me fue a buscar para hablar de mi hermano.

—¿Estabas enamorado de ella? —le preguntó soltando esa frase como una acusación imperdonable.

—Tenía trece años, Taylor —contestó mirándolo con incredulidad.

—¿Y eso qué importa? ¡Yo estoy enamorado de ella desde los nueve!

Lo miré con el corazón encogido.

Eso sí que era nuevo.

—Taylor... —Me acerqué a él, pero levantó una mano para detenerme.

—La fiesta está a punto de empezar... —dijo y parecía tan decaído que quise correr a abrazarlo—. Te veo allí. Ahora mismo necesito unos minutos a solas.

Nos dio la espalda y se marchó.

Me lo quedé mirando hasta que desapareció en la oscuridad. Me giré hacia Thiago con cuidado.

—¿Tú lo sabías? —le pregunté refiriéndome a los sentimientos de Taylor.

—¿Que estaba loquito por ti? —soltó mirándome con seriedad—. ¿Y quién no lo está, Kam?

No supe muy bien cómo tomarme esa última pregunta.

Thiago se agachó para coger la caja. Recogió las cosas que habíamos sacado y las guardó dentro, después la cogió y alumbró con su móvil el camino de vuelta.

—Será mejor que volvamos —dijo empezando a caminar—. Mañana vendré a recoger las palas.

Me quedé callada durante el camino de vuelta y, cuando salimos al descampado que había detrás de nuestras casas, pude oír la música a todo volumen saliendo de las ventanas de la casa de los Di Bianco.

—Que empiece la fiesta.

# 8

# KAMI

La gente no tardó en llegar. De hecho, cuando entré ya había como diez personas esparcidas por el salón y Taylor charlaba amigablemente con todos. Aún no había visualizado al club de animadoras enfadadas, pero sabía que no tardarían en aparecer.

Allí estaba prácticamente todo el equipo de baloncesto y, donde estuviesen los chicos, estarían ellas, independientemente de si Aron había propuesto hacer la fiesta primero o no.

Thiago pasó por mi lado para encaminarse a las escaleras y subir, supuse, a su habitación.

La mayoría de la gente de mi clase ahora apenas me hablaba... Tampoco sabía si Ellie vendría y por eso empecé a sentirme un poco incómoda al darme cuenta de que no tenía con quién hablar. Taylor apenas me dirigía una mirada, se movía por la habitación sonriendo, riéndose y bebiendo cerveza. Parecía muy dispuesto a ignorarme deliberadamente.

¿Tan enfadado estaba?

Me acerqué a la mesa donde habíamos colocado unas horas antes los platos con patatas, sándwiches y el gran bol de ponche rojo, la especialidad de Taylor, que era una bomba que podía matar al más fuerte. No sé cuántos tipos de alcohol había puesto en esa mezcla repugnante, pero cogí un vaso, lo llené hasta arriba y me dije a mí misma que esa noche no pensaba amargarme por nadie. Ni porque mi padre se fuese a marchar al día siguiente, ni porque casi todo el instituto pareciese odiarme, ni porque mi novio estuviese enfadado conmigo, ni por lo que sentía por Thiago y que acababa de reavivarse al haber leído aquella carta que tantas cosas explicaba.

Me bebí el primer vaso en cinco minutos y sentí cómo todo mi cuerpo empezaba a entrar en calor. Me giré hacia la gente, que parecía haberse duplicado, y me fijé en sus disfraces. Lo cierto es que la mayoría había optado por reutilizar algunos antiguos, aunque otros se lo habían currado especialmente y estaban terroríficos, como por ejemplo Harry Lionel... ¿Iba de Khal Drogo? Increíble...

—He de decir que tu disfraz me parece de lo más original, ¿intentas decir algo? —Alguien me habló al oído y me giré hacia aquella voz tan conocida.

—¡Vaya! —exclamé llevándome una mano al corazón—. Joder, Julian, me has dado un susto de muerte.

Julian iba disfrazado de payaso... y, joder, cómo los odiaba.

—Esa es la idea —dijo sirviéndose ponche y haciendo una mueca de asco casi al instante—. ¿Quién intenta matarnos?

—Taylor —dije mirando hacia donde charlaba con un grupito de chicas de primero.

—¿Problemas en el paraíso? —me preguntó mi amigo volviéndose a llevar la copa a los labios y arrepintiéndose al instante—. Joder, qué asco.

—Una pelea sin importancia —dije sintiendo un poco de celos al ver que se reía y se divertía con ellas.

—¿Y el segundo Di Bianco?

Me encogí de hombros.

—Ni lo sé ni me importa —dije molesta—. ¿Sabes qué? Que estoy cansada de tanta historia. Hoy pienso divertirme... Bastante mierda me rodea todos los días como para dejar que una estúpida carta de Thiago me arruine la noche. —Y a continuación volví a llenar el vaso y bebí intentando aguantar la respiración.

—¿Qué carta? —me preguntó Julian con curiosidad mientras me daba palmaditas en la espalda por la tos seca que me había provocado el alcohol.

—Nada —dije recuperándome y sonriéndole—. ¿Te apetece bailar?

Julian pareció dudar.

—No se me da muy bien...

—Tú simplemente pega saltos a mi lado. —Tiré de él hacia el centro del salón, donde se había montado una pista de baile improvisada. Empecé a bailar tal y como acababa de decirle.

Me miró sonriendo y sentí un pinchazo de miedo... No fue por nada, pero su disfraz me provocaba escalofríos.

Seguí saltando y le di la espalda mientras intentaba divertirme sin hacer caso de las miradas que sabía que algunos me lanzaban.

Fue divertido hasta que vi a Kate entrar por la puerta.

Como había supuesto, detrás de ella y disfrazadas exactamente igual, estaban el resto de mis examigas y miembros del equipo de animadoras.

Iban disfrazadas de esqueleto... Pero no de esqueleto esqueleto, sino de esqueleto sexy, porque se habían puesto un bodi negro ajustado con pegatinas de huesos por delante.

Cuando Kate me vio, su semblante pareció arrugarse.

—Y llegó el club de las hermanas muertas —dijo Julian a mi lado.

Me fijé en que Ellie no parecía estar entre ellas y entonces empecé a buscarla por el resto del salón.

Finalmente la encontré en la cocina, sentada sobre la encimera y disfrazada de Katniss en *Los juegos del hambre*. Estaba increíble y me alegré de no verla igual que el resto de las chicas... A ella nunca le había hecho gracia mostrar tanta carne. Lo que me extrañó fue que la encontré hablando con Dani.

Me detuve un segundo en la puerta hasta que ella me vio.

Pareció tensarse y Dani, que había estado hablando con ella muy cerca, se dio cuenta y levantó la mirada hasta fijarla en mí.

Me acerqué despacio acompañada de Julian.

—Llevaba un rato buscándote —dije forzando una sonrisa y evitando cruzar miradas con mi exnovio.

—He llegado hace nada y he venido aquí a buscar una bebida —me explicó fijándose en mi disfraz y queriendo ignorar el hecho de que había estado tonteando con mi exnovio, el violento.

¿Lo habían estado haciendo o habían sido imaginaciones mías?

—Mola tu disfraz —dijo Dani recorriéndome el cuerpo de arriba abajo.

Tuve que mirarlo y me fijé en que iba de soldado. Llevaba una ametralladora de mentira y todo.

—A veces me gustaría que fuera de verdad —dijo levantando la pistola y apuntando a Julian.

—¿Se supone que es una gracia? —le dije enfriando el tono.

—No, lo cierto es que tengo ganas de mataros a todos —dijo y me quedé callada. Tras un segundo volvió a abrir la boca—: Estoy de coña, ¿qué pasa? ¿Tu sentido del humor ha desaparecido con la antigua Kami a la que todos adoraban?

Esa broma, viniendo de él, no tenía gracia ninguna.

Lo ignoré y me centré en mi mejor amiga.

—¿Vienes al salón? Están poniendo canciones que nos gustan... Vamos a aprovechar antes de que se pasen al hip hop —dije intentando hablar en un tono normal.

—¡Claro, vamos! —dijo sonriendo y tirando de mí hacia el salón.

Julian nos pisaba los talones. Cuando llegamos allí, la casa estaba ya hasta los topes. Joder, pues sí que tenía poder de convocatoria Taylor. Intenté buscarlo con la mirada, pero era imposible ver nada. La música estaba superfuerte y me dejé llevar por Ellie, que me empujó hacia la mesa de bebidas.

—¿Quieres una? —me gritó por encima del sonido de la música.

—¿Por qué no?

Cogí el vaso que me tendía y Julian también se sumó. Hicimos un brindis, nos reímos y seguimos bebiendo.

En un momento dado, le pregunté a Ellie por Dani.

—Se me acercó para charlar... Se me hizo raro ver que intentaba ligar conmigo, la verdad, pero estoy segura de que lo hace simplemente porque cree que haciéndolo te jode.

Escuché lo que decía con atención.

—¿Te gusta Dani, Ellie? —le pregunté rezando a Dios para que me dijera que no.

—¡Qué va! —exclamó, pero algo en mi interior me dijo que mentía—. Nunca te haría eso, Kami. Lo sabes: los exnovios de las amigas están prohibidos.

Ahí fue cuando me di cuenta de que sí le gustaba porque en ningún momento mencionó que no fuese así.

—Esto no tiene que ver conmigo, Ellie, sino contigo. Dani es mala persona —le dije sin dudarlo ni un segundo. Cuando había salido con él había estado ciega... Después había comprendido muchas cosas y lamentaba haberme dejado manipular como él lo hizo, pero la realidad es que era violento, manipulador y un narcisista asqueroso.

—¿Podemos dejar de hablar de Dani? —me pidió—. Por cierto, tu novio me ha pegado un susto de muerte antes. ¿A quién se le ocurre venir de policía a una fiesta donde todos estamos cometiendo ilegalidades?

—Pues en eso recae la gracia, al parecer —dije deseando seguir hablando de Dani, pero sabiendo que el tema había quedado ya zanjado... Al menos por aquella noche—. Por cierto, ¿lo has visto? —le pregunté volviendo a buscar a mi novio, que parecía decidido a ignorarme deliberadamente durante toda la fiesta.

—Está allí —dijo señalando hacia la ventana del salón. En efecto, allí estaba, rodeado de sus amigos y de las animadoras.

—Ahora vengo —dije dejando el vaso sobre la mesa y encaminándome hacia él.

Pareció oírme, porque levantó la mirada del cigarro que estaba encendiéndose y me miró.

Me detuve delante de él, ignorando al resto de las personas que lo rodeaban.

—¿Podemos hablar?

—Ahora estoy ocupado —dijo simplemente.

—Taylor...

—¿Qué quieres que te diga, Kami? —me soltó de malas maneras—. ¡Te besaste con mi hermano!

—¡Tenía diez años!

—Me da igual. Deberías habérmelo contado. Joder, él también debería habérmelo dicho.

—¿Para qué, Taylor? Thiago y yo apenas hemos vuelto a retomar la amistad y...

—¿Y por qué? —me interrumpió levantándose del sofá y alejándose de los curiosos. Dejé que me cogiera del brazo hasta que estuvimos lejos de la muchedumbre—. ¿Por qué ahora de repente parecéis llevaros superbién?

Abrí la boca y la volví a cerrar.

—¿Me vas a decir que un día mi hermano, el que te ha odiado durante diez años, el mismo que apenas me ha dirigido la palabra desde que llegué a este pueblo y que me la retiró simplemente porque me empecé a juntar contigo, ahora de repente ha decidido ser amigo tuyo como antes?

—Yo...

—¿Qué pasó hace dos semanas, Kami? Vi que te bajabas de su coche el día de la tormenta. ¿Qué pasó ese día para que volvieseis a comportaros como antes?

Me puse nerviosa y el recuerdo del beso que nos dimos Thiago y yo en el coche regresó a mi memoria consiguiendo que las palmas de mis manos empezaran a sudar.

—Hablamos —contesté intentando que no notara mi titubeo.

—¿Hablasteis? —repitió entornando los ojos.

—Sí, hablamos —repetí.

—¿De qué?

—Pues... No sé, Taylor. Hablamos de lo que pasó hace diez años. Le pedí perdón, él me pidió perdón... Removimos cosas que guardábamos dentro desde hacía mucho...

—No me gusta cómo te mira —dijo entonces volviéndome a interrumpir.

«Mierda, mierda, mierda.»

—No me mira de ninguna manera.

—Lo hace... ¿y sabes cómo lo hace? Como lo hago yo.

Me quedé callada unos instantes y entonces alguien apareció por detrás y me rodeó los hombros con su brazo.

—Mira que sois muermos. ¿Podéis dejar de pelearos y disfrutar de este fiestón?

Taylor dejó de mirarme a los ojos para subir la mirada hacia Julian.

—¿Te importa? Estoy hablando con mi novia.

Julian apretó más el agarre de mis hombros.

—Ah, pero ¿es tu novia? Perdona mi confusión, pero es que llevas pasando de ella desde que he entrado por esa puerta.

—Julian, no te metas, por favor —le dije intentando quitar su brazo de mis hombros.

Lo hizo al mismo tiempo que Taylor se erguía haciéndole frente.

—¿Tú quién eres? ¿Su puta niñera?

—Soy el amigo al que no le gusta ver que ignoran a su amiga.

Taylor sonrió sin un ápice de alegría y me miró.

—¿Ahora, aparte de mi hermano, tienes a otro pretendiente, Kami?

Fui a abrir la boca, pero Julian se me adelantó otra vez.

—¿Ya sabe lo de Thiago?

Taylor me miró furioso.

—¿Qué coño tengo que saber de Thiago, a ver?

—¡Nada! —dije flipando en colores—. Julian, cállate. Lo estás empeorando.

—¡Solo te estoy defendiendo! —exclamó indignado.

—No necesito que nadie me defienda —dije mirándolo muy seria.

«Joder, ¿todo el mundo se ha vuelto loco en esta fiesta o qué?»

—Pues a veces da esa impresión, Kamila —respondió.

—No tengo ganas de más mierdas como esta, me largo

—dijo Taylor, rodeándonos a ambos y desapareciendo entre la gente que bailaba en el salón.

Mi intención fue ir a buscarlo, pero entonces una mano me cogió con fuerza del brazo deteniéndome.

—Deja de arrastrarte, Kam.

Tiré fuerte del brazo para que me soltara.

—¡Deja de decirme lo que puedo o no puedo hacer!

—Pero es que estás quedando como una patética.

Fruncí el ceño cabreándome más y más a cada segundo que pasaba.

—¿Te estás oyendo? ¡Se supone que eres mi amigo!

—¿Lo soy? Porque a veces parece que soy el único que se preocupa por el otro. La amistad es un camino de doble sentido, ¿lo sabías?

Me detuve un segundo y me centré en él.

—Lo siento, Julian... —Fui consciente de que había pasado de él más de la cuenta... De todo el mundo, en realidad—. No estoy pasando por un buen momento y...

—Lo sé, cariño —dijo tirando de mí con suavidad y envolviéndome en un abrazo demasiado cercano que me incomodó. Julian era gay, no podía sentir nada por mí, ¿verdad?

—Pero para eso estoy aquí...

Me aparté cuando aflojó los brazos.

—Deja que sea yo quien acuda a ti, por favor...

—Pero, Kam... Soy el único amigo que te queda. Deja que te ayude.

¿Julian era el último amigo que me quedaba?

Miré hacia la gente que bailaba ya sudorosa en la pista de baile. Todo el mundo estaba con alguien. Todo el mundo parecía estar pasándoselo en grande... Yo, en cambio...

Mis ojos divisaron a Ellie, que, para mi asombro, volvía a encontrarse con Dani.

«¿Qué demonios está pasando?»

—Gracias por el ofrecimiento..., pero estoy bien —dije rodeándolo y alejándome de él.

Me volví a llenar la copa y con el tercer trago mi estómago empezó a mandarme señales de que más me valía dejar de beber pronto. Busqué a ver si encontraba a Taylor, pero no había ni rastro de él... Ellie había desaparecido cinco minutos antes y no quería ni imaginar con quién y Julian... no me apetecía estar con él.

De repente supe que yo ya no encajaba allí. No era ningún descubrimiento, pero mirar a mi alrededor y sentirme totalmente fuera de lugar no era algo agradable teniendo en cuenta que aquella fiesta la había organizado yo con mi novio. La gente me observaba, lo sabía... Disfrutaban de verme sola, de ver que ya no era el centro de nada.

Vi a Kate observándome desde la otra punta del salón. Se llevó la copa a los labios mientras le susurraba algo a Marissa, que se reía sin quitarme los ojos de encima.

Giré sobre mis talones con la clara intención de salir por la puerta, cruzar la calle y meterme en mi casa, pero entonces los vi: Dani y Ellie.

Se besaban.

Se besaban apasionadamente en la columna que había junto a la puerta de salida. Ella lo apretaba por la nuca y él metía sus manos por debajo de su camiseta.

Sentí que me ahogaba más y más.

Me di la vuelta, cogí una botella de la mesa y fui directa a las escaleras.

Quería escapar de toda aquella gente. Quería dejar de sentir que todos me miraban, me observaban, me traicionaban o me ignoraban...

Subí las escaleras y los recuerdos me sacudieron. Ver la puerta de la habitación de Lucy fue como si me apretaran el corazón con fuerza. Enfrentadas la una a la otra, estaban las habitaciones de Taylor y Thiago. Fui hacia la de Taylor y llamé.

Abrí la puerta y vi que no había nadie, pero entonces alguien salió de la habitación de enfrente.

—¡Os he dicho que no podéis estar aquí arriba! —gritó Thiago exasperado.

Me giré hacia él, que parpadeó sorprendido al ver que era yo y se relajó con la mano aún sujetando la puerta abierta.

¿Había estado durmiendo?

¿Cómo lo hacía con la que se había montado allí abajo?

Me fijé en que no llevaba camiseta y que las mallas de Adidas negras que se sujetaban en sus caderas dejaban a la vista unos oblicuos increíblemente marcados, sus abdominales y su cuerpo escultural en general.

Me obligué a apartar la mirada de su cuerpo y la subí para encontrarme con unos ojos verdes que parecían sorprendidos de verme.

—Si buscas a mi hermano, está fuera, en el jardín, haciendo gilipolleces.

No había pensado en ir a buscarlo fuera, sobre todo porque hacía un frío que helaba los huesos.

—Solo quería estar sola un momento —admití.

Thiago me observó más detenidamente.

—¿Estás bien?

—Superbién —dije con ironía, tambaleándome un poco.

«Joder, pues sí que sube rápido el puñetero ponche.»

—Superbién y borracha, por lo que veo. ¿Cuánto has bebido?

Me encogí de hombros.

—¿Y por qué huyes de la fiesta?

—Nadie me quiere allí abajo… Soy la apestada, ¿recuerdas?

—Eres de todo menos eso, Kamila.

Mis ojos volaron hasta encontrarse con los suyos.

—¿Vas a volver a llamarme Kam?

—Lo hago algunas veces.

—Antes lo hacías siempre.

—Antes no conseguías cabrearme como lo consigues ahora.

—¿Estás cabreado?

—¿Tú te has visto?

—Todos los días en el espejo de mi baño, ¿por qué?

—Estás pedo —me riñó.

Fui a acercarme a él y tropecé con mis propios pies, así que soltó la puerta y me sujetó.

—Solo he bebido unos cuantos vasos de ponche.

—Con un vaso de ese veneno líquido ya tienes como para la noche entera…

Sentí una fuerte convulsión en el estómago cuando tiró de mí para poder sujetarme.

Mi mano viajó a mi boca y contuve una arcada.

—No me jodas, Kamila —dijo entrando en su habitación y llevándome directamente a su cuarto de baño.

Me dio tiempo a dejarme caer de rodillas contra el suelo y a abrir la tapa del váter.

Después empecé a vomitar como si fuese la niña del exorcista.

—Voy a matar a Taylor —dijo sujetándome el pelo mientras yo echaba hasta la última gota de alcohol que había en mi cuerpo.

# 9

# THIAGO

Cogí el móvil y miré los mensajes.

Maggie quería quedar al día siguiente para ir a cenar.

«No puedo», tecleé y le di a enviar justo cuando Kam salía del baño con la mirada perdida y un agotamiento tan palpable que me entraron ganas de meterla en la cama conmigo y acariciarla hasta ver que cerraba los ojos y se dormía.

—La puerta está por ahí —dije, en cambio, molesto por mis propios pensamientos. Bastante tenía ya con saber que Taylor sabía que había estado enamorado de Kam cuando éramos pequeños. ¿Cómo me había olvidado de aquella estúpida carta? No me acordé hasta que no la tuve en mis manos.

—¿Puedo quedarme aquí un momento? —me preguntó y, al fijarme, me preocupó lo que vieron mis ojos. Kam parecía agotada, sí, pero volvía a tener esa tristeza en la mirada que me daba ganas de abrazarla y salir a matar a quien fuera el culpable de esos ojos tristes.

—¿Por qué no vas mejor a la habitación de Taylor...? —le pregunté mientras la observaba rodear mi cama hasta echarse a mi lado en el colchón. Siempre había pasado lo mismo con ella... Kam hacía lo que quería, sin importar las consecuencias o si traspasaba límites invisibles.

—Taylor no quiere ni verme —dijo girándose hacia mí con las manos juntas como si rezara debajo de su mejilla izquierda.

Estaba tan adorable que tuve que contener mis ganas de arroparla.

—Se le pasará —le dije para tranquilizarla, aunque una parte de mí sabía que era mentira.

Mi hermano no iba a llevar nada bien que Kam y yo nos hubiésemos besado de pequeños. Cuando éramos niños, Kamila ya había sido motivo de peleas entre ambos. Él me criticaba por picarla y yo odiaba ver la complicidad que compartían.

—Todo el mundo me odia —dijo después de unos segundos en silencio.

—Nadie te odia.

—Sí me odian. No sé cómo ha pasado, pero parece que

todo se ha ido dando para convertirme en una paria. No es que me importe, de verdad. No me importa haber cedido un puesto que era agotador de mantener, pero nunca creí que todos mis amigos me fueran a dar la espalda...

—Si te han dado la espalda, significa que no eran tus amigos.

Levantó los ojos hacia mí y sentí un pinchazo en mi entrepierna. No podía con esa mirada... Ni con esos ojos, ni con esa boca...

—Soy mala persona —soltó entonces. Consiguió que mi mente calenturienta se enfriara en el acto.

—¿Qué coño dices, Kam?

—Lo que hicimos en tu coche... —dijo y me tensé— y lo que intenté hacer hace unos días...

Volví a tenerla frente a mí. La vi dar un paso. Tirar de mí hacia ella e intentar besarme. Volví a sentir el mismo pinchazo de hacía unos segundos. Hubiera dado lo que fuera por tomarla allí mismo, por hacerla mía...

Miré hacia el techo, intentando huir de lo que me hacía sentir su miraba.

—Fue un desliz... Cualquiera puede cometerlo.

—Si estuviese contigo y lo cometiera con tu hermano, ¿dirías lo mismo?

—Si estuvieses conmigo, no se te pasaría por la mente

tener ningún desliz —dije sin detenerme a pensar lo que decía.

No quería pensar así. No quería creer que Kam me deseaba más a mí que a Taylor, porque probablemente no era verdad. Mi hermano era mejor para ella, más bueno, más divertido, más atento... más todo.

Sentí que se me acercaba lentamente hasta que su cuerpo estuvo pegado a mi costado.

—¿Alguna vez te has imaginado estando conmigo?

Cerré los ojos un instante. Claro que lo había imaginado... Desde que la besé por primera vez, esos pensamientos nunca habían abandonado mi mente, ni siquiera cuando crecí y empecé a salir con chicas, ni siquiera cuando tuve novia... Kam siempre había estado ahí... Escondida bajo muchas otras cosas, pero siempre ahí... Me asustaba saber por qué nunca había podido sacarla de mi mente.

—No.

Kam se dejó caer sobre la almohada y miró hacia arriba igual que hacía yo.

—Será mejor que me vaya —dijo incorporándose despacio.

Sin poderlo evitar, la cogí del brazo y la retuve.

—Sí que me lo he imaginado, Kamila —admití después de que su mirada se cruzase con la mía y decidiese quedarse ahí, torturándome como nunca nada ni nadie me habían torturado jamás.

Cómo odiaba desear algo que nunca podría tener.

—¿Y cómo nos va? —preguntó sonriendo con una dulzura que rompía con todos mis esquemas.

—En mi cabeza no salimos de la habitación.

La vi tragar saliva y deseé pasar mi lengua por su cuello, sentir su pulso acelerarse contra ella y meter mi mano debajo de su falda para acariciarla hasta conseguir que gritara mi nombre desesperada.

—No salimos porque... —empezó en voz muy baja.

—Porque te lo hago sin parar, sin dejarte descansar. Te follo hasta que no puedes más y, entonces, cuando te recuperas, volvemos a empezar.

«Thiago, para», me dijo una vocecita en mi interior.

—¿Por qué me dices esto?

«Porque te deseo más que a nada ni a nadie en este mundo.»

—Tú me has preguntado.

—Visto lo visto, no debería haberlo hecho —contestó en voz baja, mirando hacia las sábanas para volver a buscarme un segundo después—. ¿De verdad era alguien especial para ti?

Tardé un segundo en comprender que se refería a la carta de hacía ocho años.

—*Eres* especial para mí, Kam.

—¿Lo soy? —preguntó sorprendida.

Me incorporé para estar a su misma altura y no pude evitar colocar uno de sus mechones rubios detrás de su oreja. Sentí que su piel se estremecía ante ese simple contacto y deseé con todas mis fuerzas que fuese mía.

—¿Cómo puede sorprenderte?

—Hace apenas unas semanas me odiabas.

—Puedo odiarte y desearte al mismo tiempo.

—¿Sigues odiándome? —me preguntó parpadeando confusa.

Sus labios estaban a tan solo unos centímetros de mi cara y mis ganas de besarla eran casi irresistibles.

—Te odiaré siempre que no sea yo el que te dé las buenas noches, te recoja en la puerta de tu casa, bese tu boca o te toque hasta que te corras...

—Thiago, por favor. —Colocó la mano sobre mi boca para evitar que siguiera hablando.

—No me toques, cariño, o entonces sí que la cagamos —dije, pero no pude contenerme.

Retuve su muñeca cuando fue a quitarla y besé su piel pasando la punta de mi lengua suavemente por donde mi barba podía haberla raspado. Tiré de su mano ligeramente hacia mí y mi boca empezó a besar su brazo, pasando por su codo. Nos miramos durante unos segundos que se alargaron hasta parecer horas, horas en donde ella dudaba y donde yo intentaba no pensar en nada que no fuese ella, ahí, conmigo, en mi cama. Se tumbó lentamente a mi lado y entendí aquello como una invitación. Mis labios llegaron entonces hasta su cuello, tierno y dulce, con su sangre latiendo enloquecida bajo su piel de caramelo.

—Thiago... —Exhaló despacio.

—Deja que te toque, por favor —le rogué. Suplicaría si hacía falta, no me importaba—. Quedará entre nosotros, te lo prometo.

Cerró los ojos y me lo tomé como un sí.

Me coloqué encima de ella estratégicamente para que mi polla rozara su entrepierna despacio. Me moví mientras mi boca se enterraba en su cuello, como llevaba deseando hacer desde la última vez que la tuve así para mí. Fui bajando hasta que mis labios mordieron sus pezones por encima de la tela de su disfraz.

—¿Te he dicho alguna vez lo increíble que estás con esta mierda que te pones para saltar?

—Animar —me corrigió y automáticamente le coloqué la mano sobre la boca.

—Chist —dije bajando hasta llegar a su ombligo. Le levanté la camiseta ajustada y besé su barriga plana.

Se removió inquieta debajo de mí y empezó a pasar su lengua por mi palma.

Quité la mano.

—¿Sabes lo que quiero que chupes?

Sus ojos llamearon en los míos.

—Lo haré si me lo pides.

«Joder.»

—¿Hablas en serio?

Asintió despacio con la cabeza.

Sus ojos brillaban por el deseo que solo había tardado unos segundos en despertar.

—Ponte de rodillas, entonces —la animé, creyendo que se achantaría, pero joder, joder, se bajó de la cama... Se bajó de la cama y se arrodilló frente a mí.

Metí la mano en mi pantalón de pijama y sin quitarle los ojos de encima me la saqué y empecé a tocarme. Sus ojos se clavaron en mi miembro mientras mi mano subía y bajaba despacio.

Se mordió el labio y se acercó.

—Quieta —la corté y obedeció. Seguí tocándome y me deleité en la manera en la que sus ojos se llenaban poco a poco de lujuria. Esa imagen me perseguiría de por vida, lo sabía, pero no me importó.

—Abre la boca, nena —le pedí y lo hizo.

¿Estaba soñando?

Cerré los ojos y maldije en voz alta cuando su lengua pasó por la punta de mi polla y bajó hasta casi llegar a mis huevos.

—Jodeeer —dije dejando caer la cabeza hacia atrás.

Su mano empezó a tocarme y su boca se abrió para abarcar todo lo que pudo de mi miembro.

Abrí los ojos y la miré.

Qué espectáculo, qué imagen... Nunca se me iría de la cabeza. Jamás.

Me miró, la miré y lo que estábamos haciendo pasó a ser un capítulo más en el libro de Kam y Thiago.

Nuestra historia ya hacía tiempo que había empezado, pero la pregunta era: ¿tendría su nudo y desenlace o se quedaría simplemente en la introducción?

Me la chupó hasta que la aparté y la coloqué sobre la cama.

—¿Dónde has aprendido a chuparla así?

—Es la primera vez que lo hago.

«Dios.»

Colé la mano por su falda y empecé a tocarla por encima de su ropa interior.

Aparté la tela hacia un lado e introduje mis dedos con cuidado.

Estaba mojada y muy muy suave.

Se me hizo la boca agua.

Su mano sujetó mi muñeca con fuerza, como queriéndome detener y rogarme que siguiera al mismo tiempo. Moví mis dedos, los saqué y los introduje de nuevo.

Los ruiditos que salieron de entre sus labios provocaron una sacudida en el miembro más sensible de mi anatomía.

—¿Te gusta?

—Mmm —contestó mordiéndose el labio con fuerza.

Mis dientes bajaron hasta ser yo quien tirara de ese labio espectacular.

Sus manos rodearon mi nuca y me atrajeron hacia ella. Nuestras bocas chocaron y empezaron a comerse una a la otra. Introduje mi lengua y ambas se enroscaron para realizar el baile más erótico de la historia.

Noté que se tensaba bajo mi cuerpo a la vez que mis dedos seguían tocándola sin dejarla descansar, sin dejarla respirar.

Entonces dejó de besarme para pasar a morderme el hombro con fuerza.

Noté que su cuerpo se contraía contra mis dedos y me volví loco.

—Sigue, sigue, por favor —dijo contra mi oído sintiendo las últimas olas de placer del orgasmo que acababa de darle.

Joder... ¿cuántas noches había fantaseado con eso? Con darle un orgasmo y verla llegar entre mis brazos...

Cogí su mano y la guie hasta mi miembro.

—Por favor, tócame —le supliqué y justo cuando empezaba a hacerlo, mientras nuestras bocas volvían a juntarse, llamaron a la puerta.

Me detuve y ella hizo lo mismo.

—Thiago, ¿puedo entrar? —Era la voz de mi hermano.

Sus ojos se abrieron con sorpresa y se retorció bajo mi cuerpo hasta que salió de la cama.

Miré la puerta y después a ella.

—Métete en el baño.

Ni siquiera lo dudó.

Fui hasta la puerta y la abrí.

—No encuentro a Kami —dijo simplemente.

—¿No la encuentras? —Me sentí la peor persona del mundo.

—No, aunque puede que se haya ido a su casa... No contesta al móvil.

Cuando vi que iba a llamarla me apresuré a tirar de él hacia fuera de mi habitación y cerrar la puerta a mi espalda.

—Te ayudo a buscarla, vamos —dije alejándome hacia las escaleras y deseando que él hiciera lo mismo.

Me siguió y vi lo preocupado que estaba.

—He sido un imbécil —dijo bajando las escaleras. La música seguía a todo volumen y la fiesta parecía estar en su mejor momento.

—¿Por qué dices eso? —pregunté notando un nudo en el estómago.

—La culpé por tu carta... —dijo mirándome muy serio—. Deberías habérmelo dicho.

—Lo sé —dije intentando que me escuchara por encima del volumen de la música.

Muchos se giraron hacia nosotros cuando aparecimos en el salón. No me di cuenta de que estaba sin camiseta hasta que muchas chicas empezaron a hacer ruiditos con la boca y a reírse mirándome con descaro.

—Joder, Thiago, ponte algo —me dijo mi hermano echándome una miradita y después recorriendo la habitación con los ojos intentando localizar a su novia.

«Joder..., su novia.»

Kam era su novia y yo había estado a punto de hacerle el amor en mi cama.

—Voy a por una camiseta y bajo —le dije volviendo sobre mis pasos.

Cuando abrí la puerta de mi habitación lo primero que sentí fue la ráfaga de viento helado proveniente de mi ventana abierta que me golpeó el pecho desnudo y me puso los pelos de punta.

No me hizo falta ser un genio para averiguar por dónde había saltado Kam.

Me asomé a la ventana con el tiempo justo de verla desaparecer por la puerta de su casa.

«Joder, Thiago.»

«Estás jugando con fuego...»

# 10

# KAMI

Casi me abro la cabeza al saltar desde el tejadillo que daba a la ventana de Thiago, pero lo único que me importaba era alejarme de aquella casa como fuera. ¿Cómo podía haber hecho lo que hice?

Siempre podía echarle la culpa al alcohol, decir que eso había sido la causa de mi desacertado comportamiento, porque si no, no me explicaba cómo había podido ser capaz de ponerle los cuernos a mi novio de aquella manera tan descarada y subida de tono.

Pero la verdad es que no era la primera vez que Thiago y yo compartíamos... bueno, algo, pero nunca había sido así. Lo que ocurrió en su coche hacía ya casi tres semanas había sido algo aislado, algo derivado de nuestras heridas pasadas, de nuestro amor juvenil, de nuestras ganas de reconciliarnos y dejar de odiarnos. Luego, el casi beso que nos habíamos dado en el colegio había sido consecuencia de lo disgustada que había estado debido al *bullying* que mi hermano estaba sufriendo en el colegio.

Yo quería a Taylor... No había dudas al respecto. Pero a la vez sentía algo por Thiago..., algo diferente, algo prohibido, algo que me volvía completamente loca.

«Basta.»

«Joder, Kamila, Taylor es quien te conviene. Taylor es quien te cuida, quien te respeta, quien te hace reír, quien te apoya a pesar de que medio instituto te odia, a quien no le importa un pimiento salir con la apestada del colegio... Thiago es entrenador, es el hermano de tu novio, es la persona más seria, sarcástica y poco apegada que has conocido en tu vida.»

«Taylor es la mejor opción, siempre lo será.»

Taylor...

Ya en mi habitación, encendí el teléfono móvil que se había quedado sin batería y, tras enchufarlo al cargador, abrí los mensajes.

Taylor me había llamado como diez veces.

«Por favor, dime dónde estás.»

«Por favor, Kami, me tienes preocupado.»

«Nena, venga, coge el teléfono... lo siento mucho.»

Lo llamé sin dudarlo.

Y lo cogió casi al instante.

—¿Dónde estás? ¿Estás bien?

Me dejé caer en la cama y cerré los ojos.

—Estoy bien —dije con la voz cansada.

—¿Dónde estás?

—Estoy en mi casa... Lo siento, bebí demasiado y empecé a encontrarme un poco mal...

—Lo siento mucho, Kami —dijo después de unos segundos—. Siento haberme puesto así. Perdóname, es que... No sé, siento que algo pasa entre mi hermano y tú y no entiendo muy bien qué es, ni por qué me lo ocultáis...

Era la peor persona del mundo.

—Taylor, no hay nada entre Thiago y yo...

¿Por qué mentía? ¿Por qué era incapaz de ser sincera conmigo misma?

Porque los quería a los dos.

Por eso.

—Lo sé... —contestó al rato—. Lo sé y por eso lo siento... ¿Quieres que vaya a verte? O puedes venir a casa... Duerme conmigo, mi madre no llegará hasta mañana a medio día...

Era una oferta bastante apetecible y, de no haber ocurrido lo que había pasado con Thiago una media hora antes, habría aceptado la oferta sin dudarlo ni un segundo, pero no podía... No podía meterme en su cama cuando venía de haber estado en la de su hermano. No podía caer tan bajo.

—Estoy cansada. Mejor lo dejamos para otro día.

Taylor no dijo nada durante unos segundos y finalmente aceptó mi respuesta.

—Está bien... Descansa, ¿vale? Si quieres, mañana podemos ir a dar una vuelta, desayunar juntos...

—Deberíamos ponernos con el trabajo de sexualidad.

—Y tanto que deberíamos ponernos —soltó con aquel tono que siempre me sacaba una sonrisa.

—¿Nos vemos mañana en la biblioteca?

—Te recojo y vamos juntos.

—De acuerdo —dije intentando que aquel sentimiento que pesaba en mi pecho desapareciese para dejarme seguir con mi vida.

—Buenas noches, nena —dijo suspirando.

—Buenas noches.

Colgamos y pasé a quitarme la ropa y a ponerme el pijama. Antes de meterme en la cama, no pude evitar asomarme por la ventana y fijarme en la habitación de enfrente.

Thiago había echado las cortinas. Raramente lo hacía y sentí un pinchazo en el estómago. ¿Se sentiría tan culpable como yo?

Por supuesto que sí, era de su hermano de quien estábamos hablando.

«Mierda...»

Me metí en la cama y procuré dormir.

A la mañana siguiente, me desperté con una resaca del quince. Me dolían partes del cuerpo que no sabía ni que existían, pero la cabeza era lo que se llevaba la peor parte. Como cualquiera, lo primero que hice antes de meterme en el baño para darme una ducha, fue coger el móvil y abrir en Instagram.

Las historias de mis amigos pasaban de ser simples selfis bebiendo y sonriendo a terminar siendo historias de todos ellos completamente borrachos, bailando, saltando sobre el mobiliario del salón de casa de los Di Bianco y hasta algunos con gente enrollándose frente a los móviles del resto de los compañeros.

No me di cuenta de lo que pasaba hasta que las notificaciones que me llegaban empezaron a ser demasiadas hasta para mí, que contaba con casi diez mil seguidores en las redes. Dejé las *stories* y me pasé a mi perfil.

Me incorporé en la cama sin dar crédito a lo que veía.

En mi muro había una foto de Kate conmigo. Era de

hacía años, cuando no teníamos más de doce. Teníamos los brazos entrelazados y sonreíamos felices, pero habían añadido una cruz roja superpuesta en la imagen. Pero lo peor de todo fue el pie de foto: «Te odio, envidiosa».

«Dios mío. Pero ¿qué...?»

Me metí en los comentarios:

«Envidiosa tú».

«Mala amiga».

«Ya nadie te quiere».

«Falsa».

«Mala persona».

Casi todos los comentarios eran obviamente defendiendo a Kate, pero también había algunos dándome la razón.

«La puta de Kate se merece tu desprecio.»

«Tú siempre serás la reina del instituto.»

«Joder, joder, joder, joder», pensé.

¿Quién había entrado en mi perfil? ¿Cómo? ¿De dónde habían sacado esa foto... y esas ganas de hacerme daño?

Uno de los comentarios captó mi atención.

Era de un tal «@omv_ovamat» y la imagen de usuario no era nada más y nada menos que la cara de Momo. Sentí que un escalofrío me recorría de los pies a la cabeza y el miedo empezó a adueñarse de mi mente. Odiaba ese puñetero muñeco, pero más odié lo que la persona que se ocultaba tras esa imagen escribió debajo de la foto:

«Ahora que eres como yo, solo falta que seas mía.»

Me metí en su perfil y vi que no tenía ninguna publicación ni ningún seguidor y solo me seguía a mí.

¿Qué coño estaba pasando? No os voy a mentir diciendo que no me entró un miedo acojonante al ver aquello, pero también sabía que en ese momento las cosas en el instituto estaban como estaban. Joder, la gente de Carsville se aburría más de lo normal. Borré la foto con una sensación horrible dentro y me metí en WhatsApp para mandarle un mensaje a Kate pidiéndole disculpas.

Me había bloqueado.

Normal, aunque, joder, ¿en serio me veía capaz de subir algo así? ¿Y quién había podido hackear mi cuenta?

Lo siguiente que hice fue cambiar la contraseña y cerrar Instagram.

Ya había tenido suficiente aquel día y no eran más que las nueve de la mañana.

Me duché y bajé a desayunar. Tan distraída como estaba no caí en que mi padre me había dicho que se marchaba aquella mañana.

Ver sus maletas en la entrada de casa fue lo único que faltó para que, al entrar en la cocina y verlo sentado desayunando con mi hermano, las lágrimas empezaran a caer.

Mi padre levantó la mirada de los cereales de mi hermano y se detuvo con la cuchara a medio camino.

—Cariño...

Se levantó y vino hacia mí para envolverme en uno de sus enormes abrazos. Mi padre era de las pocas personas que me hacían sentir protegida... protegida, pequeña, aún una niña... Una niña que necesitaba a su padre y a la que verlo marchar le rompería el corazón.

—No te vayas, por favor —le supliqué sabiendo que era injusto hacerlo.

—No llores —me suplicó acariciándome el pelo con sus grandes manos—. Volveré en un par de semanas a veros.

Algo dentro de mí sabía que eso no era verdad... Con la de problemas que tenía, no iba a poder encontrar tiempo para nosotros...

Mi hermano me miraba desde su silla y, cuando mis ojos se encontraron con los suyos, hizo un puchero que me empujó a mí a controlar mis sentimientos.

«No puedes dejar que Cameron te vea así, tienes que ser fuerte por él.»

Forcé una sonrisa, me separé de mi padre y me limpié las lágrimas.

—¿Qué hay para desayunar? —pregunté intentando que mi voz sonara como siempre y fracasando estrepitosamente.

—Cereales del Capitán América —dijo mi padre hablando muy alegremente.

—¿Del Capitán América? A ver, ¡que yo quiero probar eso! —dije sentándome junto a mi hermano, que pareció relajarse al ver que la tensión de la cocina se disipaba a la vez que se evaporaban las lágrimas ya derramadas.

Desayunamos los tres juntos en la cocina. Sentía algo muy feo en el pecho al pensar que esa era la última vez que mi padre se despertaría en esa casa, que desayunaría con nosotros, que regresaría después de trabajar, cansado, pero con una sonrisa y algún chocolate escondido en su chaqueta.

El divorcio era una mierda.

—Bueno, chicos... Ya es hora de irme —dijo terminando de colocar los platos en el lavavajillas.

Justo en ese momento escuchamos la puerta de la entrada cerrarse.

Mi madre apareció en la cocina un minuto después. Iba vestida con unos vaqueros y un jersey blanco roto de punto, sus botas altas hasta las rodillas y su pelo rubio recogido en un moño alto de bailarina.

Estaba muy guapa.

—Ya me voy —dijo mi padre después de lanzarle una rápida mirada.

—No hay prisa —dijo ella soltando su bolso en la mesa de la cocina—. ¿Tienes todo lo necesario para viajar? —le preguntó verdaderamente interesada.

—Todo está listo —dijo mi padre acercándose a mi hermano, que se puso de pie en la silla y lo abrazó con fuerza.

Cameron empezó a llorar y mi padre le dijo algo al oído. No sirvió de mucho. Sus bracitos no se soltaron de mi padre hasta el final.

Con él en brazos, acompañamos a mi padre hasta la entrada de nuestra casa.

Mi padre puso a Cam en el suelo y vino hacia mí.

Me obligué a no volver a derramar ni una lágrima más. Tenía que ser fuerte, por mi padre, por mi hermano...

—Te quiero, papá —le dije al oído abrazándolo con fuerza.

—Y yo a ti, princesa —dijo besando mi frente y girándose hacia mi madre.

Esta había cogido a mi hermano en brazos y nos miraba con una expresión extraña.

Mi padre fue hacia ella.

—Cuídate y cuídalos —dijo señalándonos y besándola ligeramente en la mejilla.

Con sorpresa, vi que a mi madre se le humedecían los ojos. Al final iba a ser cierto que a lo mejor tenía sentimientos.

—Avisa... —empezó a decir, pero se detuvo—. Avisa a Kami cuando llegues —añadió comprendiendo, supuse, que ya no tenía ese tipo de privilegio. Cuando mi padre desapareciese por esa puerta, sus vidas se separarían y cada uno empezaría desde cero.

Finalmente, mi padre se subió al coche y los tres, con lágrimas en los ojos, lo vimos marchar. En el caso de mi hermanito, las lágrimas se derramaban sin parar; en el mío, lo hacían de una manera más controlada; y en el de mi madre, fue una simple lágrima, que terminó limpiándose con la mano al instante de sentirla caer.

—Vamos dentro, que hace frío —dijo llevándose a Cam con ella.

Yo me quedé allí unos minutos, viendo el coche de mi padre alejarse por la larga calle y preguntándome en qué momento la vida, o más bien el karma, había decidido devolvérmela de aquella manera tan tajante y poco considerada.

Me dio tiempo a lavarme la cara y oí que me sonaba la alarma del móvil. Ya ni recordaba que había quedado con Taylor para ir juntos a la biblioteca.

Le dije a mi madre que pasaría el domingo estudiando y salí para encontrarme con Taylor enfrente de su casa.

Imaginaos mi sorpresa cuando no me encontré con Taylor.

Maggie, la profesora de mi hermano estaba allí.

Con Thiago.

—¡Hola, Kami! —me saludó alegremente, cuando no pude dar media vuelta y esperar a Taylor frente a mi casa porque habría sido ya demasiado descarado. Que me llamara Kami me molestó tanto como si me hubiese llamado Kamila. ¿Desde cuándo teníamos esa confianza? Que yo recordase, no habíamos acabado muy bien después de tener aquella pequeña reunión acerca de que los demás niños maltrataban a mi hermano.

Forcé una sonrisa al mismo tiempo que Thiago salía a recibir a su ¿novia?

Se detuvo un segundo y me lanzó una mirada entre sorprendida y extraña.

Dios... hacía apenas unas horas había tenido su miembro en mi boca.

—¿Qué hay, vecina? —dijo de una manera tan distante que admiré su capacidad para hacer como si nada.

Pero no solo me saludó como si fuese una extraña, sino que ahí, delante de mí, cogió a Maggie y le plantó un beso que me revolvió el estómago y me dio ganas de volver a vomitar.

—¿Está Taylor? —pregunté deseando desaparecer.

Thiago se separó de su novia y clavó sus ojos en mí.

—Está limpiando toda la mierda que dejaron sus amigos después de la fiesta. ¿Has venido a ayudar?

Ostras... Lo cierto es que ni había caído en eso.

—Pues sí —mentí—. ¿Puedo pasar?

—Mi casa es tu casa —dijo pasándole un brazo por los hombros a Maggie.

No dije nada y pasé por su lado controlando las ganas de pegarle un fuerte empujón.

Cuando entré en el salón no pude evitar abrir los ojos con horror.

—Madre mía...

Taylor apareció por la puerta de la cocina cargando con una gran bolsa de plástico negra.

—Hola, nena —dijo un poco agobiado.

—Dios mío, Taylor... Cómo está la casa...

—Mi madre me va a matar —sentenció acercándose a mí y dándome un beso en los labios.

—¿Te ayudo?

—Te lo agradecería —dijo forzando una sonrisa.

Juntos nos pusimos a recoger la casa mientras el imbécil

de Thiago se sentaba en el sofá con Maggie. Pusieron una película y, mientras nosotros recogíamos, ellos se centraban en besuquearse y meterse mano allí delante, sin importarles que estuviésemos dando vueltas por allí. Ver a Thiago comerle la oreja, besarle el cuello..., meterle la lengua en la boca al mismo tiempo que levantaba la mirada para ver si lo veía...

Siguió hasta que ya no pude soportarlo más.

—¿No piensas ayudarnos? —solté de muy malas maneras, fulminándolo con la mirada y obligándolo a separarse de su noviecita.

—¿Perdona? —dijo mirándome con una diversión perversa en sus malditos ojos verdes—. ¿Que si voy a hacer qué? —preguntó llevándose la mano a la oreja.

—Tú también estuviste en la fiesta.

—No, cariño. Estuve en la casa de la fiesta, que es diferente.

—Estuviste bebiendo —lo piqué sin poderme contener. Me daba igual que tuviese o no razón, no soportaba verlo con ella. No después de lo que había pasado entre nosotros la noche anterior. No después de que me regalara un orgasmo exquisito, que me besara, que me tocara...

—Sí, me bebí una cerveza, en mi casa, no en una fiesta que no organicé yo y por la cual no pienso ni recoger un plato, ¿de acuerdo?

—Eres imbécil —murmuré por lo bajini mientras le daba la espalda y seguía barriendo.

—¿Que soy qué? —dijo levantándose del sofá y viniendo hacia mí.

—Imbécil, eso es lo que eres.

Nos encaramos el uno contra el otro y nos mantuvimos la mirada hasta que Thiago pareció pensar mejor su reacción.

—¡Taylor, alguien aquí parece que te necesita! —gritó—. ¿Hay algo que te moleste, princesita? —me preguntó en voz tan baja que solo yo pude escucharlo.

—Olvídame.

—¿Seguro? —preguntó mirándome directamente a los ojos.

Mi estómago sufrió el aleteo de una bandada de mariposas que aparecieron sin previo aviso y sin permiso.

—¿Qué pasa ahora? —dijo Taylor bajando las escaleras y mirándonos con hastío.

—Nada —dijo Thiago regresando a su lugar junto a Maggie.

—Podríamos ayudarles un poco... A mí no me molesta —dijo ella mirándome con falsa amabilidad.

—No hace falta, gracias —contesté yo.

Dejé la escoba, cogí con Taylor las últimas bolsas que quedaban y salimos a tirarlas.

—Me doy una ducha rápida y nos vamos, ¿vale? —me dijo mientras subíamos a su habitación.

—Muy bien —contesté dejándome caer sobre su cama.

Joder, ahí debería de haber acabado yo la noche anterior. Deberían de haber sido sus labios los que me besaran con pasión, sus manos las que me tocaran de una manera tan excitante...

¿Por qué la cagaba tanto?

Cogí el móvil y volví a meterme en Instagram.

Como la gente no había podido seguir comentando la foto con Kate que había borrado, habían pasado a dejarme mensajes directos insultándome.

Me parecía raro que Taylor no me hubiese dicho nada al respecto y, cuando salió y me vio con mala cara, tuve que contárselo.

—¿En serio te han hackeado la cuenta?

—Sí —contesté mientras él se sentaba a mi lado—. Hay alguien que quiere joderme y no sé por qué ni quién puede ser. Lo de las taquillas, ahora esto...

—La gente está loca. Si llego a enterarme de quién te está haciendo esto, lo reviento. Te lo juro.

—No te preocupes —dije acariciándole la mejilla rasposa por la barba incipiente—. La gente se aburre..., nada más.

No le dije nada sobre el mensaje de @omv_ovamat porque... No sé por qué. Quizá no quería admitir en voz alta lo mucho que la gente parecía odiarme. Bastante vergüenza me daba ya tener que contarle estas chiquilladas... Aunque la imagen de Momo volvió a pasarme por la mente y deseé con todas mis fuerzas poder borrarla y olvidarme del tema.

Después de que él se vistiera, bajamos las escaleras y nos fuimos a la biblioteca. No quise darle muchas vueltas al ver que, al bajar, Thiago y Maggie parecían haber desaparecido, aunque el coche de ella siguiese aparcado en la puerta.

En la biblioteca, y para mi desgracia, nos encontramos con muchos estudiantes de Carsville. Dentro de poco teníamos los exámenes y los trabajos había que entregarlos en una semana.

Leer sobre sexualidad femenina con alguien como Taylor a mi lado no era tarea fácil, sobre todo cuando con cada cosa que descubríamos tenía la facilidad de gastar una broma o hacer un comentario subido de tono, pero también encontré el trabajo muy interesante. ¿Sabíais que un gran porcentaje de hombres aún cree que la existencia del clítoris es mera invención? ¿O que, por ejemplo, el porcentaje de mujeres homosexuales que llegan al orgasmo es mayor que el de las mujeres heterosexuales? ¿O que un sesenta y ocho por ciento de mujeres ha admitido fingir al menos una vez el orgasmo con su pareja?

Con cada artículo que leía, más me interesaba y sorprendía con las grandes lagunas que aún existían sobre la sexualidad femenina o la sexualidad en general. Existían tantos mitos y tanto machismo cuando se trataba del placer femenino que me entraron ganas de gritar a los cuatro vientos datos y estadísticas para que todos las supieran.

—Entonces ¿el clítoris también está por dentro?

Ambos estábamos centrados en ver un dibujo sobre la vagina en el que se explicaba que el clítoris era un órgano que medía nueve centímetros y que tenía más de ocho mil terminaciones nerviosas.

—Eso parece... —dije en voz baja mirando el dibujo—. Mira lo que pone aquí: «No fue hasta 1998 cuando la primera mujer uróloga australiana describía por primera vez y con todos sus elementos la anatomía completa del clítoris. El único órgano diseñado exclusivamente para el placer».

—Y para la reproducción, ¿no? —preguntó Taylor leyendo también el artículo.

—No —dije terminando de leer antes que él—. Ese es el tema... Desde hace miles de años a la mujer se nos ha inculcado que la vagina existe únicamente para la reproducción, ¡a nadie le interesaba admitir que el órgano que nos da placer no era la vagina! Si total, nosotras solo servíamos para tener bebés, ¿no?

—Oye, no te enfades —me dijo, sorprendido por mi repentino arrebato.

—¿No te parece indignante? ¡A nadie le interesó estudiar el placer femenino hasta 1998!

—Ese fue el año en el que se descubrió. Estoy seguro de que...

—Ese no es el tema, el tema es que ¡nos han robado el placer! ¿Y sabes por qué? Porque hasta que no se descubrió esto, todas pensábamos que solo podíamos tener orgasmos a través de la penetración..., lo que nos hace dependientes de un hombre hasta para eso.

—Ahora las tías os tocáis más que nosotros, venga ya.

—Y bien que hacemos —contesté con la mirada aún clavada en la pantalla—. ¡Mira! Hasta el año 2017 no se incluyó el clítoris como órgano en los libros de texto. ¡2017!

—Indignante —contestó y me giré para fulminarlo con la mirada.

—No te rías, esto es serio.

—Y muy interesante. La gente va a flipar cuando lo expongamos en clase.

—Lo estoy deseando...

Aún recordaba cómo había sido mi experiencia sexual con Dani... Menudo capullo. Ni siquiera se molestó en tocarme como es debido o en preguntarme qué me gustaba o si había llegado... ¡Nada! Él se corrió y adiós muy buenas.

—Te prometo dedicarle a tu clítoris todo el tiempo del mundo cuando me dejes acercarme a él —me susurró al oído, consiguiendo que en contra de mi voluntad mis mejillas se colorearan de un rojo intenso.

—Algún día —contesté sonriendo ya un poco más calmada.

—Me conformo con eso —dijo cerrando el portátil y estirándose para después bostezar—. Estoy molido.

Yo estaba igual. Estudiar después de un día de fiesta era lo peor que se podía hacer. Guardé las cosas en la mochila y, justo cuando levanté la mirada, vi a Kate entrando en la biblioteca acompañada de Amanda y Lisa.

Las tres me miraron con cara de asco y siguieron su camino hasta sentarse en una mesa apartada, junto a la chimenea de la biblioteca.

—Me odian —dije lamentando que hubiésemos llegado a ese extremo.

—Olvídate de ellas, nena.

—Me preocupa más la persona que está detrás de todo esto —dije fijando mi mirada en Dani, que llevaba haciendo el tonto en la mesa de enfrente desde hacía ya un buen rato.

—¿Sabes con quién lo vi dándose el lote ayer?

Miré a Taylor temiendo la respuesta.

—¿Ellie?

—La misma —contestó metiendo su portátil en la funda—. ¿Te molesta? —me preguntó mirándome más serio.

—No solo me molesta que me lo haya ocultado, sino que no entiendo cómo puede ni siquiera sentirse atraída conociendo mi historia con él...

—A lo mejor con ella no es un capullo.

Lo miré y me olvidé de recoger mis libros.

—¿Quieres decir que era un capullo por mi culpa?

Taylor abrió los ojos sorprendido.

—¿Cuándo he dicho yo eso? Joder, Kami estás muy susceptible.

Suspiré y cerré los ojos un segundo para después volverlos a abrir y fijar la mirada en él.

—Lo siento... Llevas razón. ¿Te apetece salir a comer algo?

Taylor dejó su mochila sobre la mesa y tiró de mí ligeramente para darme un beso en los labios.

—Todo se va a arreglar, Kami. Te lo prometo.

¿Cómo iba a arreglar que mi padre se hubiese ido de casa? ¿O que mis padres se fuesen a divorciar? ¿O que mis amigas ya no fueran mis amigas? ¿Iba a hacer desaparecer a la persona que intentaba amargarme la vida en el instituto?

Sabía que las intenciones de Taylor eran buenas, pero nadie podía solucionar mis problemas.

Después de pasarnos la mañana en la biblioteca, nos fuimos juntos a almorzar. Yo trabajaba en el turno de tarde en la cafetería, por lo que después de comernos una hamburguesa en uno de los mejores restaurantes de comida casera del pueblo, Taylor me dejó en Mill's.

Me pasé la tarde trabajando e intentando ignorar los problemas, pero claro, los problemas se pueden ignorar siempre y cuando no vengan a buscarte directamente a tu lugar de trabajo.

Ya casi estaba a punto de cerrar la caja cuando Dani apareció con sus amigos por la puerta.

—Vamos a cerrar —dije automáticamente cuando lo vi entrar. ¿Siempre tenía que ir por ahí con su chaqueta del equipo de baloncesto? ¿No tenía otra maldita prenda de ropa?

—En la puerta pone que cerráis a las nueve —dijo mirando a sus amigos y riéndose.

—Son las nueve menos cinco —dije.

—Exacto —contestó palmeándole la espalada a Harry. Victor se rio y los tres se fueron hacia la mesa que no quedaba muy lejos del mostrador.

La señora Mill's salió para fijarse en quién había llegado y luego miró su reloj de pulsera.

—Oye, chicos, cerramos en cinco minutos... —empezó a decirles con una sonrisa de disculpa.

—Entonces aún está abierto, ¿no? —contestó Dani con hastío en un tono muy maleducado.

La señora Mill's se apoyó en su bastón. Llevaba ya una semana con dolores de espalda. Me había estado encargando prácticamente yo de todo y encima con el señor Mill's en cama... ¿El idiota de Dani no se daba cuenta de que era de capullos entrar en un establecimiento cuando quedaban cinco minutos para que este cerrara?

La señora Mill's forzó una sonrisa.

—Os puedo preparar algo rápido si queréis... —dijo acercándose a la mesa.

—¿Qué queréis, chicos? —dijo Dani mirando el menú—. Yo quiero un desayuno completo, con extra de beicon y huevos revueltos.

—Yo lo mismo.

—Y yo.

Los odié con todas mis fuerzas.

La señora Mill's cogió el pedido y vino hacia mí.

—No se preocupe, señora Mill's, yo lo preparo todo. Márchese usted a casa y yo me encargo de cerrar.

El alivio en la cara de esa señora mayor hizo que odiara aún más a ese impresentable.

—¿Estás segura, corazón?

Asentí forzando una sonrisa.

—Totalmente, no se preocupe.

—Muy bien, muy bien... No te olvides de cerrar la puerta trasera también.

—Descuide.

La señora Mill's se marchó y yo me metí en la cocina para prepararle la comida a esos idiotas.

Me sobresalté cuando en un momento dado, al levantar la mirada, vi que Dani se había acercado a la cocina y había entrado sin permiso.

—Aquí no puedes estar. Es solo para el personal.

—Solo me quería asegurar de que hacías bien tu trabajo.

Dejé de batir los huevos.

—¿Te crees que no sé preparar un desayuno?

Dani rodeó la isla donde normalmente preparábamos los pasteles y las magdalenas y se apoyó cruzándose de brazos, mirándome con esa sonrisa que ahora no soportaba.

—Aún me cuesta hacerme a la idea de que tengas que estar trabajando... ¿Qué le ha pasado a la Kamila Hamilton que todos admiraban? ¿Tienes idea de lo patético que resulta verte aquí?

Obvié el dolor que me produjo su insulto.

—¿Y sabes tú lo patético que resultas simplemente por el mero hecho de existir? Fuera —le dije señalando la puerta.

—Aún no puedo creer que tu familia esté arruinada... la dinastía Hamilton lista para desaparecer.

—Lo único que debería desaparecer es tu estupidez. Lárgate —dije conteniendo mis ganas de tirarle la cuchara que tenía en la mano.

Dani sonrió.

—Si no fuera porque ya hay alguien ahí fuera amargándote la vida, ten por seguro que sería yo quien lo haría... Es divertido verte caer.

—¿Te estás oyendo?

—Alto y claro —dijo acercándose a mí—. Intentaste arruinar mi reputación y ahora es la tuya la que está por los suelos... Pero, aunque te cueste creerlo, a una parte de mí lo mata verte así... Algo de cariño te tengo; al fin y al cabo, salimos durante dos años, ¿no?

—No sé qué me fumaba por aquel entonces —respondí

sin entender adónde quería llegar con esa actitud de mierda—. ¿Qué quieres Dani? —le pregunté soltando veneno con cada palabra.

—Tengo una propuesta que hacerte —dijo como quien no quiere la cosa.

Detuve lo que estaba haciendo y lo miré.

—No me interesa.

Fue como si ni siquiera hubiese hablado.

—Vuelve conmigo y tu vida volverá a ser la de antes. No tendrás que trabajar en esta pocilga. No tendrás que ir al instituto en bicicleta. Nadie se atreverá a decir ni media palabra en tu contra. Incluso hablaré con mi padre personalmente para que os ayude con cualquier cosa que necesitéis.

Eso sí que no me lo esperaba.

—¿Qué te hace pensar que yo podría ni siquiera plantearme volver contigo?

—Porque tu vida era mucho mejor cuando era yo quien te protegía.

—¿Protegerme? Yo no necesito que nadie me proteja.

—Claro que sí. ¿Te crees que la gente que ahora habla sobre ti no pensaba lo que dice hace un año o hace dos? Te ganaste un gran grupo de enemigos siendo la chica perfecta que tenía todo cuanto cualquier adolescente desea y, ahora que has caído y no tienes a alguien como yo para respaldarte, la gente se ensaña y disfruta haciéndolo.

Dejé la cuchara en la encimera haciendo un fuerte ruido sordo.

—No quiero nada tuyo. Ni tu dinero, ni tu compañía, ni tu maldita protección ni tu popularidad. ¡Nada! ¿O se te ha olvidado cómo llegaste a tratarme?

Dani apretó los labios con fuerza.

—Eso fue solo una vez.

—¡Dos veces! ¡Dos veces me pegaste, hijo de puta!

—¡Cállate! —me gritó mirando hacia la puerta con temor a que sus amigos lo escuchasen—. Cierra la boca, joder.

—¿Por qué? ¿Por qué iba a cerrarla? Hablas de que mi reputación está por los suelos, de que ya nadie me respeta ni me quiere y eso ¿por qué? ¿Porque mi padre se ha metido en líos? ¡Yo no tengo la culpa de eso! En cambio, lo que tú has hecho...

—¡Maldita desagradecida! He venido aquí...

—Has venido aquí a chantajearme —sentencié.

Ambos escuchamos el ruido de la campanilla de la entrada, que anunciaba que alguien acababa de llegar a la cafetería y miramos hacia allí.

Julian acababa de entrar. Me vio por la ventanilla por la

que sacábamos los pedidos y no dudó ni un instante en venir para asegurarse de que estaba bien.

Entró en la cocina y me miró para después clavar sus ojos en Dani.

—¿Qué está pasando aquí?

—Dani ya se iba.

Dani me miró un momento y después a mi amigo.

—Y encima te juntas con este maricón —dijo mirándolo con asco—. Toda tuya.

Dani salió de la cocina y, para sorpresa mía, Julian no dijo ni hizo nada para defenderse.

—Lo siento —dije acercándome a él.

—No pasa nada.

—Sí que pasa, es un imbécil. No hagas caso de lo que ha dicho.

—Bueno... soy maricón, ¿no? No me importa que me llamen por lo que soy.

—Pero... —empecé, pero me interrumpió.

—No te preocupes, Kam, de verdad. ¿Tú estás bien?

Escuché que se volvía a abrir la puerta y, al asomarme al mostrador, vi que Dani, Harry y Victor se marchaban de la cafetería.

—¡No me lo puedo creer!

Miré la comida que acababa de preparar, aunque el último plato aún estaba a medio terminar y maldije en voz alta.

—¿No debería de estar cerrado? —preguntó Julian—. Son las nueve y veinte...

Suspiré.

—Debería, sí. ¿Te apetece un desayuno para cenar?

Mi amigo me miró sin entender y yo cogí los platos indicándole que me siguiera.

Al menos no iba a tener que cenar lo que fuera que mi madre hubiese inventado esa noche.

# 11

# TAYLOR

No había querido decirle a Kami que sabía lo de la foto de Kate y que había visto perfectamente los mensajes que la habían seguido. En especial el de @omv_ovamat, valiente gilipollas.

«Ahora que eres como yo, solo falta que seas mía.»

¿Qué se suponía que significaba esa mierda de mensaje? ¿Cómo que ahora era como ella? No pensaba quedarme de brazos cruzados mientras medio instituto le hacía la vida imposible a mi novia. Que Kami ni siquiera hubiese sospechado mis intenciones me sorprendía y me molestaba a la vez. ¿De verdad se creía que iba a hacer como si nada?

Llame a Pérez, un amigo de mi hermano de Nueva York. Era informático y sabía que, si le pedía que intentase rastrear a ese tipo, lo haría. No era un hacker profesional ni nada parecido, pero estaba seguro de que para él sería pan comido rastrear a un alumno imbécil.

—Claro, tío. Mañana me pongo con eso y te digo algo —me contestó después de explicarle más o menos la situación—. No creo que me lleve mucho rato, pero hoy estoy con otro encargo, ¿vale?

—No te preocupes —dije metiendo en Google la palabra «Momo».

Esa puta cara daba un miedo de cojones. Yo había escuchado hablar del «reto de Momo» alguna vez. Al parecer había vídeos en YouTube donde Momo aparecía para asustar a niños pequeños que estaban viendo Pepa Pig o algún tipo de dibujo animado y los obligaba a hacer cosas en contra de su voluntad, amenazando a sus familias o con hacerles algún tipo de daño. Pero lo de Momo llevaba ya años desaparecido. Se había vuelto tan viral que ya nadie creía en eso y todos sabían cómo actuar si aparecía en algún vídeo.

¿Por qué ese imbécil de @omv_ovamat utilizaba su cara para asustar a mi novia?

—¡TAYLOR!

Mierda.

Cerré el ordenador antes de que mi madre apareciera por mi habitación hecha una fiera.

—¡¿Tú has visto cómo está la casa?! —gritó golpeando la puerta contra la pared de la fuerza con la que entró.

—He limpiado todo... —empecé a justificarme.

—¡Hay condones en mi habitación! ¡Usados!

—Pero ¿qué dices?

Mi madre era una mujer muy pequeña, aunque elegante. Pequeña porque mi hermano y yo le sacábamos por lo menos dos cabezas, por eso me sorprendía que alguien tan chico pudiese inspirarnos tanto miedo.

—¡Límpialo ahora mismo y cambia las sábanas de mi cuarto! ¡Serás...! —dijo dándome una colleja con todas sus fuerzas.

—Joder —maldije poniéndome de pie—. Les dije que no se podía entrar en las habitaciones.

—¡Se te da la mano y coges el brazo! Me dijiste que la fiesta iba a ser con unos cuantos amigos...

—Y fuimos unos cuantos...

Mi madre fue a pegarme otra vez, pero me aparté.

—Lo limpiaré, ¿vale?

—Y tanto que lo vas a limpiar. ¡Desaparece de mi vista!

Salí de mi habitación y me puse a limpiar la casa..., otra vez. Joder, esa era la última vez que hacía una puñetera fiestecita. Encima, ni siquiera me lo había pasado bien. No después de enterarme de lo de mi hermano y Kami, no después de pelearme con ella, no después de escuchar que ese imbécil de Julian insinuaba algo sobre ellos dos juntos... Ese tío empezaba a tocarme los cojones. ¿De qué iba? Supuestamente era gay, pero esa extraña relación con Kami... ¿Eran amigos? Pero ¿qué clase de amistad tenían? Porque yo no entendía absolutamente nada.

Había dejado a Kami en Mill's hacía ya unas cuatro horas. Supuestamente iba a llamarme nada más salir para cenar algo juntos y luego ver una peli, aunque no podíamos acostarnos muy tarde porque al día siguiente teníamos clase.

Miré el móvil.

Joder, ni que me hubiese leído la mente.

«No voy a poder cenar contigo. Problemas en el trabajo, ya te contaré. Julian me llevará a casa.»

¿Y qué cojones hacía Julian con ella en la cafetería?

Joder, de verdad, desde que había empezado a salir con Kami, todo eran problemas. Mi hermano y yo apenas nos hablábamos. No preguntéis por qué, pero sin duda se debía a mi novia. ¿A Thiago le gustaba Kami? Estaba claro que le había gustado cuando era un crío, pero era cierto que eso había sido hacía mil años... Además, ahora salía con Maggie, la profesora esa buenorra.

Pero entonces ¿por qué siempre notaba ciertas vibraciones entre ellos dos? ¿Eran imaginaciones mías?

No tardé en irme a dormir. La resaca y el haber pasado la mañana limpiando y después estudiando colaboraron para hacer que cayera rendido como un bebé.

A la mañana siguiente, cuando me levanté, el frío en mi habitación me hizo chasquear los dientes.

Joder, pero si acabábamos de entrar en noviembre. Me asomé fuera y vi que llovía.

Menudo lunes de mierda nos esperaba.

Me vestí, fuera aún era de noche —joder, cómo odiaba despertarme tan temprano— y bajé a desayunar. Mi madre dormía, pero mi hermano estaba preparando el café. Al igual que yo, se había vestido con un jersey y se había calzado las botas.

—¿Has visto el frío que hace?

—Cero grados según internet —me contestó cogiendo dos tazas y sirviéndonos a ambos—. ¿Quieres huevos revueltos? —me preguntó.

—Yo los preparo —dije acercándome a la nevera y sacando cuatro huevos.

—¿Nevará? —preguntó mi hermano asomándose por la ventana.

—Pues espero que no —dije batiendo los huevos.

—Pero ¿qué hace? —escuché entonces a mi hermano decir en voz alta en un tono que mostraba incredulidad e indignación al mismo tiempo.

Levanté la mirada de los huevos y miré por la ventana. Kami acababa de salir de su casa. Llevaba un gorro de lana y un chaquetón y, si no me equivocaba, iba directa a coger su bicicleta.

—¿Qué pretende? ¿Morir congelada? ¿Por qué a veces es tan insensata? —dijo mi hermano a nadie en general.

—Sigue con esto, iré a buscarla. —Solté el tenedor y el bol con los huevos en la mesa y salí hacia la puerta.

Joder, cuando salí fuera el viento me pegó como si hubiese sido una bofetada. Una bofetada fría y dolorosa.

—¡Eh, tú! —le grité y se giró justo antes de montarse en su bicicleta—. Estás de coña, ¿no? —le dije acercándome a grandes zancadas.

—Hola —dijo ella sonriéndome de esa manera que me enamoraba. Joder, cómo me enamoraba—. ¿Has visto el frío que hace? —me preguntó.

Levanté las cejas con incredulidad.

—Eh... claro, claro que lo veo. La que no parece verlo eres tú. ¿Adónde te crees que vas con esa bicicleta?

—Pues al instituto... He salido antes porque con el viento tardaré un poco más.

—Kami, te llevo yo —sentencié sin dar crédito.

—No, de verdad —dijo negando con la cabeza—. No tienes por qué llevarme siempre... Además, me apetece ir en bici, respirar aire puro...

—Aire congelado, querrás decir —la interrumpí—. Deja ese trasto y ven a casa. Te haré un café.

Kami miró hacia la fachada de mi casa y negó con la cabeza.

—No, de verdad. Estoy bien.

—Kamila, o vienes o te llevo a rastras. No voy a dejar que te pongas enferma teniendo yo un coche con calefacción con el que puedo llevarte. Vamos.

Parecía realmente reacia a venir conmigo.

—¿En serio quieres ir en bicicleta con este temporal?

Hasta decirlo era absurdo.

—Bueno, vale. —Dejó la bicicleta y me miró con mala cara—. Pero esto no va a ser siempre así. Puedo ir perfectamente en bicicleta, solo tengo que abrigarme y...

—Lo que tú digas —la interrumpí tirando de su mano y pegándola a mi cuerpo—. Joder, qué puto frío.

Entramos en casa y di gracias al cielo por tener calefacción. Kami parecía no querer adentrarse mucho en mi hogar porque se quedó ahí de pie tiritando en la entrada.

—Lo del café iba en serio. Vamos.

La oí suspirar y entré en la cocina. Mi hermano ya había hecho los huevos y en ese instante sacaba otra taza del armario.

—¿Buscándote una hipotermia? —le soltó de malas maneras.

—¿Podéis dejar de exagerar?

—¿Exagerar? Anda, bébete esto —le dijo dándole una taza con humeante café.

Kami la aceptó medio a regañadientes y los tres nos sentamos en la mesa de la cocina.

—Me quedaría en casa, os lo juro —dije para abrir algún tema de conversación. ¿Por qué se comportaban de nuevo tan secos el uno con el otro? ¿Habíamos vuelto al principio?

—No puedes —me dijo mi hermano dejando su taza en la mesa y mirando hacia afuera—. Yo creo que va a nevar.

—No han dicho nada en las noticias —dije yo.

—Pues si nieva, sabéis lo que eso significa, ¿no?

Los dos, mi hermano y yo la miramos sin comprender.

—¡Venga ya! ¿En serio os habéis olvidado?

—No me jodas que se sigue haciendo lo de...

—¡Las hogueras! —dijo ella entusiasmada—. ¡Claro que se hace! La primera nevada significa hogueras, malvaviscos, galletitas, chocolate caliente, buena música y...

—Alcohol —dije yo interrumpiéndola—. Ahora sí que me acuerdo.

Kami puso los ojos en blanco.

—No solo alcohol, pero es una de mis fiestas preferidas de Carsville.

—¿Se sigue haciendo también el concurso de mejor muñeco de nieve?

—Sí, pero lo han cambiado un poco. Ahora solo pueden participar los niños.

—Pero ¡qué dices! —dije indignado.

—Podemos reclutar a mi hermano —dijo mirándome entusiasmada. Había olvidado lo mucho que a Kami le gustaba la nieve, los trineos, hacer muñecos, las hogueras... Habíamos pasado grandes momentos juntos de pequeños cuando empezaba el invierno y, de repente, me llenó de ilusión poder volver a vivirlo con ella.

—Entonces, ojalá nieve hoy —sentencié con una gran sonrisa.

No tardamos en dejar las tazas de café en el fregadero y subirnos al coche para irnos al instituto. Nada más entrar, una gran pancarta nos dio la bienvenida en el vestíbulo de entrada, donde empezaban los pasillos de las taquillas.

«Semana Universitaria», rezaban los carteles.

—¿Es esta semana? —preguntó Kami en voz alta.

—¿El qué es esta semana?

—Hasta luego, niños —dijo Thiago ignorando nuestras preguntas al aire y marchándose en dirección a la sala de profesores, no sin antes lanzarle una miradita curiosa a Kami.

Ya no sabía si eran imaginaciones mías, que me estaba obsesionando o qué era lo que me pasaba, pero no paraba de ver señales entre ellos dos; señales que no me gustaban nada y me estaban empezando a afectar.

—Durante esta semana hacemos actividades relacionadas con el ingreso a la universidad. Practicamos las pruebas de ingreso, nos enseñan cómo escribir las cartas de presentación, las redacciones, nos dan charlas sobre las distintas universidades y, ay Dios mío... —Se detuvo ante una gran mesa larga que habían colocado allí en medio con un montón de folletos encima—. «La Ivy League» —leyó en voz alta nada más ver las palabras escritas en dorado y los respectivos cartelitos que denominaban las ocho mejores universidades de Estados Unidos: la Universidad Brown, la Universidad de Columbia, la Universidad Cornell, Dartmouth College, la Universidad de Harvard, la Universidad de Pensilvania, la Universidad de Princeton y la Universidad de Yale.

—Ay Dios, ay Dios —dijo acercándose a los folletos azules de Yale.

No pude evitar sonreír al verla tan emocionada.

—A veces se me olvida que queda nada para irnos a la universidad.

—Dios mío, no voy a entrar —dijo entonces cogiendo el folleto entre sus manos con exagerada fuerza—. No voy a entrar...

—No digas tonterías —dije quitándole el folleto—. Eres de las mejores de la clase...

—De las mejores, tú lo has dicho. No soy la mejor.

—Para mí eres la mejor —corregí automáticamente.

—No voy a entrar, lo sé... —Me miró con verdadero pánico en sus bonitos ojos marrones.

—Oye, tranquilízate, ¿vale? Aún queda mucho, no te obsesiones con esto...

Volvió a coger el folleto y se puso a leerlo. Yo no pude evitar que mis ojos se desviaran hacia los de Harvard. Me acerqué hasta allí y, cuando fui a coger uno, una mano chocó con la mía.

Al levantar los ojos vi de quién se trataba.

Ellie, la mejor amiga de Kami.

—¿Eres tú mi competencia? —le pregunté con una sonrisa torcida.

Ella me miró frunciendo el ceño... No me preguntéis por qué, porque no tenía ni puta idea, pero esa niña siempre me miraba con mala cara.

—No existe ninguna competencia —dijo muy sobrada—. Yo seré quien consiga la plaza.

—Ah, ¿sí? —la piqué divirtiéndome en exceso con su chulería—. ¿Por eso te juntas ahora con gente no deseada? ¿Para conseguir enchufe en buenas universidades? Porque es la única manera que tendrías de entrar.

—Imbécil.

—¿Es por eso? —pregunté ahora verdaderamente interesado. Todos sabían que la familia de Dani Walker podía conseguir el cielo si hacía falta. Su padre tenía todos los contactos y, si le caías en gracia, podía conseguirte lo que le pidieras—. ¿Por eso vas por ahí enrollándote con los exnovios abusones de tus mejores amigas?

—No tienes ni idea de nada...

—¿De qué no tengo idea, a ver?

—¡Ellie! —dijo entonces Kami acercándose a nosotros—. ¿Has visto los nuevos panfletos? —Empezó a hablar emocionada, pero se detuvo y cambió el tono al ver que estábamos un poco tensos—. ¿Qué pasa?

—Nada. Tu novio metiéndose donde no lo llaman —dijo mirándome con verdadero odio. Pero ¿qué le había hecho yo a esa chica?

—Solo siento curiosidad sobre temas que se escapan de mi entendimiento, nada más.

—Entonces sientes curiosidad por absolutamente todo, ¿no?

—Vaya, qué rápida —contraataqué sorprendido por su velocidad de respuesta y su inesperado sarcasmo.

Justo en ese momento sonó la campana.

—Te veo luego en historia —le dijo a Kami para después darnos la espalda y marcharse con prisas.

—¿Venís a clase? —preguntó entonces Julian por detrás de nosotros.

¿Este tío no se daba cuenta de que no éramos colegas? La última vez que lo había visto había sido en la fiesta y porque se me acercó para insinuar gilipolleces sobre Thiago y Kami. Y anoche había ido a recoger a mi novia, consiguiendo así que yo me quedara sin verla.

«Me caes mal», me hubiese gustado decirle, pero me contuve al ver que Kami le sonreía y asentía con alegría.

Las tres primeras horas de clase se me hicieron eternas, pero sabía que después del recreo teníamos educación física. Los chicos y las chicas nos dividimos para entrar en nuestros correspondientes vestuarios y salimos con el uniforme deportivo del instituto puesto. Me sorprendió ver a mi hermano esperándonos a todos frente a las gradas exteriores. El entrenador Clab era quien nos daba educación física, mi hermano se hacía cargo solo de algunas clases inferiores.

—Hola a todos —empezó diciendo simplemente—. Por si no lo sabíais, el entrenador Clab ha decidido dejar el instituto —dijo entonces, consiguiendo que un revuelo general se expandiera por todos los alumnos.

Vi a Kami mirando a Thiago desde el extremo opuesto a la fila de la grada donde yo me había sentado.

¿El entrenador se había marchado?

—Sí, sí, es una pena que haya decidido jubilarse y, debido a eso, hoy mismo me han ofrecido a mí su puesto de trabajo... Es algo temporal hasta que se consiga otro profesor, pero os digo ya que me tomo esta responsabilidad muy en serio y que os voy a hacer trabajar más que nunca.

Todos volvieron a mirarse y a cuchichear. Yo, por una parte, me alegré de ver que confiaban en mi hermano lo suficiente como para darle esa oportunidad.

—Para celebrar mi nuevo puesto, hoy he decidido que jugaremos un partido de baloncesto. Haremos seis miniequipos y os iréis turnando cada diez minutos. El que vaya ganando se queda hasta que alguien lo supere, ¿de acuerdo?

Mi mente ya empezó a planificar las jugadas y a buscar a mis mejores jugadores con la mirada: Harry, Julian, ¿Marty?...

—Los equipos serán mixtos y yo los crearé —dijo entonces mi hermano cortando de cuajo mi equipo deseado.

—¡Sí, hombre! —gritó Dani indignado, consiguiendo que estuviese de acuerdo con él por primera vez en mi vida—. No pienso tener tías en mi equipo...

Mi hermano le lanzó una mirada helada.

—Entonces, tú, por idiota, te quedarás en el banquillo —le soltó Thiago sin pelos en la lengua.

No pude evitar sonreír.

Aquello iba a ser divertido.

# 12

## KAMI

Todo lo buenas que éramos animando al equipo de baloncesto, no lo éramos jugando a ese dichoso deporte. ¡Qué desastre! Como nuestro instituto era conocido por jugar bien al baloncesto, prácticamente todos los chicos sabían lo que se hacían... menos nosotras.

No solo jugábamos fatal, sino que entorpecíamos a los demás jugadores.

—¡Por Dios, apártate! —me gritó un tal Richi al que no recordaba haber visto en mi vida, empujándome para que me apartara y él pudiera pasar por delante y encestar.

—¡Eh! —gritó Taylor, que jugaba en el equipo contrario—. ¡Eso ha sido falta!

—¡Ha metido tu propio equipo, Taylor! —le gritó Thiago que parecía estar disfrutando y odiando su nuevo empleo a partes iguales.

—¡Pero no has visto el empujón que...!

Me acerqué a él y le di un beso rápido en la mejilla.

—Tranquilo, cariño, estoy bien —le susurré al oído.

—¡Hamilton, esto es un partido de baloncesto, no una cita! —me gritó Thiago de muy mala leche.

Me aparté de mi novio y volví a mi posición.

Seguimos jugando hasta que perdimos y tuvimos que marcharnos al banquillo. El equipo de Taylor no había perdido ni un solo partido, y el resto seguíamos rotando, intentando derrotarlo. Dani parecía a punto de estallar de lo furioso que estaba por no ser capaz de ganar y se pasaba el partido gritándoles a todos.

—¡Por ahí no! ¡Serás estúpida! —le gritó entonces a una chica que iba a nuestra clase de arte. Llevaba gafas, era bajita y se ponía muy nerviosa cuando alguien le pasaba la pelota.

—¡Walker, otras diez flexiones! —le gritó Thiago por cuarta vez. No era al único al que le había mandado a hacer flexiones. De hecho, yo ya había tenido que hacer quince. Las diez primeras por haber saltado a la espalda de Taylor cuando a este le tocó bloquearme y lo único que hacía era hacerme cosquillas para distraerme. Las otras cinco fueron simplemente por haberle hecho un corte de manga a Julian, que riéndose no había dejado de intentar marearme mientras me rodeaba con la pelota haciéndola botar sin que yo pudiese hacer nada para evitarlo.

Miré a Dani haciendo las flexiones y no pude evitar sonreír. Si yo tenía que hacerlas, ese imbécil se las merecía más que ninguno. Cuando tuvimos un descanso, me acerqué a Taylor con una gran sonrisa en la cara.

—¿Estás seguro de que quieres ser ingeniero? —pregunté mientras él me levantaba por la cintura para abrazarme y pegarme a su cuerpo sudado—. El baloncesto te hace parecer muy sexy —añadí imitando su sonrisa de oreja a oreja.

—Si me das un beso, seré lo que tú quieras —contestó entonces metiéndome la lengua hasta la garganta.

No pude evitar abrir los ojos y mirar hacia lo que había detrás de su espalda.

Sí, en efecto: Thiago nos miraba. Su mirada se cruzó con la mía y sus ojos se oscurecieron.

—¡Se acabó el descanso! —gritó sin quitarme los ojos de encima.

Taylor me soltó, me besó rápidamente en la mejilla y volvió al campo. Yo me senté en las gradas junto a Ellie, que seguía sin confiarme lo que había pasado con Dani.

—Oye... —empecé, intentando buscar una manera en

la que no pareciera celosa ni nada cuando soltara LA PREGUNTA—: ¿Pasó algo entre Dani y tú en la fiesta de Halloween?

Ellie me miró y sus mejillas parecieron enrojecerse.

—¿Por qué lo preguntas? —dijo congelando el tono y sorprendiéndome por ello.

¿Decía la verdad o seguía insistiendo a ver si era ella la que finalmente me lo contaba?

—Os vi —solté entonces, dejándome de tanta chiquillada.

—¿Nos viste...? —dijo alargando lo inevitable.

—Os vi besándoos, Ellie.

Mi amiga fijó la mirada en los equipos que jugaban. Dani estaba entre ellos, de hecho, era él quien llevaba la pelota.

—¿Y si hacemos como si no hubiese pasado? —me preguntó entonces volviendo su cara hacia mí. Sus mejillas se habían enrojecido por el frío y sus pestañas oscuras sombreaban sus ojeras, consiguiendo que estas se vieran más oscuras de lo que eran en realidad.

—Pero ¿por qué lo hiciste? ¿Te gusta?

Ellie dudó.

—A veces una no controla de quién se enamora, ¿lo habías pensado?

—¡¿Estás enamorada de Dani?! —pregunté con incredulidad.

—¡Hamilton, otras diez flexiones! —gritó entonces Thiago girándose hacia mí.

«¡Joder!»

Me puse de pie hecha una fiera.

—¡No he hecho nada!

—No estás prestando atención —dijo simplemente.

—¿A qué? —rebatí sin podérmelo creer.

—Al partido. Que no estéis jugando no significa que no tengáis que prestar atención —añadió mirando a todos los demás, que hacían lo que yo: charlar y pasar el rato hasta que les tocara jugar a ellos otra vez.

—Puedo hablar y prestar atención al mismo tiempo —le dije pasando de volver a hacer flexiones.

—¿Quieres que te aplauda? ¡Diez flexiones!

Fui hacia él echando chispas.

—Te estás pasando, Thiago —le dije en un tono bajo para que solo él pudiera oírme.

—Entrenador o profesor, nada de Thiago —dijo desviando los ojos hacia el partido—. ¡Walker, pasa la pelota!

—La has cogido conmigo desde que ha empezado la clase —dije, aún reacia a hacer ninguna flexión y molesta por su actitud.

—Hoy me irritas más de lo normal —dijo encogiéndose de hombros—. Diez flexiones y nada de rodillas en el suelo, diez flexiones de verdad.

—Te odio —le solté furiosa.

—Me alegro, así nos salvamos de un grave problema —dijo mirándome directamente a los ojos durante un segundo efímero.

—A ver, ¿qué problema? —rebatí sin moverme del lugar.

—Que te arrastre a una clase vacía y te folle contra la pizarra, por ejemplo.

Tragué saliva sin poderme creer lo que acababa de decir.

—¿Qué...?

—¡Diez flexiones! —me gritó y vi por el rabillo del ojo que Taylor nos echaba un vistazo.

Me aparté de él aún en estado de *shock* y empecé a hacer las flexiones.

—Vas por la número catorce, Kami, para —me dijo Ellie haciéndome ver que las había hecho delante de ella. Ni siquiera me había dado cuenta.

¿Cómo podía haberme soltado eso Thiago en medio de una clase y sin venir a cuento?

Por fin la clase terminó y todos nos marchamos a los vestuarios para poder ducharnos y cambiarnos de ropa.

Vi cómo todas mis compañeras salían una detrás de la otra mientras yo me hacía la remolona en el lugar.

—¿Vienes o no? —me preguntó Ellie deteniéndose contra la puerta.

—Tengo que ir al servicio. Dile a Taylor que lo veré en el comedor.

—Muy bien —dijo mi amiga saliendo y dejándome sola.

Sabía que Thiago estaría fuera. El entrenador siempre era el último en abandonar el gimnasio y debía revisar los vestuarios para comprobar que nadie se hubiera dejado nada, o bueno, que nadie se hubiera quedado ahí sentada en un banco esperando a que el profesor entrara y la viera.

Después de cinco minutos esperando, llegó. Al contrario de lo que esperaba, no pareció sorprendido de verme allí metida, vestida con la ropa con la que había ido al instituto, pero con el pelo chorreando después de la ducha.

—¿Qué haces aquí?

—Esperar a que entraras —dije notando cómo mi corazón se aceleraba sin que pudiese hacer nada para detenerlo ni para obligarlo a comportarse en presencia del hermano de mi novio.

—No puedes estar aquí. ¿Quieres que vuelva a castigarte?

Entonces mi mente voló... Voló muy lejos a una tierra en donde frases como esa podían poner caliente a cualquiera.

Thiago pareció leerme la mente.

—Kamila, vete a clase —dijo bajando el tono de voz, esa voz grave, de barítono autoritaria y que tanto intimidaba.

—No puedes tratarme así en clase —dije cambiando el tono y demostrándole de esa manera lo molesta que estaba.

—Puedo hablarte como me dé la gana, para eso soy profesor y tú la alumna.

—¿Le dices a tus alumnas que quieres follártelas?

Thiago ni siquiera parpadeó.

—Vete a clase.

—No. —Me crucé de brazos.

—Kamila...

—¿No piensas hablar conmigo sobre lo que pasó hace dos días en tu casa? —le pregunté sin pelos en la lengua.

—No —contestó apoyándose contra la pared y cruzándose de brazos él también.

Yo los dejé caer a mi costado y lo miré cada vez más enfadada.

—Para ti no significa nada, ¿verdad?

Thiago parpadeó una vez y después abrió la boca para contestar.

—Está claro que para ti sí.

—¡No hagas como si esto solo fuera cosa mía!

—Es que lo es —contestó.

—Claro... —dije con sarcasmo—. Total... tú tienes a la profesora esa, como se llame, ¿no?

—Maggie.

—¡Me da igual su nombre! —contesté indignada—. No me gusta esto —añadí después de unos segundos en silencio.

—¿Qué es lo que no te gusta?

—Esto —dije señalándonos a ambos—. Yo estoy con tu hermano... No debería sentirme así. No debería...

—No deberías ¿qué?

—¡No debería sentir algo por los dos!

Cuando lo dije en voz alta me quedé un momento callada asimilando esa verdad. Sentía algo por los dos... No era un capricho. No era simplemente que había metido la pata o que me sentía atraída por Thiago... Sentía algo más por él... y también por Taylor.

Cuando volví a levantar los ojos hacia Thiago, este me miró sin que nada en su rostro pudiese reflejar lo que sentía al haberme oído decir esas palabras... O tal vez era que simplemente yo para él no era más que una diversión..., alguien a quien dejar que se la chupara en una maldita fiesta de disfraces.

—No me gusta verte con él —confesó entonces. Volvió a conseguir que me quedara de piedra. Respiré hondo intentando calmar todo aquello que conseguía remover con una simple frase.

—Ni a mí verte con Maggie...

—Pues entonces tenemos un problema —dijo acercándose hacia mí.

—Thiago... —dije cuando ya apenas le quedaban unos pasos para alcanzarme.

—¿Tienes idea de lo que provocas en mí cuando dices mi nombre en voz alta?

—Pero no debería... No debería provocar nada, ¿no? —dije levantando la cabeza para poder mirarlo a los ojos cuando finalmente llegó a donde yo estaba.

—Yo no te convengo, Kamila —dijo colocando un mechón de pelo tras mi oreja—. Y tú no te mereces a mi hermano.

Cuando dijo eso, sentí algo romperse dentro de mí... Porque tenía razón. No en cuanto a que él me conviniera o no, pero sí con respecto a Taylor.

—Siento algo por él... Sé que es así —dije sin entender mis sentimientos, porque de verdad que no lo hacía, pero Taylor tenía algo que...

—Da igual lo que sientas... Lo has engañado conmigo... en más de una ocasión —dijo apretando los labios—. Y por mucho que odie admitirlo, sé que una parte de ti lo quiere y puede hacerlo feliz, pero las cosas no se hacen así... Lo de la otra noche...

—No debería haber pasado —dije intentando pensar con claridad, intentando ordenar mis pensamientos.

—Pero pasó... y una parte de mí te llevó al límite para saber hasta dónde eras capaz de llegar y, cariño... Te hubiese follado si mi hermano no nos hubiese interrumpido.

Lo empujé como un auto reflejo casi instantáneo.

—¿Que me llevaste al límite para saber hasta dónde podía llegar?

—Eso he dicho —dijo sin inmutarse ante mi empujón.

—¿Me engañaste?

—No puedes jugar con los dos... De hecho, no puedes jugar con ninguno. Yo soy profesor y Dios sabe que no te conviene estar cerca de mí; y mi hermano se merece estar con alguien que no vaya haciendo mamadas por ahí a otros tíos y menos a su hermano mayor.

Sus palabras dolían... Dolían como puñales clavándose en mi corazón, pero la rabia... Oh, la rabia también dolía, aunque de una manera diferente, de una manera que me daba fuerzas, alas para decirle a ese capullo que no volvería a jugar conmigo para probar nada.

Volví a empujarlo y sus manos me cogieron por las muñecas.

—¡No parecía importarte tu hermano cuando hacía lo que me pedías!

—Porque soy una mierda de persona. Por eso no te merezco. No merezco el afecto de nadie, ni de ti ni de mi hermano...

—¡¿Y eso justifica lo que hiciste?!

—Tú puedes ser mejor —dijo, sujetándome aún con fuerza—. Sé mejor, Kamila, porque entonces habré estado enamorado de la persona equivocada.

No me dejó que dijera nada más. No me dejó que lo empujara o lo besara o le pegara. Nada. Me soltó, se dio la vuelta y se marchó.

Cuando me encontré con Taylor en la cafetería, la culpabilidad volvió a azotarme como nunca antes. ¿Cómo había sido capaz? ¿Cómo había podido hacer como si nada? ¿Había algo dentro de mí que estaba mal?

Thiago tenía razón: yo era mala persona. Vale que no lo hubiese dicho con esas palabras, pero lo había dejado claro: no me merecía estar con su hermano. Y uno quiere lo mejor para su hermano, ¿verdad? Y yo no lo era... Yo era la que tenía que mejorar, la que tenía que cambiar...

Y lo haría... pero ¿debía hacerlo sin Taylor?

—Eh, rubia —dijo llamándome cuando me vio acercándome a su mesa—. Ven aquí, que te he comprado algo antes de que cerraran.

Yo deseando que su hermano me comiera la boca y él preocupándose porque no me quedara sin comida en el comedor.

—Gracias —dije sentándome a su lado. Me fijé en que el resto de nuestros compañeros estaban en otra mesa... Ni siquiera Ellie estaba en la nuestra.

—Me apetecía estar un rato a solas contigo —me dijo tirando de mí para besarme dulcemente en la boca.

Me tensé y me aparté.

—No quiero que te separes del resto del grupo por mi culpa... Puedo almorzar sola si hace falta.

Taylor me miró con incredulidad.

—Nunca dejaría que almorzaras sola.

No negó eso de estar separándose del grupo por mi culpa... Encima estaba eso: yo era la «no deseada» y quien se juntase conmigo se convertía en un «no deseado» también. Joder, alguien como Taylor no se merecía eso. Se merecía ser el centro de atención, el alma de las fiestas, el rey del baile...

—¿Te pasa algo? —me preguntó al notarme seca, al notarme distante, porque lo estaba... Joder, pues claro que lo estaba...—. Ellie me ha dicho que no te encontrabas bien.

—Estoy bien...

—¡Eh, chicos! —escuchamos gritar a nuestras espaldas a Julian.

Me giré para verlo venir con una sonrisa y un dedo apuntando hacia fuera.

—¡Nieva! —gritó y la gente que lo escuchó giró la cabeza igual que hicimos nosotros.

En efecto... Por las vidrieras de la cafetería podía verse cómo los primeros copos del año caían con lentitud creando una atmósfera preciosa.

Taylor sonrió al mismo tiempo que alguien al otro lado de la cafetería se subía a la mesa y gritaba entusiasmado.

—¡Mañana no hay clase! —gritó, a lo que todos chillaron entusiasmados y empezaron a aplaudir.

Todo el mundo estaba de celebración. La Fiesta de las Hogueras era un evento muy importante en el pueblo y se celebraba justo el día después de que cayera la primera nevada. Normalmente caía en fin de semana, pero en algunas ocasiones la primera nevada se había producido entre semana y, por tanto, al día siguiente se cancelaban las clases para poder celebrar dicha fiesta.

El revuelo que se formó en la cafetería fue digno de

admirar. La gente se cambiaba de mesa para hablar con los compañeros, se reían, planificaban qué hacer al día siguiente. Esa felicidad era tan contagiosa que hasta yo me sentí un poco mejor.

—¿Es cierto entonces que mañana es la Fiesta de las Hogueras? —preguntó Julian sentándose frente a nosotros y mostrando mucho entusiasmo.

—Lo es —le respondí con una sonrisa—. ¡Mierda! Voy a tener que ayudar a la señora Mill's a hornear pasteles y galletas. Se me había olvidado que yo ahora tengo que trabajar en el festival...

Todos los comercios donaban ese día comida, pasteles, bebida y todo era gratis. El pueblo se volcaba en la celebración, aunque los que trabajaban debían hacerlo en exceso.

—¿Eso significa que no estarás en las hogueras? —preguntó Taylor decepcionado.

—Estoy segura de que la señora Mill's dejará todo listo por la mañana temprano... Estaré allí, lo prometo —dije sonriéndole con ganas.

—¡Genial!

—Entonces nos vemos todos mañana, ¿no? —dijo Julian mirándome con entusiasmo.

—Sí, claro...

—Yo me encargaré de llevar el alcohol —dijo entonces Taylor.

—¿Alcohol en una hoguera? —preguntó Julian de malas maneras.

—Alcohol para la fiesta —aclaró Taylor.

—¿Tú quieres beber? —me preguntó Julian mirándome con el ceño un poco fruncido.

Me encogí de hombros.

—No diré que no al vino caliente que preparan en Leo's.

—Esa es mi chica —dijo Taylor besándome en la mejilla y levantándose—. Iré a hablar con los chicos. ¿Te quedas aquí con este? —dijo refiriéndose a Julian.

Mi amigo seguía con el ceño fruncido, pero no pareció molestarse por aquel apelativo tan poco afectuoso.

—Me quedaré con Julian, sí —dije haciendo énfasis en su nombre.

Taylor se marchó sin más.

—¡Fiesta de las Hogueras, me encanta! —dije entusiasmada cogiendo un trozo de sándwich y masticando feliz... feliz por tener una razón que evitara hacerme pensar en lo que había ocurrido con Thiago media hora antes.

—Oye, Kam —dijo Julian acercándose a mí todo lo que le permitía la mesa que teníamos entre los dos y bajando el tono de voz para que solo yo pudiese oírlo—. No sé si hago bien diciéndote esto... —Empezó a mirar hacia los lados para asegurarse de que nadie nos oía.

—¿Qué pasa? —pregunté con curiosidad y poniéndome en guardia casi de forma automática.

—Antes... —dijo mirándome directamente a los ojos—, te oí. —No apartó la mirada.

Me tensé.

—¿Oíste qué? —pregunté intentando ganar tiempo para buscar una excusa, para buscar algo creíble que pudiese justificar mi discusión con Thiago en los vestuarios sobre que le pongo los cuernos a su hermano... con él.

—Te oí con Thiago, cariño —dijo encogiéndose de hombros—. No hay que ser muy listo para no darse cuenta de que algo ha pasado entre vosotros dos. Suerte que yo fui el último en salir de los vestuarios, pero esa información en boca de otro sería muy pero que muy peligrosa...

De repente no solo caí en el daño que le haría a Taylor si aquello llegaba a saberse, sino en lo que provocaría si esta información llegaba a oídos del director... Thiago perdería su trabajo, no cumpliría con las horas a la comunidad... Dios mío, ¿iría a la cárcel?

—Julian... —empecé a decir, notando el sudor humedeciendo las palmas de mis manos.

—Tranquila —me dijo él sonriendo dulcemente—. Como te he dicho, no es algo que me haya sorprendido ni nada, pero deberías tener cuidado, Kamila —dijo llamándome por mi nombre completo por primera vez. En su boca sonó extraño, poco cercano—. La gente te odia ya demasiado como para que ahora se enteren de que te acuestas con los dos hermanos más deseados del instituto. Eso no te daría popularidad, créeme. La gente te machacaría.

«La gente te odia ya demasiado.»

Miré a mi alrededor...

¿Cómo podía haberme quedado tan sola?

¿La gente de verdad me odiaba?

Me puse de pie y Julian me cogió la mano.

—Cariño... —dijo acariciándome la palma—, solo te lo digo por tu bien... Yo no te juzgo ni nada. De hecho, joder, te entiendo perfectamente. ¿Quién no caería con semejantes tiarracos? Pero solo te digo que tengas más cuidado...

—Lo sé —dije aguantando las ganas de llorar—, gracias... Me voy ya, que tengo que terminar los deberes de matemáticas.

No esperé a que me contestara. Le di la espalda y crucé toda la cafetería hasta salir.

Noté las miradas del resto de los estudiantes como si me apuntaran con doscientas pistolas.

Fui incapaz de esperar a Taylor para poder irme con él y su hermano en el mismo coche. Nada más sonar la campana, cogí mis libros y mis cosas y empecé a andar hacia mi casa. Tenía por lo menos media hora andando, pero no me importó. Ni siquiera me importaron el frío o la nieve.

Le escribí un mensaje a Taylor diciéndole que me había ido con Julian y que lo vería al día siguiente y me adentré por el camino forestal que ocupaba casi todo el pueblo. La nieve había invadido gran parte de la calzada y muchos árboles aguantaban su peso sobre sus hojas lo suficientemente cercanas como para poder acumular nieve. A pesar de todo lo que ocurría en mi vida, fui capaz de disfrutar del paisaje, de disfrutar de esa soledad improvisada y dedicarme un poco de tiempo para poder pensar..., para poder reflexionar y, sobre todo, para intentar averiguar qué es lo que quería o necesitaba.

No había que ser muy inteligente para darse cuenta de que sentía algo por los dos... Pero ¿era normal enamorarse de dos personas al mismo tiempo? ¿Estaba enamorada de Thiago? Con Thiago era algo más físico, más atracción sin remedio y ganas de que me hiciera de todo, pero con Taylor... Joder, Taylor me hacía sentir muchas cosas. Me hacía reír, me hacía sentir segura, protegida, querida, valorada, atractiva... Joder, Taylor me hacía sentir especial.

Lo que había pasado con Thiago era el resultado de mucha rabia acumulada y una atracción física demasiado intensa, pero podía acabarse.

No quería dejar a Taylor. No quería alejarme de él.

Thiago no era quién para hacerme sentir como me había hecho sentir en los vestuarios. Él era incluso peor que yo... No existía ninguna ley sobre el amor, o sobre la atracción, ¿no?

Lo que antiguamente se entendía como «correcto», ahora ya no lo era. ¿No se nos había enseñado que lo único aceptable era que un hombre se enamorara de una mujer? Y mirad cómo había cambiado todo... Las mujeres se podían enamorar de otras mujeres o los hombres de otros hombres... Existía el poliamor, las parejas de tres, la bisexualidad... ¿Tan malo era que yo sintiera algo por dos personas?

No era mala persona... Me estaba equivocando, sí, pero ¿se podían equivocar los sentimientos? Estos no tienen raciocinio, no acatan reglas. Los sentimientos son sentimientos, algo que existe y punto. Algo que surge y no se puede hacer nada para que desaparezcan... Tal vez sí se pueden mantener bajo control o se puede intentar controlarlos un poco, pero ¿juzgarlos?

No iba a dejar que nadie me hiciera sentir mal por experimentar algo por dos personas increíbles. Aunque tampoco iba a ser tan caradura como para justificar lo que había hecho. Podía sentir lo que me diera la gana, ahí nadie podía opinar, pero lo que había hecho con Thiago estaba mal... En realidad, estaba mal lo que hacía con los dos, porque los engañaba a los dos; a uno a sus espaldas y al otro en su cara.

No sé muy bien con qué conclusión llegué a mi casa, pero os aseguro que seguía igual de confusa... y congelada.

Pero eso no fue lo peor, sino el coche que vi aparcado en la puerta.

«No, por favor, no.»

Dudé hasta de meter la llave dentro y entrar. Dudé hasta de si era mejor idea dormir en la casa del árbol antes que...

—¡Kamila! —dijo esa voz que tanto me chirriaba antes incluso de que pudiera abrir yo sola la puerta—. ¡¿Te parece inteligente cruzarte el pueblo andando con este tiempo?!

Mi abuela... La madre de mi madre acababa de aparecer delante de mí, con su pelo rubio teñido recogido en un moño elegante, sus arrugas perfectamente operadas y estiradas hacia atrás, sus pantalones de color negro y su jersey de cachemira acompañados de unas perlas que no se quitaba ni para bañarse...

—Abuela... —dije queriendo salir corriendo—. ¿Qué haces aquí?

—¡¿Cómo que qué hago aquí?! —dijo usando esa voz tan chirriante y tan molesta—. ¡Ayudar a tu madre, por supuesto! Entra, no vayas a ponerte enferma.

Entré en mi casa y mi abuela cerró la puerta.

—¿Y el abuelo? —pregunté mirando alrededor.

—Tu abuelo no ha podido venir, he venido yo sola —dijo mirándome con mala cara—. Tu madre está fatal, Kamila. Creía que al ser ya mayorcita habrías puesto algo de empeño en hacerle esta separación más fácil, pero me ha contado que solo piensas en ti y que te comportas como una caprichosa y consentida niña. ¡Tienes casi dieciocho años!

—Abuela... —empecé a decir quitándome el abrigo, pero me interrumpió.

—¡Abuela nada! —gritó—. He venido aquí a ayudaros a salir de este agujero en donde tu padre os ha metido y vamos a empezar de inmediato. Lo primero que harás es dejar ese trabajo en esa cafetería roñosa —exigió siguiéndome cuando empecé a andar hacia las escaleras.

Me detuve en cuanto dijo aquello y me giré para encararla.

—No pienso dejar nada —dije cansada de tener que pelear con la versión ochentera de mi propia madre.

—Lo harás porque, si no, tu abuelo y yo no te daremos el dinero que necesitas para ir a la universidad. ¡Una futura alumna de Yale no debería estar trabajando, sino estudiando!

—¡Yo no quiero que el abuelo y tú me paguéis nada! —dije sin dar crédito.

—¿Y cómo piensas estudiar entonces?

—Existen becas. De hecho, ya he solicitado unas cuantas...

Mi madre apareció entonces por la puerta de la cocina y me lanzó una mirada de decepción.

—Ni lo intentes, mamá —dijo dirigiéndose a su madre como si yo no estuviese—. Es como hablar con una pared.

—Pues esta pared se va a la cama —dije ya sin siquiera sentirme ofendida.

—Tienes que cenar —dijo mi abuela cruzándose de brazos—. ¡Y esta conversación no ha terminado, señorita!

No le contesté. Subí las escaleras y me encerré en mi habitación.

Me senté en mi escritorio, saqué mi libro de dibujos y empecé a deslizar el lápiz... Mi terapia personal siempre sería dibujar. Pasara lo que pasase, siempre me quedaría eso... Un lienzo, un papel, una servilleta si hacía falta y un lápiz.

Cuando ya llevaba más de una hora y un dibujo completo sobre una chica que lloraba y que se parecía sospechosamente a mí, me dio por levantar la mirada.

Fue como si me hubiese llamado, como si hubiese tocado mi hombro para llamar mi atención. Dejé que sostuviera mi mirada durante unos pocos segundos hasta que decidí ponerle fin a toda aquella situación.

Thiago había jugado conmigo... Me había puesto a prueba usando mis sentimientos y él había sacado provecho de ello para después hacerme sentir culpable. Y no solo eso, sino que encima había tenido la cara de decirme que dejara a su hermano porque no era lo suficientemente buena para él.

Sin pensarlo ni un segundo, levanté la mano y le hice un corte de manga para a continuación tirar de la cortina de un fuerte tirón.

Thiago Di Bianco no iba a decirme lo que podía o no podía hacer.

Él, precisamente él, era el menos indicado para hacerlo.

# 13

# KAMI

Me despertó la notificación de un mensaje de texto. Abrí un ojo y tanteé por el colchón intentando encontrar el iPhone. No lo hice, así que tuve que incorporarme y encender la luz.

—Jodeeer. —Insulté al aire de mal humor y removí el edredón y las almohadas—. ¿Dónde estás?

Me asomé debajo de la cama y lo vi pegado a la pared. Se había debido de caer por el borde mientras dormía, lo que significaba que tenía que meterme debajo de la cama, que estaba llena de polvo, y estirar el brazo hasta alcanzarlo.

Cuando por fin lo tuve, salí de debajo de la cama y empecé a toser. Desde que Prue ya no venía a limpiar, la casa estaba hecha un desastre. Yo apenas tenía tiempo de limpiar mi habitación entre el instituto y la cafetería, y mi madre hacía de todo menos encargarse de la casa. ¿Se creía que el polvo y la suciedad acumulada terminarían desapareciendo por arte de magia?

Bufé de mal humor y me senté en la cama.

El mensaje era de la señora Mill's.

«Cariño, te necesito aquí a las ocho. Hoy tenemos que dejar todo listo para la Fiesta de las Hogueras. Prometo pagarte por las horas extras.»

Tampoco es que me pillara por sorpresa.

Antes de dejar el móvil sobre la cama y meterme en el baño para darme una ducha rápida, no pude resistir la tentación de abrir primero Instagram. Lo siento, supongo que ya es algo que viene de fábrica en todos aquellos que hemos nacido en la década del 2000. Desde que me habían hackeado la cuenta, había cambiado todas las contraseñas de mis redes sociales: correo electrónico, Instagram, Facebook, TikTok...

Lo primero que me salió fueron las historias de mis amigos. Me sorprendió ver que la noche anterior habían montado una fiesta en casa de Kate. Normalmente sus padres no la dejaban hacer ni siquiera una minirreunión, pero lo que me dolió fue ver que estaban todos. Toda nuestra clase había ido a esa fiesta improvisada y nadie me había dicho nada.

Cuando vi a Ellie entre la gente, bailando y bebiendo,

fue como si me golpearan el corazón. Y no solo eso, sino que Julian obviamente sabía de dicha fiesta porque también era su casa y no me había dicho absolutamente nada.

Mientras mi dedo seguía deslizándose por la pantalla sin poder resistirse, llamaron a mi puerta.

—Kami, ¿puedo entrar?

Era mi hermano.

Fui a abrir la puerta y me lo encontré de pie, quieto y sujetando con fuerza a Juana, su iguana. Tenía los ojos llorosos y, en cuanto me vio, se lanzó a mis brazos.

—Kami, no quiero que Juana se muera —dijo llorando contra mi camiseta y apretujando a la iguana con tanta fuerza que al principio pareció que se refería a matarla él de estrangulamiento involuntario.

—Juana no va a morir, Cam —dije entrando en mi cuarto y cerrando la puerta.

—Sí... —dijo limpiándose las lágrimas y temblando.

—Cariño, te prometo que a tu iguana no le va a pasar nada malo. Cameron, tranquilo, ¿vale? Ven aquí. —Lo cogí en brazos y me senté en la cama con él a horcajadas. Juana se quedó sobre la cama a nuestro lado y no quise darle muchas vueltas a que ese bicho estuviese sobre las sábanas donde dormía yo todas las noches—. ¿Por qué te preocupa que muera?

Mi hermano sollozaba de manera incontrolada.

—Me ha dicho que va a matarla —me susurró al oído muy bajito, como con miedo a que alguien pudiese oírlo.

Sentí un escalofrío y todo mi cuerpo se estremeció.

—¿Quién? —le pregunté separándome de él para así poder mirarlo bien a la cara—. ¿Quién te ha dicho eso, Cam?

Mi hermano seguía temblando. Miró hacia ambos lados como si temiera que alguien nos estuviese viendo o que pudiesen escucharnos.

—Si te lo digo, me hará daño —dijo intentando con todas sus fuerzas ser valiente. Podía verlo en sus ojos marcados por el pánico.

Cogí su carita entre mis manos y clavé mis ojos en los suyos de la manera más calmada que pude conseguir.

—Escúchame bien, ¿de acuerdo? Nadie —dije muy seria—, nadie te hará daño jamás. Ni a ti ni a tu iguana, te lo prometo —dije sin dudarlo ni un segundo.

—Pero él ha dicho...

—¿Él? ¿Quién es él? —le pregunté deseando averiguar de una vez por todas quién demonios le hacía *bullying* a mi hermano pequeño.

Cameron acercó su boca a mi oído y bajó tanto la voz que apenas pude oírlo, pero lo hice. Lo hice porque una parte de mí sabía que lo que me pasaba a mí en el instituto tenía también relación con lo que le pasaba a mi hermano pequeño desde principio de curso.

—Momo —dijo y se abrazó a mí como si temiera que al decir el nombre el dichoso Momo fuese a salir de debajo de mi cama.

Sentí un escalofrío al oír ese nombre y visualizar esa cara espantosa en mi mente, pero me mantuve firme.

Aquello era ridículo.

—Cameron, no existe ningún Momo —dije volviendo a mirarlo muy seriamente.

—Sí que existe, Kami. Existe —dijo asintiendo con la cabeza—. Dijo que papá y mamá se divorciarían si yo no hacía lo que él me pedía. Pero, Kami, yo no quiero hacer lo que me pide... Yo no quiero hacerle daño a nadie.

Dios mío.

—Cameron, ¿qué te pidió que hicieras?

Mi hermanito negó con la cabeza y se puso a llorar otra vez.

—No puedo decírtelo...

—En el colegio... Thiago y tu profesora me dijeron que era Geordie Walker quien te estaba molestando...

Cameron asintió varias veces.

—Pero él lo hace porque Momo lo obliga...

Me callé un segundo.

—¿Eso te lo ha dicho él?

—Me dijo un día que Momo iría a por todos nosotros si no hacíamos lo que él pedía, y él quiere que tú estés triste. Kami, eso es lo que quiere. Por eso me pidió que te cogiera el móvil... y también que le diera fotos tuyas...

—¿Cómo? —dije sentándolo en la cama y poniéndome de pie—. ¿Qué fotos, Cameron? —Me acerqué a mi escritorio y busqué la caja donde guardaba fotos de mi infancia y con mis amigas, fotos privadas.

La caja ya no estaba.

—¡¿A quién le diste la caja?!

Mi hermano abrió los ojos con miedo y arrepentimiento.

—A Geordie...

No podía creerlo.

Qué casualidad que detrás de todo aquello estuviese el hermano pequeño de mi exnovio, el mismo que me había dejado claro que quería verme hundida y en la mierda.

—Esta tontería de las amenazas y Momo se acabarán esta noche, Cam. Te lo prometo. Nadie volverá a amenazarte ni a asustarte, ¿vale?

Mi hermano no parecía muy convencido y seguía muy asustado.

¿Cómo había podido Dani ser capaz de meter a unos niños de seis años en eso?

Él sabía perfectamente lo de la caja de las fotos, había muchas nuestras dentro de ella. Y había dejado claro en varias ocasiones que quería arruinar mi reputación, que si no estaba con él disfrutaría de verme por los suelos.

Menudo imbécil.

Que se metiera conmigo tenía un pase, pero ¿con mi hermano?

Ese tío no tenía ni idea de a quién se estaba enfrentando.

Me pasé toda la mañana en la cafetería horneando pasteles, cocinando *brownies*, haciendo sándwiches, preparando la masa para cocinar *muffins*... Cuando llegaron las dos de la tarde, estaba reventada.

—Tómate media hora de descanso, cariño —me dijo la señora Mill's dándome un par de sándwiches de atún y señalando la puerta para que saliera.

No tuvo que insistirme. Me puse el abrigo, cogí los bocadillos y salí fuera a empaparme de aquella ambientación tan bonita de la Fiesta de las Hogueras. Iban a encender cuatro, cada una en una punta del pueblo. Habían colocado pancartas y lucecitas, todo el pueblo se volcaba para que esa noche todo fuese mágico. Las previsiones habían dicho que nevaría durante casi todo el mediodía, pero que la noche estaría más o menos tranquila, por lo que el pueblo estaba cada vez más envuelto de un precioso manto blanco. Era de locos que estuviésemos ya así a principios de noviembre, pero el mundo estaba loco de por sí.

Caminé por las calles de Carsville y recordé las pasadas fiestas. Solíamos reunirnos todos junto a una de las hogueras, incluso hacíamos una propia, calentábamos nubes y nos las zampábamos con galletas... A Kate le flipaba la Fiesta de las Hogueras, decía que mirar el fuego la trasladaba a épocas pasadas y que podía tirarse horas sin quitar la vista de las llamas. A mí también solía pasarme algo parecido. No sé qué tenía esa fiesta, pero reunirse junto al fuego con tus amigos de siempre, en cualquier circunstancia, tenía algo de especial.

Con Dani incluso solíamos quedarnos hasta que todo el mundo se marchaba. Cuando era dulce y atento, solía dejar que me recostara en sus piernas y me peinaba el pelo con sus dedos hasta que prácticamente me quedaba dormida. En una ocasión hasta me levantó en volandas y me metió en el coche para llevarme a casa. No desperté hasta que él no me zarandeó un poco para decirme que ya era hora de meterme en mi habitación si no quería que a mis padres les diera un infarto.

Dani tenía problemas con su genio. No era ninguna novedad para mí, pero ¿hacer lo que estaba haciendo conmigo? Dani siempre había sido más de reacciones inesperadas e impulsivas, nunca lo hubiese imaginado manipulando a niños para conseguir que la gente me odiara y me dejara de lado.

Seguí caminando y me terminé los dos sándwiches que me había dado la señora Mill's. Por suerte no iba a tener que ser yo la que se encargara del puesto que pondría ella en el centro del pueblo, sino que lo haría ella con su marido, siguiendo la tradición de hacía ya tanto tiempo.

Cuando crucé la plaza para acercarme al supermercado y poder comprarme una Coca-Cola, vi a Julian salir de allí con Kate.

No se dieron cuenta de que estaba allí hasta pasados unos segundos porque estaban enzarzados en una pelea que intentaban mantener en silencio.

—Se acabó, Julian —le dijo ella.

—No puedes hacerme eso, Kate... —respondió él en un tono suplicante y comedido.

Mi amiga frunció el ceño, como si no entendiera qué le estaba diciendo hasta que finalmente giró los ojos y me vio.

Su cara cambió y la de Julian también, que forzó una sonrisa dulce y cariñosa.

—Hola, Kam —dijo simplemente—. ¿Paseando?

¿De verdad se creía que no había visto los vídeos donde todos habían estado pasándoselo en grande en una fiesta a la que no me habían invitado? Vale que en esos momentos todos pasaran de mí, pero se suponía que Julian era mi amigo...

—Estoy en mi hora de descanso en la cafetería —dije mirando a Kate, que parecía no querer cruzar miradas conmigo.

—Yo me largo —dijo pegando un pequeño tirón para que Julian, que al parecer no se había dado cuenta de que aún la sujetaba, pudiese soltarle el brazo.

La mirada que le lanzó dejó claro que la conversación que habían estado teniendo no estaba cerca de haber acabado, pero no dudó en girarse hacia mí de nuevo y brindarme toda su atención.

—Siempre peleando... Supongo que es algo normal —dijo refiriéndose a su hermana y encogiéndose de hombros.

Me quedé mirando a Kate.

A veces parecía otra persona.

A pesar de ocupar el puesto que ella siempre quiso tener, se la veía agobiada, incluso decaída. Se podía apreciar que había perdido peso y las ojeras que marcaban sus ojos no se llegaban a disimular del todo a pesar del maquillaje impecable que llevaba a todas partes.

Estar en la cima no era fácil y menos en un instituto como el nuestro.

—Debería regresar a Mill's —dije girándome para volver por el mismo camino. Ya me bebería una limonada en la cafetería, no me apetecía seguir hablando con Julian. Pero este me cogió del brazo para retenerme y poder seguir hablando conmigo.

—¿Te pasa algo?

—No —dije simplemente, pegando un tirón para que me soltara. No lo hizo.

—Venga, Kam, que nos conocemos...

¿Nos conocíamos?

—¿Te lo pasaste bien ayer en la fiesta que montaste en tu casa?

Julian pareció sorprendido por un instante y luego adoptó una postura relajada.

—Yo no organicé la fiesta, Kam. La montó mi hermana.

—Pues te vi muy a gusto con gente que normalmente dices que es idiota.

—Había bebida, música... Oye, ¡tu novio también fue!

¿Taylor había ido a la fiesta?

—Taylor...

—Fue de los primeros en llegar y, no es por nada, pero estuvo tonteando con Ellie durante toda la noche.

—¡Deja de mentir, Julian! —dije cabreadísima y tirando fuerte de mi brazo hasta que me soltó—. Vas por ahí haciéndote pasar por mi amigo. No tienes pelos en la lengua a la hora de soltar verdades que duelen. Dices que no soportas a la mitad de nuestros compañeros, pero luego eres el primero en sumarte a una fiesta con la misma gente que... —Julian estaba callado, apretaba los labios con fuerza—. Mira..., da igual —zanjé el tema y le di la espalda otra vez.

Me rodeó y se colocó delante de mí.

—No te das cuenta, pero eres tú la que aparta a todo el mundo de tu lado. ¿Por qué te crees que Taylor estaba allí anoche, eh? ¡Porque te largaste sin ni siquiera decirle adónde ibas! ¡Me preguntó qué tal habías llegado a casa y no tenía ni idea de a qué se refería! ¿Por qué le mientes? Prefieres recorrerte el pueblo andando antes que dejar que tu novio te lleve a casa y luego dices que yo suelto verdades que duelen, ¿te has parado a pensar que a lo mejor es eso lo que necesitas? ¡Alguien que te baje de una maldita vez de ese pedestal al que te crees que estás subida!

Por unos segundos me quedé flipando con lo que me acababa de decir. Pero ese día no estaba yo para que nadie me tocara las narices.

—El pedestal lo crearon ellos y ¿sabes por qué? Porque tienen tan puta poca personalidad que necesitan poder seguir a alguien para sentirse bien consigo mismos. ¿Qué ropa lleva puesta ahora Kami? ¿Adónde ha ido de vacaciones? ¡Ella va en bici, entonces yo también! ¿Se ha cortado el pelo? ¿Por qué no sonríe? ¿Por qué no sale ya con el tío más popular del instituto? ¿Ya no viste a la moda como antes? ¿Y su coche? Mejor le hacemos *bullying*, ya no merece nuestra atención, ¡porque somos así de gilipollas!

Julian me miró con sorpresa y después con... admiración.

—Tienes razón —dijo calmándose y respirando hondo—. Yo pienso lo mismo que tú. Viven metidos en una burbuja donde solo les importa lo que piensen los demás, pero tú ya no perteneces a ese mundo, y por eso me gustas, Kam. Por eso me fijé en ti nada más conocerte. Tienes esa especie de aura, un aura especial, te lo dije, y por eso quise ser tu amigo...

—No existe ninguna aura, Julian.

Me cogió las mejillas con sus manos y tuve que controlar el impulso de echarme hacia atrás.

—Existe. La tienes. Y si los demás no la ven, pues que les den.

Respiré hondo y di dos pasos hacia atrás. No tenía tiempo ni ánimos de tener ese tipo de conversación con nadie y menos con él. Dijera lo que dijese, había estado en esa fiesta, había bebido y se lo había pasado en grande, y ni siquiera se había dignado a invitarme... ¡A una fiesta en su propia casa!

—Tengo que volver al trabajo —dije como despedida.

—¿Te veré en las hogueras?

—No lo sé —fue mi única respuesta.

Terminamos de hornear todos los pasteles, *brownies*, *muffins* y miles de cosas más sobre las cinco de la tarde. La señora Mill's dejó que me marchara a casa y, al llegar, comprendí que una de mis fiestas preferidas había dejado de hacerme la misma ilusión. No iba a mentir, echaba de menos a mis amigas. Echaba de menos a Ellie, que estaba perdidísima y me enviaba señales confusas cada vez que la veía. Echaba de menos a Kate, sí, a Kate, porque a pesar de cómo era, siempre habíamos tenido una buena relación... Echaba muchísimo de menos a mi padre, con quien pasaba el principio de aquella fiesta siempre que él estaba en casa. Solía contarnos historias mientras mirábamos el fuego. A mi hermano le encantaba y, cuando se quedaba dormido, mi padre lo cogía en brazos, regresaba a casa y yo me juntaba con mis amigos...

No habíamos hablado desde que se había marchado y tampoco me sorprendía. Mi padre era más del afecto directo, nunca se le había dado bien mantener el contacto con nosotros cuando estaba fuera por trabajo y sabía que le costaría muchísimo empezar a hacerlo ahora.

—¡Kamila, baja! —gritó mi abuela desde la planta inferior.

Me había estado vistiendo. Unos vaqueros ajustados, mi jersey de lana preferido y mis botas negras para la nieve eran el mejor conjunto para disfrutar de las hogueras.

Lo que no tenía muy claro era con quién iba a ir. Taylor no me había escrito desde el día anterior y, según Julian, se había dado cuenta de que le había mentido...

«Joder, ¿por qué hago todo mal?»

Le envié un mensaje rápido mientras mi abuela volvía a gritarme que bajara.

«¿Dónde nos vemos hoy? Mi abuela está aquí y necesito que me rescates.» Añadí una carita feliz para destensar un poco el ambiente y bajé las escaleras para reunirme con mi madre, mi abuela y mi hermano.

Mi abuela me escrudiñó durante unos instantes, tal y como hacía mi madre, y después asintió. Parecía contenta con mi atuendo.

—Iremos todos juntos a la fiesta para demostrarle a este pueblo que seguimos siendo una familia unida —dijo mi abuela colocándole el gorro de lana a mi hermano en la cabeza.

—¡Me pica! —gritó este cogiéndolo y tirándolo al suelo.

—¡Cameron! —le dijo mi madre, censurándolo con la mirada mientras se aplicaba carmín rojo en los labios.

—Yo he quedado con mis amigos —mentí mientras me ponía mi abrigo.

—Primero vendrás con nosotros —dijo mi madre.

Aquella no era una batalla que tuviera ganas de librar, así que nos subimos los cuatro en el coche de mi madre y nos fuimos hasta el pueblo. Me fijé en si el coche de los Di Bianco estaba aparcado en la puerta de su casa y comprobé con tristeza que no.

Mierda... ¿Tan enfadado estaba Taylor conmigo?

Aparcamos en una de las callecitas que llevaban a la plaza del pueblo y escuchamos la música y el bullicio de la gente desde donde estábamos.

—¿Puedo comerme un algodón de azúcar? —preguntó mi hermano tirando de la mano de mi madre y muy emocionado por el ambiente festivo que nos rodeaba miraras donde mirases.

—Solo uno —dijo mi madre adentrándose en la plaza. Mi abuela iba a su lado, se había vestido con unos pantalones arreglados y un jersey abrigado de color negro. Iba impecable al igual que mi madre, que parecía haberse arreglado en exceso para una simple visita al pueblo.

Caminamos durante un rato, bebimos chocolate caliente y comimos pasteles. Cuando llegamos al puesto de la señora Mill's, esta me sonrió con alegría y llamó a mi hermano para darle golosinas.

Mi abuela la miró con seriedad y el ceño fruncido.

—¿Es usted quien ha contratado a mi nieta? —le preguntó con mirada altiva.

La señora Mill's, que era la amabilidad en persona, sonrió con afecto.

—¿Es usted la abuela de Kamila? ¡Oh, es una niña increíble! —dijo sonriéndome.

—No la conocerá bien, entonces —contestó lanzándome una mirada de decepción.

Qué suerte que lo que pensara mi abuela hubiese dejado de importarme lo más mínimo desde que crecí y comprendí que contentarla era algo prácticamente imposible.

—Señora Mill's, ¡¿puedo coger también una de estas galletas?!

—Claro, tesoro —le dijo la señora Mill's, obviando el comentario de mi abuela y sonriéndole a mi hermano.

Nos despedimos de la señora Mill's y seguimos caminando por el pueblo. Estaba todo precioso. Había puestos por todas partes y, en el centro, junto a la plazoleta, habían encendido una de las hogueras. No era de las más grandes, ya que no había espacio, pero era muy bonita. Los grandes camiones quitanieves habían apartado la nieve de las calles, pero esta seguía ocupando los tejados de las casas y negocios. Amaba ese tipo de ambientación... Era tan bonito...

Me entraron ganas de sentarme en un banco y ponerme a dibujar, captar las sonrisas de la gente, intentar plasmar el fuego reflejado en las miradas de los niños, conseguir trasmitir el frío y la calidez de las llamas...

—¡Kami! —escuché que alguien gritaba a mis espaldas.

Me giré justo a tiempo de ver a Julian acercarse.

No sabía muy bien lo que sentía en ese momento con respecto a la pelea que habíamos tenido aquella tarde y tampoco es que me apeteciera en exceso presentárselo a mi madre y mi abuela, pero no pude hacer mucho cuando se acercó con una gran sonrisa en la cara y después de besarme en la mejilla, se presentó a mi familia.

—Encantado, soy Julian Murphy —dijo tendiéndoles la mano.

Mi madre y mi abuela aceptaron el gesto y se presentaron también.

—¿Eres amigo de mi nieta? —preguntó mi abuela mirándolo de arriba abajo.

Julian no se cortó ni un pelo en contestar como si nada.

—Somos muy amigos, sí —dijo con una sonrisa.

Mi madre le lanzó una mirada extraña.

—¿Tú eres el hermano de Kate?

Julian borró la sonrisa de su boca.

—No por elección. Somos medio hermanos.

—Hace mucho que no veo a Kate por casa. ¿Os habéis peleado, Kamila? —preguntó mi madre mostrando interés en mi vida por primera vez desde que había empezado el curso.

—No —mentí. No tenía ganas de explicarle a mi madre algo que no le interesaba en absoluto—. Yo me voy a marchar ya, ¿vale? —les dije aprovechando la excusa de que Julian estaba allí.

—¿Ya te vas? —preguntó mi hermano mirándome con ojos de cordero degollado.

—Solo un rato —dije deseando separarme de aquellas dos mujeres—. Os veré luego.

Julian se despidió de mi familia y juntos nos encaminamos en dirección contraria a la plaza del pueblo.

—La fiesta está en la hoguera sur. Yo te llevo, vamos —dijo cogiendo mi mano y tirando de ella, pero me resistí.

—No quiero ir contigo a ninguna parte, Julian —le dije soltándome de su agarre. No me había olvidado de las cosas que me había dicho y no pensaba actuar como si nada.

—¿Por qué? ¿Por lo de antes? —dijo deteniéndose y buscando mi mirada con la suya—. ¡Venga, Kam! ¡Solo fue un malentendido!

—No fue un malentendido, Julian, y ¡no me llames Kam! Thiago es el único que me llama así.

No sé de dónde salió eso, pero salió.

Julian se quedó quieto y me miró de una manera rara, entre decepcionado y algo más.

—Estoy cansado de ir detrás de ti para que siempre me trates así, Kamila —dijo haciendo énfasis en mi nombre completo—. Te he pedido perdón, pero eso no vale nada, ¿cierto?

—No me has pedido perdón, Julian —le dije deseando que me dejara tranquila y se marchara—. Me dijiste que estaba subida en un pedestal. Un pedestal al que, según tú, no puedo aspirar. Después me soltaste que tengo un aura especial y que la gente desea ser como yo... ¡Aclárate!

—Es que es cierto, ¿no lo ves? ¡Tú eres diferente! Eres especial… —Fue a tocarme y lo aparté.

—¡No, no lo soy! —lo corté perdiendo un poco los papeles—. ¿Y sabes una cosa? A veces echo de menos cómo eran las cosas antes de que tú llegaras. Sé que tú no has tenido la culpa de nada, pero este curso está siendo una mierda y lo único que veo es que cada día me quedo más sola.

—Pues por algo será —soltó aparentemente sin pensar y haciéndome daño—. Lo siento —dijo casi de forma automática.

No pensaba aceptar sus disculpas.

—A lo mejor llevas razón… A lo mejor merezco quedarme sola —dije muy seria—. Y «sola» significa sin ti apareciendo cada vez que me doy la vuelta para soltar algún comentario que a la vez me eleva y me entierra bajo tierra.

—Creía que éramos amigos. —Ni él mismo se creía lo que decía.

—La amistad hay que ganársela y yo ahora mismo no estoy para ganarme a nadie, lo siento.

—¡Kamila! —gritó cuando me giré y empecé a andar en dirección contraria a la suya.

No quería hablar con él ni con nadie.

Quería estar sola… Sola de verdad.

# 14

# KAMI

Tardé un rato en llegar a la hoguera norte esperando no tener que encontrarme con ninguno de mis compañeros. La hoguera era enorme y el reflejo de las llamas en el fondo blanco creado por la nieve era increíble. ¡Joder, quería dibujar!

No era muy tarde y, sin dudarlo, volví a cruzarme la calle. Caminé durante diez minutos más y entré en una de las papelerías del pueblo. Compré un cuaderno de dibujo y dos lápices. No eran nada del otro mundo, pero el mono de capturar lo que veían mis ojos era demasiado intenso como para ignorarlo.

Volví sobre mis pies y busqué un tronco que estuviese cerca del fuego, pero no muy concurrido, y allí me senté.

Taylor no había leído mi mensaje. Aún no sabía si estaba enfadado conmigo o simplemente no había cogido el móvil, pero tampoco quise darle muchas vueltas. Que Julian me dijese que había estado tonteando con Ellie era tan absurdo como mezquino. No entendía qué demonios le pasaba, pero, si seguía yendo por ese camino, terminaría por perderme del todo.

Abrí el cuaderno y me puse a dibujar. En aquella hoguera no había demasiada gente, solos unas cuantas familias que preferían la tranquilidad de la hoguera norte a la fiesta que se montaba siempre en la hoguera sur.

Mientras trazaba curvas, líneas y hacía los sombreados necesarios, dejé que mi mente vagara libre por todas las cosas que habían estado ocurriendo en mi vida durante los últimos dos meses y medio: mi ruptura con Dan, la vuelta de Taylor y Thiago Di Bianco, descubrir que mi padre estaba metido en problemas financieros, su divorcio, abandonar el equipo de animadoras y perder a casi todas mis amigas en el proceso, tener que empezar a trabajar para pagarme los estudios, perder mi coche, que mi padre se mudara, conocer a Julian... Hice una pausa en ese momento al darme cuenta de que, de casi todas las cosas malas que acababa de nombrar en mi cabeza, Julian no era una de ellas, sino todo lo contrario...

¿Había sido muy dura con él? Se había pasado soltando comentarios innecesarios. Sí que era verdad que muchas veces se metía donde nadie lo había llamado, pero siempre había estado ahí para mí... De hecho, era el único que aquel día, en esa fiesta tan especial, se me había acercado para compartir su tiempo conmigo...

Dejé que mi mente siguiera dándole vueltas mientras mi atención se centraba en las llamas que me calentaban a apenas dos metros de distancia. Finalmente cogí el móvil para llamarlo, para pedirle disculpas y pasear, aunque fuese un rato con él y también mirar si Taylor se había dignado a contestarme. Entonces los vi: muchos mensajes. Más de los que solía recibir normalmente y se me detuvo el corazón.

Sin desbloquear el teléfono, empecé a leer lo que eran los peores insultos que nadie jamás se había atrevido a decirme:

«Guarra».

«Zorra».

«Qué vergüenza».

«Si lo viera tu padre...».

«Me pido ser el siguiente».

«Joder con la exanimadora».

Con el corazón a mil por hora desbloqueé el móvil y entré en mi Instagram.

Habían subido un vídeo... a mi perfil.

—Dios mío —dije en alto con la voz quebrada y tapándome la boca como acto reflejo.

Era un vídeo mío... desnuda.

Estaba tumbada en la cama y alguien me grababa y manoseaba...

—Dios mío —repetí sintiendo que me entraban arcadas.

En el vídeo solo se me veía a mí. A mí, medio inconsciente y una mano que recorría mi cuerpo sin mi consentimiento. Verme reflejada de esa manera, ver mi cuerpo captado con la cámara de alguien que me grababa sin yo ser consciente de ello me dejó completamente fuera de juego. Me quedé quieta, dura, como si me hubiesen congelado en el lugar. Mi corazón era el único que seguía palpitando enloquecido, como si estuviese acelerando la marcha para sacar a mi cuerpo de ese estado de *shock* en el que parecía haberme sumido en cuestión de segundos.

Entonces, como si alguien me hubiese dado una descarga, desperté.

Dejé el móvil, me dejé caer contra el suelo y vomité junto al tronco donde había estado sentada.

—¿Estás bien? —escuché que un chico que no conocía me preguntaba.

No fui capaz de decir nada.

Cogí el móvil mientras me limpiaba la boca con el dorso de la mano y volví a ver el vídeo.

Era muy corto, pero se repetía una y otra vez en bucle. Como un GIF más largo de lo normal.

Habían grabado mi cara el tiempo suficiente para que se viera que era yo y luego la cámara bajaba hasta llegar a mis pechos. Una mano los tocaba y manoseaba. La cámara volvía a bajar por mi estómago sin llegar a mostrar mi pubis, pero dando a entender lo que ocurría después.

Yo nunca había dejado que me grabaran mientras me acostaba con alguien.

Yo solo me había acostado con una persona.

Me levanté sin saber cómo y empecé a caminar sin ni siquiera pensar en lo que hacía.

El vídeo se repetía una y otra vez en mi cabeza.

Una y otra vez.

Me crucé el pueblo en un tiempo récord o eso fue lo que me pareció.

Entré en el descampado de la hoguera sur y mis ojos viajaron por todos los que estaban allí. Como siempre, toda la clase y la mitad del instituto bebía, bailaba y se reunía junto al fuego para mantener el calor.

Solo vi a una persona. Mi cerebro solo registró a quien quiso y necesitaba registrar.

Empecé a andar hacia allí. Sin pausa.

Dani Walker se giró justo a tiempo de que mi puño volara hacia él y le hiciera perder el equilibrio por el impacto y la sorpresa.

—¡¿Cómo has podido hacerlo?! —le grité siendo consciente por primera vez de las lágrimas que caían por mis mejillas.

Furiosa, las aparté de mi cara con el dorso de la mano y fui a lanzarme contra él.

Quería verlo sangrar. Quería hacerle daño.

Ese hijo de puta podía haberme violado y yo ni lo sabía.

¡Me había grabado y lo había subido!

—¡Kamila! —escuché que alguien gritaba a mis espaldas.

No me importó.

Vi una rama junto al tronco donde muchos habían estado sentados, los mismos que ahora se habían levantado y me miraban callados, sorprendidos, pero muchos con sus teléfonos en las manos.

Lo habían visto.

Claro que lo habían visto.

«Dios mío.»

Lo vi todo rojo.

Rojo.

Rojo

Rojo.

Cogí la rama y la levanté con todas mis fuerzas.

Dani decía algo, pero no podía oírlo.

Solo podía ver el vídeo en mi cabeza.

De repente me sentía sucia, como si utilizase el cuerpo de otra persona, alguien de quien habían abusado y grabado...

Cuando fui a asestarle un golpe, una mano me rodeó la muñeca con fuerza y me detuvo en el último segundo.

—¡Para! —gritó una voz al mismo tiempo que una sombra se colocaba delante de mí evitando así que viera a Dani levantarse del suelo y gritar que estaba loca.

—¡Hijo de puta! —le grité con todas mis fuerzas.

Thiago me sujetó por los brazos y bajó la cabeza hasta mirarme a los ojos.

—Respira, Kam —me pidió mirándome horrorizado—. ¿Qué ha pasado? Cuéntamelo.

Entonces me dio un ataque de ansiedad en toda regla, si es que no estaba ya sufriéndolo.

Me empezó a faltar el aire, empecé a hiperventilar.

—Thiago... —dije intentando controlar las lágrimas.

—Tranquila... Dime qué pasa, por favor —me pidió sin soltarme—. Respira, Kamila —casi me ordenó, poniéndose muy muy serio.

Lo hice, pero el aire tardaba en llegar a mis pulmones.

—Me ha grabado... —dije cuando por fin me vi capaz de hablar—. Me grabó desnuda y lo ha subido a Instagram.

—¡Yo no he grabado nada! —escuché entonces que gritó Dani tras la espalda de Thiago—. Elige mejor con quién te acuestas si no quieres...

Pero no pudo terminar la frase.

Thiago me soltó, dio dos grandes zancadas y su puño voló para partirle la nariz y dejarlo tumbado en el suelo.

La sangre tiñó de rojo la nieve.

—Te voy a matar —dijo Thiago en un tono gélido que me provocó un escalofrío. Su puño bajó hasta chocar con la cara de Dani y ya no se detuvo. Una y otra vez estalló contra su cara y no hubo quien lo detuviera.

Intentaron separarlos, pero Thiago parecía completamente fuera de sí. En un momento dado y sin saber de dónde había salido, Julian se metió en medio. Quiso tirar de Thiago para que dejara a Dani, pero este echó su codo hacia atrás y le dio de lleno en el labio a Julian, que automáticamente empezó a sangrar.

Yo miraba la escena sin dar crédito, como si la cosa no fuera conmigo.

En mi cabeza seguía viendo aquel vídeo...

Aquellas imágenes de mi cuerpo desnudo siendo grabado sin consentimiento. Aquellas imágenes subidas a internet de por vida, porque cuando algo se subía ya nunca más podía borrarse, no al menos del todo. Me imaginé esas imágenes en páginas porno, a hombres tocándose con mi cuerpo, a personas disfrutando de algo que era mío, violando mi intimidad... Dios mío, ¿qué más pasaría después de ese vídeo?

¿Cómo había sido Dani capaz de aquello?

Parece ser que alguien llamó a la policía, porque el ruido de las sirenas no tardó en llegar. En menos de un segundo la mayoría de los adolescentes se largaron como alma que lleva el diablo, dejando las botellas de alcohol tiradas junto a la hoguera y evitando así la multa por beber sin tener veintiún años. Todo fue tan rápido que antes de que me quisiera dar cuenta no solo la mitad de los que estaban allí habían desaparecido dejando botellas a su paso, sino que arrestaron a Thiago, a Dani y a Julian.

—¡Kam, llama a mi hermano! —me gritó Thiago sin quitarme los ojos de encima. Parecía tan preocupado... Me miraba como si lo único que quisiera hacer fuese correr hacia mí y abrazarme. Joder..., aquello era lo que yo más necesitaba en este mundo.

Vi cómo se los llevaban. Sin saber qué hacer, miré el móvil que sujetaba con fuerza entre mis dedos.

Me había quedado sola y, por primera vez desde que toda aquella locura había empezado, sentí miedo.

Miré a mi alrededor. Muchos se habían marchado, pero otros seguían allí y me miraban... Me miraban sin poder creerse lo que acababa de pasar. Me miraban y se fijaban en mí porque habían visto ese vídeo.

El vídeo que marcaría un antes y un después. El vídeo que ni el mejor hacker del mundo hubiese podido eliminar. El mismo vídeo que causaría la muerte de tantísimas personas.

Miré hacia delante y no vi luz al final del túnel. La oscuridad se acercaba, preparada para engullirme y, si quería, para hacerme desaparecer y no dejarme regresar jamás...

Por primera vez en mi vida necesité a aquella persona conmigo. La necesité.

Cogí el móvil y marqué.

—Por favor, mamá —dije como pude a través de las lágrimas—. Ven a recogerme.

—Tranquila —me decía mi madre pasando sus dedos por mi pelo mientras yo lloraba abrazándola en el sofá del salón—. Vamos a denunciar a ese malnacido y al instituto. Pienso denunciar a cualquiera que haya estado involucrado en arruinar tu reputación. Te lo prometo.

Me limpié las lágrimas con la mano.

—Da igual mi reputación... Mamá..., ¿y si...? —insinué con voz temblorosa.

—Imposible —dijo mi abuela tajantemente.

Estábamos las tres en el salón. Habíamos encendido la chimenea y allí nos habíamos quedado después de que les pidiera que me recogieran tras haberles contado lo ocurrido.

—No ocurrió nada, te hubieses dado cuenta.

Yo también había pensado eso mismo. Si te violaban, debías de sentir dolor o algo, ¿no? Estaba claro que Dani me había drogado con algo para así poder grabar ese asqueroso vídeo. El vídeo que tenía guardado para poder hacerme la vida imposible y humillarme delante de todos...

—¿Estás segura de que ha sido Dani Walker? —me preguntó mi madre por primera vez, poniendo en duda a mi único culpable.

—¿Quién si no, mamá?

—Ahora sales con Taylor Di Bianco, ¿no? —dijo apretando los labios.

—¡Taylor nunca haría algo así! ¿Estás loca? —le solté limpiándome las lágrimas e incorporándome en el sofá—. Tengo que llamar a Taylor... No sabe lo que ha pasado. No lo he llamado. No le he dicho dónde esté Thiago ni dónde estoy yo... —Cogí el móvil y me fijé en que había por lo menos diez llamadas perdidas y un montón de mensajes suyos.

El último decía lo siguiente:

«Si no me contestas en cinco minutos, iré a tu casa a buscarte».

Miré el reloj.

Había mandado el mensaje hacía seis minutos exactamente.

Cuando fui a escribirle, el timbre de casa resonó por el salón consiguiendo que las tres diésemos un respingo involuntario.

—¿Quién es a esta hora? —preguntó mi abuela escandalizada mirando su reloj.

—Es Taylor —dije levantándome del sofá.

Mi madre me cogió del brazo.

—No sé si es buena idea que te veas con chicos ahora mismo, Kamila...

—Es mi novio... y mi mejor amigo. Necesito verlo. —Me solté del agarre de mi madre y corrí a abrir la puerta.

Cuando lo hice, allí estaba él.

Ni siquiera abrió la boca. Tiró de mí hacia él y me envolvió en un abrazo que curó mi corazón roto, aunque fuese un poquito. Sus grandes brazos me envolvieron por completo y mi oreja chocó contra su pecho. El ritmo de sus latidos ayudó a los míos a tranquilizarse y recuperar un ritmo normal. Fue como si se sincronizaran y se colocaran ambos en la misma sintonía.

Fue mi bálsamo, mi paracetamol para un dolor que nada podía curar.

—Todo se va a solucionar —dijo contra mi oído—. Pero tienes que contarme todo lo que sabes y, sobre todo, adónde se han llevado a mi hermano.

# 15

# THIAGO

Como estábamos en el límite entre Carsville y Stockbridge, fue a la comisaría de este último a donde nos llevaron para tomarnos declaración, hacernos fotos, tomarnos las huellas y meternos en un calabozo. A Dani se lo llevaron a una celda diferente y a mí y a Julian nos metieron en la misma junto con otro tío que dormitaba en el banco sucio de metal que había en la celda. A Dani no lo metieron con nosotros porque, si lo veía, lo mataba. Así se lo hice saber al policía que, aunque me amenazó con que eso podía constar en su declaración, se llevó a ese cabrón donde no tuviese que verlo.

Julian estaba muy callado y yo apenas había intercambiado más de dos palabras con él. Le pedí perdón por lo del labio, parecía tenerlo partido, pero no quise escuchar nada que tuviese que decirme. Mi concentración estaba totalmente centrada en cargarme a Dani Walker. En mi cabeza solo podía esperar el momento en el que me soltaran para cogerlo y reventarlo. No me importaba terminar preso. Nada me importaba porque, si lo que Kam me había dicho era cierto y ese hijo de puta la había grabado desnuda y lo había subido a las redes, no habría lugar en el mundo donde pudiese esconderse y que yo no pudiese encontrarlo.

Lo mataría.

Y no me arrepentiría en absoluto.

—¿Es verdad lo del vídeo? —escuché entonces que Julian me preguntaba desde su lugar en la celda.

Mi mirada seguía clavada en el suelo de cemento.

—Sí —contesté sin ni siquiera mirarlo.

Ese tío me irritaba. Lo hacía y no sabía muy bien por qué. ¿Eran celos por la relación que tenía con Kam? Tal vez, pero no me apetecía tener que charlar con él como si fuésemos colegas.

—Pero ¿hay pruebas de que haya sido Dani? —preguntó entonces. Consiguió que mi mirada abandonara la mancha que había en el suelo bajos mis pies y que mis ojos viajaran hasta encontrarse con los suyos.

—¿Más pruebas que la propia Kamila diciendo que fue él? —pregunté mirándolo fijamente y concentrándome en él por primera vez desde que nos habían metido ahí hacía ya más de una hora.

Algo en mi cerebro pareció hacer clic cuando la imagen que tenía ante mis ojos pareció solaparse con otra no muy diferente, pero sí muy parecida.

Julian empezó a decir algo sobre que no creía a Dani capaz de hacer algo así, que el tío era imbécil pero no un violador. Que algo ocurría en el instituto, que alguien parecía querer joder a Kam desde hacía ya mucho tiempo y que eso lo tenía preocupado. También dijo algo sobre una discusión con ella y lo triste que eso lo ponía, y blablablá. El tío hablaba y yo lo miraba.

—Tú y yo nos hemos visto antes —dije poniéndome de pie sin saber muy bien por qué.

Julian dejó a medias lo que fuera que estaba diciendo y me miró.

—¿Cómo?

—En Nueva York. El trece de junio. En la comisaría de Williamsburg. Yo llegué con los puños ensangrentados y la cara rota. Acababa de meterme en la pelea más gorda de mi vida y tú estabas en la misma celda que yo, como ahora.

Observé con detenimiento a Julian para ver su reacción a mis palabras.

—Te equivocas de persona —dijo levantándose y cruzando la celda hasta llegar a la otra punta, junto a los barrotes—. Es la primera vez en mi vida que me encierran.

«Mentira.»

Recordé la escena casi como si fuese una película proyectándose en mi cabeza. Recordé su cara impasible, su templanza, su tranquilidad. Lo recordaba porque lo había mirado con envidia. Yo estaba asustadísimo. Le había dado una paliza a un hombre y lo habían tenido que llevar al hospital. Había hablado con mi abogado y me había dicho que la cosa no era moco de pavo, que iba a tener que pagar, que el tío estaba grave y que corría el riesgo de ir a la cárcel.

Mientras yo sentía en mi propia piel los nervios, el miedo, el frío y revivía lo ocurrido una y otra vez, ese tío permanecía sentado como si estuviese en el salón de su casa. Como si estuviese cien por cien seguro de que nada iba a salirle mal, que estar allí era consecuencia de un simple error burocrático.

Lo recuerdo porque lo miré con envidia. Lo recuerdo porque vi la cara del policía aparecer por el pasillo y dirigirse a él con decepción, casi con rabia.

—Otra vez vuelves a librarte, Jules —le dijo sacando la llave y abriendo la celda—. Algún día perderás esa sonrisa que pinta tu cara. A lo mejor soy yo quien te la borra, así que ten cuidado, niñato.

El tal Jules sonrió, se puso de pie, se limpió un poco la

ropa para quitarse el polvo y salió de la celda, no sin antes lanzarme una mirada.

Me guiñó un ojo y mi impulso fue levantarme y arrancárselo de cuajo, pero no lo hice. No podía empeorar mi situación.

Regresé a mi realidad y volví a fijar mis ojos en él.

¿Era la primera vez que lo encerraban?

Si no me equivocaba, esta no era ni la primera ni la segunda...

—¿Seguro, Jules? —dije esperando ver su respuesta.

Su cabeza automáticamente giró hacia mí. Después de haber permanecido casi un minuto en silencio recordando lo que vieron mis ojos seis meses atrás, mi voz rompiendo el silencio lo pilló desprevenido. Tal y como yo había querido comprobar, su subconsciente reaccionó a su verdadero nombre.

¿Por qué? ¿Jules era su nombre en vez de Julian?

Ambos nos miramos directamente a los ojos y en mi interior supe que ese tío, de todos los que seguramente pasaríamos la noche en esa celda, era el único que sin dudarlo ni un segundo debería permanecer en ella.

—Me llamo Julian —me corrigió aun sabiendo que acababa de pillarlo. Daba igual lo que dijera, su reacción había estado clara.

Pero la pregunta era... ¿Por qué se había cambiado el nombre? ¿Por qué lo habían detenido en Nueva York un año atrás?

—Lo sé, perdona... Te había confundido con otro —dije volviéndome a sentar. No pensaba desvelar mis cartas tan pronto.

La satisfacción de recordar por fin de dónde lo conocía casi me había aplacado la rabia y la necesidad de matar a Dani Walker, pero no tardé mucho en poder alejarme de allí y poner mis pensamientos en orden.

—Thiago Di Bianco —dijo el policía que se había acercado a la celda para hablarme—. Han pagado tu fianza —dijo sacando la llave y abriendo la reja.

—¿Quién está fuera? —pregunté poniéndome de pie.

—No sé... Una chica y un chico —contestó con pereza.

—¿Para mí no ha llegado nadie? —preguntó Julian acercándose.

—No, y aléjate de la puerta —le dijo el policía de malas maneras.

Julian se detuvo, me lanzó una mirada y se sentó.

—Bueno —dije lanzándole una mirada que quise que pareciera inocente—. Siento haberte metido en este lío, tío —dije refiriéndome a su labio partido y a su injusta detención—. ¿Necesitas que llame a alguien...?

—Mi hermana Kate está de camino —dijo simplemente. Yo asentí con la cabeza y salí.

Nada más salir de la celda, me hicieron cruzar un largo pasillo que finalmente daba con la recepción de la comisaría.

Cuando salí solo estaba ella.

Su pelo rubio suelto y tan brillante como siempre. Sus piernas largas cubiertas por los mismos vaqueros que había llevado en la hoguera. Los mismos que había observado desde lejos con una copa en la mano y me habían hecho pensar que le hacían un culo increíble. El jersey de lana ahora reposaba sobre sus brazos, ya que dentro de la comisaría hacía demasiado calor para llevarlo. Una camiseta blanca, de algodón, se ajustaba a su torso y a sus pequeños pechos. Pero nada de eso importaba, solo su cara. Su preciosa cara hinchada por las lágrimas. Sus ojos preocupados cuando por fin me vio salir del calabozo y su instantánea respuesta nada más verme.

No dudó ni medio segundo en venir hacia mí. Eso sí, titubeó antes de tocarme y yo tomé la decisión por los dos. Cogí su mano y tiré de ella hasta envolverla entre mis brazos.

—Taylor está...

—No me importa —la corté oliendo su pelo, llenándome de su fragancia.

Mi hermano se merecía algo más. Sí, era cierto. No había mentido cuando le di aquel ultimátum, cuando le dejé claro que lo que hacía con él estaba mal. Pero, joder, lo único que en realidad quería era verla lejos de sus brazos, de sus besos. Era yo quien deseaba tenerla. Ambos éramos personas que se merecían el uno al otro... ¿o no? Sabía que le había hecho daño cuando le confesé que la había empujado a liarse conmigo para comprobar que era capaz de hacerlo, de engañarlo, pero era la realidad. Yo sabía que Kam, por mí, sentía algo que nunca llegaría a sentir por mi hermano, porque esas cosas se notaban.

Empezaba a darme cuenta de que cada día era menos capaz de mantenerme alejado, de hacer como si no me importara, de negar la atracción que sentía por ella. Porque no era simple atracción. Había más, mucho más...

—Veo que estás bien —dijo entonces Taylor cortando nuestro abrazo.

Mis ojos se abrieron para poder separarse de Kam y fijarse en su mirada tensa, fría, oscura.

Kam se separó de mí y por un instante nos vimos los tres en una posición muy incómoda. Mi hermano y yo enfrentados, Kam en medio sin tener muy claro a quién mirar...

—He hablado con Pérez —dijo sorprendiéndome, ya

que una parte de mí se había empezado a preparar para otro posible enfrentamiento, esta vez contra mi hermano. Pérez era un amigo mío informático que alguna que otra vez nos había hecho algún favor. Me pilló por sorpresa que lo mencionara precisamente entonces, cuando su nombre había aparecido en mi mente nada más salir de mi celda—. Le he explicado a Kami que mandé investigar lo que ocurrió con su Instagram. Se suponía que en un par de días sabría quién había sido, pero me ha dicho que quien está detrás de todo esto no es alguien común y corriente, sino una persona que entiende de cortafuegos y sabe moverse a sus anchas siempre que esté conectado a la misma red. No es ninguna chiquillada. Quien está hackeando el móvil de Kami puede acceder a cualquier tipo de información, sabe lo que se hace... Tanto es así que Pérez no ha sido capaz de rastrearlo.

—El culpable de todo esto es Dani, ya te lo he dicho —dijo Kam abrazándose a sí misma.

Un policía se nos acercó entonces por la derecha. Nos lanzó a los tres una mirada y después sonrió acercándose a Taylor y dándole palmadas en la espalda.

Tardé un par de segundos de más en reconocer a ese hombre.

—Había oído que habíais vuelto, pero nunca imaginé

volver a veros por aquí —dijo aquel policía. «Milo», pude leer en su placa... El mismo policía que nos había llevado en su coche a la comisaría cuando mi hermana Lili murió en el accidente que tuvimos en el puente que llevaba a Stockbridge, ocho años atrás.

Volver a verlo removió algo muy feo dentro de mí, pero ese hombre se había portado muy bien con nosotros. Fue la figura paterna que no tuvimos cuando mis padres se marcharon al hospital con mi hermana, cuando los adultos no estaban para consolarnos porque su dolor era aún más terrible que el nuestro.

¿Cómo podía haber olvidado su nombre?

Supongo que, cuando se vive algo tan traumático, nuestra mente borra cualquier detalle que pueda llevarnos a revivir esa experiencia que con tanto ahínco queremos borrar.

Mi hermano tardó un segundo de más en recordar quién era, al igual que yo.

—¿Qué tal, Milo? —dije tendiéndole la mano.

Mi hermano hizo lo mismo unos segundos después que yo.

—Me han dicho que os habéis metido en una pela, ¿no? —dijo mirándome sobre todo a mí.

—Algo así —contesté y los ojos del policía volaron a mis puños ensangrentados.

Parecía peor de lo que era porque no había podido lavarme las manos. La sangre se había resecado y, teniendo en cuenta que la camiseta que llevaba puesta se me había roto por un fuerte tirón y que tenía el pelo y el pantalón manchados de sangre...

—Ya veo, ya —dijo frunciendo el ceño.

—Pero, señor, Thiago solo estaba defendiéndome —dijo entonces Kam adelantándose un paso.

—Lo sé... —dijo mirándola entonces a ella—. Intentaré hablar con el *sheriff* a ver si se puede hacer la vista gorda, pero no os prometo nada —dijo mirándome otra vez a mí.

Tuve que firmar unos cuantos papeles antes de salir y, mientras lo hacía, mi hermano y Kam me esperaron sentados fuera. Una mirada me bastó para darme cuenta de que estaban un poco tensos y de que mi hermano parecía querer romper algo con sus propias manos.

Cuando por fin acabé, me acerqué a ellos y me dirigí directamente a Kam.

—Deberías poner una denuncia —le dije fijándome en sus ojos hinchados y sin olvidar ni por un segundo el motivo por el que estábamos allí.

—No quiero —dijo ella. Por su tono comprendí que mi hermano seguramente había estado insistiendo en lo mismo.

—¿Cómo que no quieres? —le contesté—. Lo que ha hecho es ilegal. Es ciberacoso. No puede hacerte eso. Tienes que denunciarlo —insistí intentando que mi tono de voz se relajara un poco.

—Solo quiero olvidarme de todo esto y dormir —dijo poniéndose de pie.

—Kam...

—Kami...

Mi hermano y yo hablamos casi al mismo tiempo.

—Agradezco mucho lo que estáis haciendo, de verdad —dijo mirándonos a ambos alternativamente—. Pero no va a ser posible demostrar que fue Dani y no tengo ganas de iniciar una lucha que solo me va a exponer más de lo que ya lo han hecho...

—Error —dije dando un paso hacia ella, pero me detuve antes de cogerla por los brazos—. Si no pones ahora la denuncia, luego será más difícil que el juez falle a tu favor.

—Yo no quiero inmiscuir a ningún juez en esto, en serio —dijo echándose el pelo hacia atrás con la mano y soltando un hondo suspiro—. Ahora mismo solo necesito descansar... No quiero pensar más en esto, por favor...

Mi hermano empezó a decir algo, pero justo en ese instante la puerta de la comisaría se abrió y los tres nos giramos para ver entrar a Kate.

Al vernos pareció tensarse, pero luego forzó una sonrisa.

—Veo que ya estás fuera —dijo mirándome a mí.

—Así es. Julian está esperándote, creo —dije observándola con atención, pero su mirada no tardó en desviarse hacia Kam.

—Siento mucho lo que ha pasado, Kami —dijo con sinceridad—. Que sepas que nadie de nuestro grupo volverá a dirigirle la palabra a Dani nunca más. Lo que te ha hecho es imperdonable.

Kam pestañeó varias veces sorprendida y después asintió.

—Gracias, Kate —dijo simplemente—. ¿Tú estás bien? —preguntó fijándose igual que yo en sus ojeras y en su mal aspecto. Ni siquiera estaba maquillada, algo inusual en esa chica que siempre solía ir pintada como una puerta.

—Todo bien —dijo forzando una sonrisa que no le llegó a los ojos ni a ninguna parte. ¿A quién quería engañar Kate?—. El instituto se está volviendo loco, ¿verdad? —dijo entonces.

—La gente del instituto, más bien —contestó Kam en un tono más que taciturno.

Kate asintió y luego señaló la recepción de la comisaría.

—Será mejor que pague ya la fianza de mi hermano.

—¿Cómo está Julian? —preguntó entonces Kam, mirándome.

—Bien —contesté y hasta yo noté la frialdad en mi voz.

Kate me dirigió una mirada como preguntándose a qué se debía ese tipo de reacción, teniendo en cuenta que su hermano había intentado ayudarme separándome de Dani.

—Nosotros nos vamos ya —dijo entonces Taylor—. ¿Necesitas que os llevemos o algo?

—No, está bien. He venido con mi coche —dijo Kate.

Después de despedirnos, nos marchamos de la comisaría y empezamos a andar hacia el coche.

Cuando los tres nos montamos, yo conduciendo y mi hermano a mi lado con Kam detrás, no pude evitar fijarme en ella a través del espejo retrovisor. El silencio era el protagonista en aquel trayecto de veinte minutos hasta llegar a nuestras casas. Cuando aparqué y nos bajamos, me di cuenta de que yo sobraba.

Taylor y Kam me miraron y sentí algo muy extraño en mi interior.

Kam debería estar conmigo.

Kam debería subir a mi habitación para dejar que yo la consolara, la cuidara, la acariciara hasta que se durmiera entre mis brazos...

Kam era mía.

No de él.

—Buenas noches —dije mirando a Kam un segundo de más.

Cuando subí las escaleras y me encerré en mi habitación, lo primero que hice fue coger el móvil y marcar un número que me sabía de memoria.

—Pérez, ¿qué tal, colega? —dije asomándome a la ventana—. Necesito que averigües todo lo que sepas sobre Julian Murphy. Si ves que no te sale nada, cambia el nombre por Jules: Jules Murphy. Es urgente, por favor.

Me despedí diciéndole que le debía una y observé cómo Kam y mi hermano entraban en casa..., en nuestra casa. Escuché cómo subían las escaleras y cómo se encerraban en la habitación que había enfrente de la mía.

Terminaría volviéndome loco.

Solo era cuestión de tiempo.

# 16

# KAMI

Subí con Taylor a su habitación porque insistió tanto en ello que no me vi capaz de decirle que no. No era para mí plato de buen gusto meterme en su cuarto sabiendo que Thiago estaba justo en la puerta de enfrente, pero necesitaba estar con alguien que me trasmitiera paz y seguridad, y no había nadie mejor para eso que Taylor.

Antes de irnos juntos a la comisaría, me había abrazado hasta que conseguí calmarme. Mi madre nos había visto y había tenido que saludarlo.

Taylor, a pesar del pasado con mi madre, se mostró educado, incluso fue simpático. Ese detalle consiguió que me enamorase de él un poquito más. Taylor era capaz de dejar las desavenencias atrás, incluso una que provocó la muerte de su hermana, con tal de hacerme feliz.

Sabía que Thiago nunca sería capaz de hacerlo. Thiago

nunca aceptaría estar en la misma habitación que mi madre. Sabía que nunca podría perdonar del todo a mi familia por lo que ocurrió tantos años atrás, y eso era algo que siempre nos mantendría alejados, dijera lo que dijese Thiago. Aunque no fuese profesor en mi instituto podríamos tener algo...

Me senté en la cama de matrimonio de Taylor y me dejé caer sobre el colchón. Aún estaban pegadas en el techo las estrellas fluorescentes que yo le regalé para uno de sus cumpleaños.

—¿Te acuerdas de lo que nos costó pegarlas? —dije mirando hacia el techo.

—¿El qué? —preguntó quitándose la camiseta y poniéndose un pantalón de deporte para estar más cómodo.

—Las estrellas —contesté señalando hacia arriba.

—Ah, sí —dijo mirándolas como si acabase de caer en que estaban ahí.

—Tardamos como dos días enteros en pegarlas todas... Tú te caíste de las escaleras, ¿recuerdas? —le pregunté sonriendo y fijándome en su cuerpo. Se había acercado y se había sentado a mi lado.

—¿Que si me acuerdo? —dijo señalándose las paletas—. Menos mal que eran de leche —dijo y me reí.

—Recuéstate aquí conmigo... y vamos a mirar las estrellas —le dije en voz bajita y así lo hizo.

Estiró la mano para apagar las luces y las estrellitas amarillas se iluminaron hasta ser lo único que veíamos de la habitación.

—Es curioso como a veces, por muy bonito que sea algo, dejamos de verlo porque nos acostumbramos a ello... Da igual que esté delante de nuestras narices —dije pensando y recordando aquel día, aquel precioso día de primavera cuando apenas éramos unos niños y la ilusión por pegar estrellas en el techo nos llenaba de felicidad.

—¿Te pasa eso conmigo, Kami? —me preguntó entonces—. ¿Te has acostumbrado tanto a mí que ya has dejado de verme?

Sentí como si me apretaran el corazón.

Me giré hacia él en la cama para poder mirarlo a los ojos.

—¿Por qué dices eso, Taylor?

—He visto cómo lo miras —dijo entonces congelando mis latidos—. Y él te mira de la misma manera, Kami. No lo niegues, por favor. Hay algo entre vosotros.

—Taylor, yo...

—Me entran ganas de cruzar el pasillo y matarlo, Kami, y es mi hermano. Es la persona, después de mi madre, que más quiero en este mundo. Pero cuando se trata de ti...

—Yo te quiero, Taylor —dije cogiéndole la mejilla y obligándolo a centrarse en mí. No podía negar lo otro, ni intenté hacerlo tampoco. Sé que a él no se le escapó ese detalle.

Negó un segundo con la cabeza y después fijó sus ojos en mí.

Ya nos habíamos acostumbrado a la oscuridad y mis ojos ya podían ver claramente sus rasgos, sus sentimientos reflejados en su bonita cara. En esa misma cara que yo, cuando era pequeña, deseaba ver cada mañana. La misma que ahora conseguía hacerme sentir como en casa.

—Dime que te quiera y lo haré sin tapujos ni inseguridades —dijo entonces con una seriedad que consiguió que cualquier otro pensamiento que me rondara la cabeza se detuviera para simplemente centrarme en él—. Dime que te quiera e iré corriendo a donde estés. Pero antes de hacerlo, dime que soy el único que deseas que lo haga.

Mi corazón se aceleró enloquecido. Mis sentimientos volaron hacia todas partes, me elevaron sobre mi cuerpo y desearon por fin poder aclararse, asentarse y dejarme ser feliz.

Por un instante la imagen de Thiago pasó por mi cabeza. Sí, a él también lo quería, pero nunca seríamos felices... Nunca sería feliz con alguien que odiaba a mi familia. Alguien que me culpaba, en parte, por la muerte de su hermana. Alguien que era hermano de mi mejor amigo, de mi novio, de Taylor.

Si se acababa mi relación con Taylor, se acababa también la de Thiago. Era así. No podía tener a los dos en tiempos diferentes. Eso nunca funcionaría y yo nunca me lo perdonaría.

¿Era egoísta elegir a uno con tal de no quedarme sin ninguno de los dos?

¿Era egoísta darle una oportunidad a Taylor a pesar de que mi corazón estaba dividido por los sentimientos que irremediablemente sentía por su hermano? ¿Era egoísta quererlo tanto y a la vez querer a otra persona por igual? ¿Era egoísta que nada de eso me importara porque lo necesitaba conmigo, porque de verdad no podría seguir sin él a mi lado?

Sí, era egoísta.

—Quiéreme, Taylor —dije susurrando su nombre y acercándome a sus labios—. Quiéreme, porque tú eres el único que sabe quererme bien.

Nuestras bocas se quedaron unos segundos respirando el aire de la otra. Sabía que en su cabeza, en aquel momento, chocaban todo tipo de pensamientos contradictorios, que no era fácil para él obviar lo que ya había descubierto y que seguía ahí.

Me prometí a mí misma nunca más volver a mostrar nada por Thiago. Eso me lo guardaría para mí. Taylor se merecía toda mi atención, todo mi cariño, todo mi amor...

Me moví hasta colocarme encima de él.

Leyó mis intenciones nada más mirarme a los ojos.

—Kami... No sé si esto es buena idea, si nosotros... —empezó a decir, pero lo corté con un beso.

—Tú eres lo único que quiero y necesito en este momento —le dije acariciándole la cara.

—¿Y mañana seguirás queriendo lo mismo?

—Mañana te querré aún más que ahora —dije dejando que mis dedos bajaran por su cara y acariciaran su pecho desnudo.

—¿Estás segura? —me preguntó con un deje triste al final de la frase.

No dije nada... A partir de ese instante lo único que haría sería hacerlo feliz. No quería volver a escuchar esa tristeza en su voz.

Besé su piel desnuda y recorrí con mi lengua unos abdominales que solo un deportista llegaría a tener... No abdominales de gimnasio, sino abdominales de quien se mata entrenando para poder ser el mejor. Dejé que mis manos acariciaran su cuerpo y dejé que él subiera las suyas y me tocara como estaba segura de que deseaba hacer desde hacía ya tanto tiempo.

No lo habíamos hecho antes porque nunca se había dado la ocasión perfecta. Hacerlo con Taylor era algo en mi lista de pendientes y que hasta ese momento no me había creído capaz.

Que la última persona que había estado en mi interior fuese el mismo que había violado mi intimidad y mi confianza dolía tanto que necesitaba hacer algo para remediarlo.

Taylor no me dejó jugar durante mucho tiempo con su cuerpo, no tardó en cogerme por la cintura y darme la vuelta para colocarse él encima.

Sentí su miembro empujar contra mi entrepierna, buscando un roce que aliviara aquello que deseaba satisfacer con ganas.

No hablamos mucho. Fue un juego de miradas y caricias. El juego más antiguo del mundo llevado a cabo por la persona más dulce y más buena que yo jamás conocería.

Me desnudó con lentitud y besó mi piel hasta que ya no pude soportarlo más.

—Por favor —le pedí cuando él ni siquiera se había quitado la parte de abajo.

—Quiero probarte antes —dijo bajando por mi barriga y pasando la lengua por la piel que iba dejando a su paso. Tiró de mis braguitas hacia abajo y pasó la lengua despacio...

Me removí inquieta por el placer y la vergüenza.

—Voy a comerte entera. —El susurro de su aliento en mi entrepierna me provocó una oleada de placer, una oleada que avecinaba algo bueno... muy bueno.

Cuando por fin me probó, no se detuvo hasta que me tuvo temblando contra su boca. La humedad de mi entrepierna se pasó a sus labios y sentí por fin lo que era la complicidad, la confianza.

El sexo debería ser siempre así.

Nunca debí perder la virginidad cuando no estaba lista para perderla. Podemos llegar a creer que el sexo es solo sexo, que la primera vez tampoco es tan importante. ¿Por qué no hacerlo si mi amiga lo hace? ¿Por qué no hacerlo cuando mi novio solo piensa y me habla de lo mismo? Creemos que no es nada, que tampoco es para tanto, pero lo es. El sexo no es solo desnudarse, tocarse y correrse. El sexo es complicidad, confianza, sentimientos, o al menos debería serlo desde la primera hasta la última vez... Perder la virginidad a manos de un capullo puede marcarte para siempre.

Solo había que ver ese vídeo...

Me sentí muy cómoda y deseada con Taylor tocándome. Con Taylor besando mi boca, mis muslos. Con Taylor perdiendo ya un poco el control y metiéndome los dedos. Primero despacio y después rápido, tan rápido que no pude evitar gritar. Gritar de placer y un poco de dolor al mismo tiempo, porque el sexo era un poco así. Una sensación rara, placentera que a veces dolía, pero que, si se hacía bien, podía acabar en algo maravilloso.

Taylor se separó de mí antes de que llegara a correrme y abrió el cajón de su mesilla.

—Quiero que te corras conmigo —dijo arrodillándose junto a mi boca con el condón en su mano—. Pero antes, chúpamela..., por favor —casi me rogó.

Y lo hice.

Me la metí en la boca y lo hice temblar. Lo saboreé y una parte de mi mente... Joder, qué traicionera era la mente que no pudo evitar comparar. No os diré quién la tiene mejor, o más grande, o más gruesa, pero ambos tienen muy buenos genes y están muy bien dotados...

Nunca me había importado practicar sexo oral. No es que lo hubiese practicado mucho, pero con Dani llegué a hacerlo más de una vez y... Bueno..., era algo con lo que me sentía a gusto. Me gustaba sentir que tenía el control, que podía dar placer con mis labios.

—Dios..., Kami —dijo Taylor echando la cabeza hacia atrás y suspirando de placer.

No me hubiese importado seguir, seguir hasta el final, pero me detuvo con un gesto de su mano y me miró con los ojos llenos de lujuria.

—Pónmelo —dijo dándome el condón y esperando a que fuese yo quien se lo pusiera.

Lo hice con cuidado, recordando las clases de educación sexual que nos habían dado en el instituto y que siempre solían repetir sobre estas fechas.

Pellizqué la punta y, al colocarlo, lo deslicé hacia abajo con cuidado de no romperlo o engancharlo con mis uñas.

Taylor siseó y yo sentí que mi interior temblaba ante la expectación de sentirlo dentro de mí.

Se colocó encima de mí y me besó el cuello, los pechos, la cara y las orejas.

Sentí la punta de su pene rozarme la entrada y abrí las piernas para darle mejor acceso.

Me sorprendió descubrir que no estaba nada nerviosa. Mi cuerpo estaba relajado, disfrutando de cada beso y de cada caricia.

—Qué guapa eres, por Dios —dijo entonces mirándome a la cara. Después entró en mi interior con cuidado, pero con firmeza.

Arqueé la espalda y lo sentí entrar hasta el fondo.

—Dios —dije entre dientes, soltando el aire y respirando para acostumbrarme a tenerlo dentro.

Empezó a moverse. Primero despacio, observando mi reacción y asegurándose de que no me dolía. Después, al ver que me gustaba y que mi cuerpo empezaba a acompañarlo en los movimientos, empezó a darme más fuerte.

De mi boca se escapaban suspiros de placer y algunos grititos de dolor.

—Dios, Kami —dijo moviéndose aún más deprisa.

No quería acabar ya, no quería terminar deprisa.

Lo empujé hacia un lado y me subí yo encima para alargar aquello lo máximo posible.

En aquella posición se me hizo más fácil tocarme yo mientras me movía arriba y abajo.

Él me sujetó por la cintura a la vez que me subía y bajaba a su gusto, intentando acelerar las embestidas.

—Me voy a correr —dijo cuando ya llevábamos un rato. Yo lo cabalgaba sin querer que aquello se acabara jamás y él se contenía con todas sus fuerzas para esperar que yo llegara antes que él.

Me pegué a su pecho buscando su boca, dejando que me metiera la lengua hasta el fondo. Me sujetó las caderas y empezó a moverse con fuerza. El cabecero de la cama empezó a chocar contra la pared, pero ni de eso fui consciente.

Solo quería sentir cómo disfrutaba, cómo llegaba al orgasmo conmigo entre sus brazos.

Y así lo hizo.

Se corrió y los sonidos que soltó llegaron hasta mis oídos haciéndome feliz.

—Madre mía... —dijo abrazándome con fuerza.

Sabía que no iba a ser fácil que me corriera a la primera de cambio. Taylor iba a tener que aprender a tocarme. Iba a tener que enseñarle lo que me gustaba y lo que no, e incluso ir descubriendo yo por mí misma qué era lo que me gustaba del sexo.

Yo no tenía apenas experiencia. Por esa razón se me hizo tan extraño que, al acabar, después de quitarse el condón y tirarlo a la basura, viniera hacia mí. Se me colocó encima abriéndome las piernas despacio, con los ojos aún llenos de ganas de más.

—¿Qué vas a hacer? —pregunté sin comprender.

—¿Cómo que qué voy a hacer? Tú aún no has llegado —me dijo besando mis muslos.

Me quedé callada y en esa frase estuvo la clave: «aún».

No se acostó en su cama, me besó en los labios y adiós muy buenas.

No se fue al baño a lavarse para después regresar y decirme que ya se había hecho tarde...

—Relájate, nena —dijo contra mi piel—. Ahora te toca a ti.

No paró hasta que no se aprendió los primeros capítulos de mi manual. No paró hasta al menos conseguir distinguir lo que me gustaba y lo que no, la velocidad que me daba placer o la intensidad a la que podía someterme.

No paró hasta verme disfrutar.

Y con eso se llevó con él lo que me quedaba por dar.

Abrí los ojos sobre las seis de la madrugada. Al principio no sabía muy bien dónde estaba, pero las estrellas pegadas en el techo de la habitación de Taylor me ayudaron a situarme. Miré el reloj y supe que, si mi madre se despertaba y no me veía en mi habitación, ya podía correr lo suficientemente rápido o me mataría sin ningún tipo de remordimiento.

Miré a Taylor y recordé la noche que habíamos pasado. Sentí que las mariposas revoloteaban en mi estómago y una sonrisa se dibujó en mi rostro sin poder hacer nada para evitar que apareciera. ¿Por qué iba a detenerla? Dentro de todo lo malo que estaba pasando en ese momento en mi vida, lo que había ocurrido con Taylor era algo bueno. Algo que sabía que nos uniría más que nunca. Algo que yo de verdad había necesitado para seguir adelante y dejar atrás a...

Frené mis pensamientos y cogí mis cosas lo más silenciosa que pude. Había dormido con una camiseta de Taylor y me la quité. La doblé con cuidado y la dejé sobre su cama. Ya vestida, me alejé hasta la puerta y salí al pasillo.

Nada más cerrar la puerta de Taylor, la que había enfrente se abrió sin darme tiempo a hacer nada; ni a esconderme, ni a huir ni a nada.

Thiago apareció allí de pie, sin camiseta, y sus ojos me devolvieron la mirada: una mirada triste, dolida e incrédula.

No supe qué decir o hacer. Me quedé allí de pie, quieta como una estatua, con el jersey de lana entre mis manos y mis ojos clavados en alguien que hubiese preferido no ver, no aquella mañana al menos.

Thiago apretó los labios con fuerza. Pude ver la lucha interna de sentimientos reflejarse en sus ojos verdes, su cerebro atando cabos y su mente intentando asimilar lo que aquello significaba. Sus ojos se clavaron en los míos y parecieron decir: «¿cómo has podido hacerlo?» Cuando creía que pasaría de mí, que me rodearía y se iría a hacer lo que fuera que había estado a punto de hacer, estiró la mano, me cogió del brazo y tiró de mí cerrando la puerta tras de mí y empujando mi espalda contra esta.

Todo eso en medio segundo, un medio segundo en que no pude detenerlo ni rechazarlo ni nada.

Me pilló totalmente por sorpresa.

—Eres mía —dijo cogiéndome por las mejillas con fuerza—. No de él. Mía... y yo soy tuyo, ¡maldita sea!

Su boca chocó contra mis labios y quise detenerlo, pero me derretí en cuanto su lengua encontró la mía y sus manos bajaron para apretarme por la cintura con fuerza.

Sentí que me derretía, joder.

La explosión de sentimientos me provocó hasta un temblor involuntario por todo mi cuerpo.

¡No! No, no, no, no, no.

No otra vez.

Lo empujé por el pecho y supe que se dio cuenta porque vaciló un segundo. Volví a empujarlo, esta vez con más fuerza y se apartó. Se apartó de mí y me dio la espalda para que no viera su reacción ante mi rechazo.

—No puedo hacer esto, Thiago. —Sentí que por fin había podido tomar una decisión.

Taylor me quería y yo a él. Había decidido darle todo, brindarle todo, y no iba a engañarlo nunca más.

Lo mío con Thiago había terminado.

Thiago se giró hacia mí y vi el dolor en sus ojos, pero también algo que no me gustó.

—Los dos sabemos que estás equivocada —dijo con la voz controlada o eso intentaba demostrar—. Sientes algo por mí, por mucho que te lo niegues a ti misma. Por desgracia, a mí me pasa lo mismo contigo... —Dio un paso hacia mí—. Llevas en mi cabeza desde que tengo uso de razón. Desde el instante en el que tus trenzas me llamaban a gritos y necesitaba despeinarte para hacerte rabiar. Desde el instante en el que descubrí que la única manera de llamar tu atención era picándote o molestándote hasta hacerte llorar... Nunca me miraste como yo a ti... Corrías para que Taylor te defendiera o te protegiera sin saber que quien mejor lo haría era yo.

—Eso pasó hace mucho tiempo. —Intenté mantener mi voz bajo control.

—¿Crees que no lo haría ahora? ¿Que no cuidaría de ti mejor que nadie?

—Me dijiste que no podíamos estar juntos, Thiago —le recordé procurando que mi voz no delatara lo mucho que me afectaban sus palabras.

—¡Pues he cambiado de opinión! —dijo elevando el tono de voz y acercándose otra vez a mí—. No soporto verte con él... Me quema la mente imaginar lo que pasa cuando estáis solos...

Nunca había visto a Thiago así. Nunca.

Él, que nunca demostraba sus sentimientos. Él, el fuerte, el pasota, el que nadie puede entender ni al que nadie puede llegar...

—Tengo que irme —dije cuando se acercó tanto a mí que creí que moriría si no lo abrazaba o besaba o consolaba de cualquier manera que estuviese en mis manos.

—No tienes que irte. Te vas porque no tienes lo que hay que tener para admitir que piensas lo mismo que yo.

—¡No lo hago! Quiero a tu hermano —dije bajando la voz al darme cuenta de que la había subido un poco.

—Dilo como quieras, las veces que quieras, pero sabes que en secreto al que quieres es a mí.

—Te equivocas —dije apretando los dientes.

—Me equivocaré entonces —dijo haciendo un gesto de derrota con sus brazos—. No voy a meterme más. Ya te he dicho lo que deseaba decirte desde hace días, lo que pienso cada vez que te veo...

—¿Y qué piensas? —no pude evitar preguntar.

Se detuvo un momento. Respiró hondo, soltó el aire por la boca y me miró directamente a los ojos.

—Pienso que, si estuvieses conmigo, no tendrías esa tristeza que puede leerse en tus ojos desde hace tiempo. Pienso que, si estuvieses conmigo, quien sea que intenta hacerte daño habría parado de hacerlo porque ya me lo hubiese cargado... Pienso que te equivocas de hermano.

—Eso es injusto.

—Lo es —contraatacó—. Pero la vida es injusta. Estoy

cansado de dejar que el resto de las personas que me rodean se lleven lo que yo siempre he querido.

—Lo dices ahora porque sabes que estoy con él. Antes no me dabas ni la hora, solo me hablabas para gritarme. ¿O es que te has olvidado de cómo me tratabas hace apenas un mes?

—Antes no estaba preparado para aceptar lo que sentía por ti, lo que he sentido siempre.

—¿Y ahora sí?

—Ahora sí —dijo dulcificando la voz y colocándome un mechón de pelo tras la oreja—. Ahora sí... —repitió y sentí que me derretía al notar sus dedos acariciando mi mejilla.

—Para.

—No puedo —dijo apartando su mano con lentitud, pero apartándola.

—Ayer tomé una decisión y voy a respetarla.

Thiago dio un paso hacia atrás. Primero me miró con pena, con tristeza, pero luego la rabia y el enfado ocuparon su lugar borrando lo anterior.

—Pues entonces lárgate de aquí.

No tuvo que repetírmelo dos veces.

# 17

# THIAGO

Dejé que se fuera.

Ya había dicho todo lo que tenía que decir. Lo prefería a él, por mucho que yo quisiese pensar lo contrario.

Aunque estaba cabreado y dolido, no dejó de interesarme la llamada que recibí poco tiempo después de que Kam desapareciera de mi habitación.

Era Pérez y no me llamaba con buenas noticias.

—¿Qué pasa, tío? —me saludó muy despierto. Conociéndolo, sabía que se habría pasado la noche jugando a videojuegos o averiguando lo que le había pedido unas horas antes.

—Hola, colega. ¿Has podido encontrar algo de lo que te pedí? —le pregunté sentándome en la silla giratoria de mi escritorio y mirando por la ventana para asegurarme de que Kam llegaba sana y salva a su dormitorio.

La luz de su habitación no tardó en encenderse y pude relajarme un poco. No me gustaban cómo estaban las cosas en el instituto y, si pensaba en ese vídeo repugnante que Dani Walker había subido a las redes...

—Sí, por eso te llamaba —dijo—. No he encontrado nada al meter el nombre de Julian Murphy en el sistema. Nada aparte de unas cuantas redes sociales abiertas hace apenas unos meses —dijo con calma—. Pero, en cambio, al buscar a Jules Murphy la cosa cambia —dijo poniéndose más serio.

—¿Qué has encontrado? —Me senté derecho y le presté toda mi atención.

—Tengo su expediente académico. Antes asistía a un instituto de Brooklyn. Malas notas, algunas amonestaciones, llegaron a expulsarlo por meterse en más de una pelea... Hasta ahí tampoco es nada del otro mundo, pero lo raro es que no ha durado más de dos años seguidos en el mismo colegio. Lleva cambiándose desde que cumplió los catorce.

—¿Lo expulsaban? —pregunté.

—Se iba él solo —me contestó—. Después seguí indagando. Me metí en el registro de la Policía de Nueva York y no sabes qué...

—¿Qué? —Sentí que nada de todo aquello sonaba bien.

—Cuenta con varias denuncias. Denuncias que finalmente no llegan a nada porque se retiran los cargos.

—¿Cargos sobre qué?

Se hizo el silencio durante unos segundos en que mi mirada voló a la ventana de Kam.

—Acoso —dijo Pérez con tranquilidad.

—¿Acoso? —pregunté sintiendo cómo algunas cosas empezaban a cobrar sentido, un sentido que no me gustaba en absoluto.

—Y eso no es todo —añadió consiguiendo que me pusiera aún más nervioso—. He encontrado una página web en la que se dedica a subir cosas extrañas sobre homosexuales —dijo consiguiendo que mi mente no lograra asociar eso con lo que acababa de contarme.

—Él es gay —dije recordando aquel detalle.

Pérez soltó una carcajada.

—No creo que lo sea —dijo con tranquilidad—. La página es homofóbica que flipas.

—¿Cómo? —pregunté sin dar crédito—. Pásame el enlace.

Me lo envió a mi correo y no tardé ni un segundo en pinchar.

La página web era toda oscura y en ella podías ver todo tipo de mensajes repugnantes acompañados de imágenes y vídeos sobre abusos a chicos homosexuales. Nada más entrar, podías leer: «Son abominaciones y deberían ser tratados como tal».

Lo que había en esa página web era tan retrógrado y asqueroso que tuve que salir de ella.

—Si es un puto homófobo, ¿para qué coño va diciendo por ahí que es gay?

—Este chico está trastornado, colega —dijo Pérez con sencillez—. No es alguien a quien le presentaría a mi hermana pequeña, ¿me explico?

Pensé en Kam. Joder, ese puto psicópata estaba loco por ella.

—Vale, gracias, tío —dije sintiendo algo muy feo en mi interior. No me gustaba nada toda aquella situación y una parte de mí empezó a preguntarse si no sería él quien estaba detrás de las cosas que habían estado ocurriendo en el instituto—. Si encuentras algo más...

—Lo que me gustaría saber es por qué todas esas chicas terminaron retirando los cargos... —dijo Pérez pensando en voz alta.

—¿Hay alguna manera de que puedas averiguar por qué lo hacían?

—Como no sea preguntándoselo a ellas directamente...

Dudé un segundo.

—¿Se sabe quién ponía las denuncias?

—Espera un momento —me pidió Pérez quedándose en silencio—. Necesito un poco más de tiempo, pero a lo mejor puedo conseguirte algo —añadió al minuto.

—Llámame con lo que sea, ¿de acuerdo?

—Lo haré —dijo—. Y dile a tu hermano que sigo intentando averiguar quién ha hackeado la cuenta de su novia.

Miré un segundo en dirección a la ventana.

—Ella cree que fue su exnovio, Dani Walker —le dije.

—¿Dani Walker? —preguntó Pérez con curiosidad—. Espera, eso son datos nuevos. ¿Ese tal Walker va también a ese instituto?

—Sí —dije esperando a ver qué me decía.

—Si tengo un nombre, puede ser más fácil verificar si es él quien está detrás de lo del hackeo de su cuenta. Aunque ya le dije a tu hermano que quien lo ha hecho no es ningún estúpido, sabe lo que se hace.

No veía a Dani Walker como un cerebrito de la informática... Algo no cuadraba en toda aquella historia y una parte de mí empezó a creer que quien había subido ese vídeo a la cuenta de Instagram de Kam podía no haber sido Walker...

—Pérez... —dije en voz alta—. ¿Podría Jules estar relacionado con eso también? —pregunté sintiendo algo muy feo revolverme el estómago.

—Hombre... Es un vídeo que se grabó en una habitación... Si lo que me has dicho es cierto y Julian o Jules o quien sea, solo es amigo de esa chica... ¿El tal Walker y ese Jules son amigos? ¿Podrían haber estado trabajando juntos?

Julian se había metido ya en una pelea defendiendo a Kam de ese imbécil...

No me cuadraba... Nada me cuadraba.

—No creo —dije en voz alta a pesar de que no estaba del todo seguro—. No sé si asociar a Julian con el acoso que ha estado sufriendo Kam es acertado... Puede estar trastornado, pero a ella siempre la ha tratado bien, son amigos...

—Pues a lo mejor estamos ante un claro caso de acoso escolar. La han tomado con esa chica, al parecer —dijo Pérez no muy convencido tampoco.

—Tienes razón. No sé qué coño le pasa a la gente con Kam, pero no tardaré en averiguarlo.

—Venga, tío. Yo te llamo con lo que sea —se despidió Pérez y colgué.

Nada.

Aquello no me gustaba nada.

Me duché con mil ideas y pensamientos en la cabeza. Tantos que sentía que me iba a terminar explotando. Mi intuición me decía que nada estaba bien y, lo peor de todo, que Kam no estaba a salvo. Al menos no lo estaba al cien por cien y eso no era algo que estuviese dispuesto a permitir.

Bajé a la cocina a prepararme un café justo cuando mi madre llegó a casa antes de que nos marcháramos al instituto. Nada más verme en la cocina, con la taza de café en las manos, supo que algo no iba bien.

—¿Qué ha pasado? —preguntó sentándose frente a mí.

Miré sus ojos verdes, calcados a los míos, y vi las ojeras que teñían su piel blanca de un color oscuro provocado por las miles de horas que estaba echando en el hospital para que no nos faltara de nada.

—Me he despertado con el pie izquierdo, nada más —dije justo cuando Taylor entraba en la cocina.

—Tú siempre te despiertas con el pie izquierdo —dijo en un tono que se me antojó provocativo.

—¿Eres imbécil o qué coño te pasa? —No estaba de humor como para aguantarlo. De hecho, estaba controlándome con todas mis fuerzas para no matarle por haber pasado la noche con Kam.

—¡Eh! —me riñó mi madre y, cuando fue a coger mi mano, vio lo que no quería que viese.

Tiré de la mano hacia mí y la coloqué sobre mi pierna, donde no pudiese verla.

—Dame la mano, Thiago Di Bianco, si no quieres que me cabree de verdad.

«Joder.»

Saqué la mano y la coloqué sobre la mesa.

—¿Qué demonios ha pasado? —dijo asustada—. ¡¿Has vuelto a meterte en líos?!

—No pasa nada, mamá —intenté tranquilizarla, tenía cero ganas de justificarme con nadie.

—¿Cómo que no pasa nada? ¡Tienes los nudillos destrozados! ¿A quién le has destrozado la cara con ellos, Thiago?

—A Dani Walker —dijo Taylor detrás de mí mientras se echaba café en una taza de color rosa fucsia que no le pegaba nada, pero que era de mi madre. Todas las tazas de aquella casa eran rosas o violetas, no había punto intermedio.

—¿Al hijo del alcalde? —exclamó mi madre con voz chillona—. ¡¿Has perdido la cabeza?!

—Sigue en su sitio, créeme —contesté poniéndome de pie y dejando mi taza en el lavadero.

No tenía ganas de escucharla.

—Vas a perder tu trabajo, ¡pedazo de memo!

—No voy a perder nada, ¿sabes por qué? Porque, si a ese imbécil se le ocurre decir algo de lo que pasó, lo mataré, y lo digo en serio.

Mi madre abrió los ojos con sorpresa y miró a mi hermano buscando algún otro tipo de explicación.

—Si él no consigue matarlo, lo haré yo —dijo Taylor con calma.

—Pero ¡¿qué demonios?! —dijo mi madre poniéndose de pie. Parecía tan furiosa..., tan furiosa y pequeña que en otro momento hasta hubiese resultado divertido, pero no en esa ocasión, no cuando habían violado la intimidad de Kam—. ¡Explicadme ahora mismo qué ha pasado!

Mi hermano se lo resumió como pudo mientras yo sentía que me calentaba más y más. No podía escuchar otra vez que medio pueblo había visto a Kam desnuda, que además existía la posibilidad de que la hubiesen viol...

Ni siquiera podía pensar en esa palabra.

Kam no había querido denunciar.

Y si ella no lo hacía, lo haría yo.

Al imbécil de Dani Walker le quedaban los días contados en el instituto de Carsville. Estaba seguro de ello.

# 18

# KAMI

No quería ir al instituto. No quería volver a pisar ese sitio nunca más. Podéis llamarme cobarde o insegura, o decir que tenía poca personalidad, pero cuando todo cuanto te rodea empieza a convertirse en una amenaza... Entonces entendí lo que podía llegar a sentir alguien que sufría *bullying*.

¿Yo lo estaba sufriendo?

Siempre había sido algo muy lejano a mí. Nunca pude entender por qué muchos alumnos llegaban incluso a suicidarse. Nunca llegué a creérmelo del todo hasta que no empecé a sentir aquella ansiedad que me comía por dentro. Esa misma ansiedad que me alentaba a salir corriendo, a alejarme de todo cuanto me rodeaba. Ya no me sentía segura allí. Dani era el que estaba detrás de todo aquello. Entonces lo supe.

Mi madre vino a despertarme, aunque ya estaba despierta, sentada en mi mesa y dibujando sin ni siquiera prestar atención a las líneas que trazaban mis lápices.

—Hoy te llevaré yo al instituto —dijo mi madre ya vestida y con mi hermano cogido de la mano.

—No hace falta —dije sabiendo que aquello era la peor idea del mundo.

—Voy a ir a hablar con el director del colegio —dijo.

—¡De eso nada! —exclamé poniéndome de pie—. No te metas en esto, mamá.

—¡¿Que no me meta?! —exclamó indignada—. Mis dos hijos están sufriendo *bullying*. ¿Sabías lo de Cameron?

Miré a mi hermano pequeño, que estaba medio adormilado al haber tenido que levantarse más temprano de lo normal.

—Claro que lo sé —dije—. Os llamaron a ti y a papá y pasabais del tema, por eso acudieron a mí.

—¿Cómo no me lo dijiste? —exclamó mi madre enfadada.

—¿Para qué? ¿Acaso hubieses hecho algo?

—¡Por supuesto que sí!

Negué con la cabeza.

—El que está detrás de todo esto es el hijo de tus grandes amigos, los Walker. Si hay alguien con quien debas hablar, debería ser con ellos.

—¿Dani Walker también está detrás de que a tu hermano pequeño le peguen en el colegio?

—Díselo, Cameron —le dije a mi hermano, instándolo a hablar—. ¿Quién es el que te pega?

Mi hermano pestañeó varias veces y en su rostro apareció una mirada asustada.

—No puedo decirlo.

Mi madre se giró hacia él sin dar crédito.

—¡¿Cómo que no puedes decirlo?! ¡Dímelo ahora mismo!

—¿Qué son estos gritos? —dijo entonces mi abuela apareciendo por el pasillo. Aún iba en pijama, aunque perfectamente conjuntada con un camisón largo de seda y una bata a juego.

—Mamá acaba de descubrir que a sus dos hijos los acosan en el colegio —dije sencillamente, aunque en mi interior aún no era capaz de considerarme una víctima de todo aquello. ¿Dónde había quedado mi fortaleza? Siempre me había considerado alguien segura de mí misma...

Haber roto con Dani había desencadenado todo aquello... ¿Cómo no me había dado cuenta antes de que había sido él quien me había estado acosando? ¡Me lo dijo alto y claro! Disfrutaba de verme caer, aunque nunca dejó claro que fuera él quien estaba detrás de nada.

—¿A Cameron también? —dijo mi abuela indignada—. Anne, tienes que hacer algo al respecto, ¡de inmediato!

—¿Por qué crees que quiero ir a hablar con el director?

—¡Mamá, que esto no lo vas a solucionar hablando con el director!

Justo cuando mi madre fue a rebatir lo que estaba diciendo, llamaron al timbre.

—¿Y ahora quién es? —dijo mi abuela girándose y encaminándose a las escaleras para abrir la puerta.

—Coge tus cosas y súbete al coche, Kamila. No pienso repetírtelo.

Tampoco es que tuviera otra opción. Fuera estaba todo nevado y era imposible ir en bicicleta. La opción de ir con los Di Bianco era una posibilidad, pero tal y como estaban las cosas con Thiago casi era mejor ir andando...

Por eso cuando fue Julian quien se presentó ante mi puerta, una pequeña parte de mí se sintió aliviada.

—¡Kamila, hay un amigo tuyo aquí! —gritó mi abuela.

Salí de mi habitación y bajé las escaleras.

Julian me esperaba con dos vasos de café para llevar.

—Creí que te vendría bien estar hoy con un amigo —dijo al mismo tiempo que me sonreía con dulzura.

Sonreí sin poder evitarlo y lo invité a que pasara.

Mi madre bajó las escaleras con mi hermano y miró a Julian.

—Hoy llevaré yo a Kamila al instituto —dijo mi madre insistiendo en algo que no iba a ocurrir.

Julian me miró durante un segundo.

—Vaya... Lo siento, pensaba que podía llevarla yo —dijo mirándome sin saber muy bien qué hacer.

—Mamá, me voy con él, ¿vale? —volví a insistir posicionándome junto a mi amigo—. Deja que solucione esto por mí misma...

—No me gusta esto, Kamila —dijo mi madre mirándome con el ceño fruncido.

—¿Vas a dejar que se vaya con él? —preguntó entonces mi abuela.

—¿Y qué quieres que haga? ¿Que la suba a la fuerza al coche? —Eso, obviamente, era muy mala idea—. Pero iré al instituto, te guste o no —sentenció sin dejar que pudiese decir nada más.

Le dije a Julian que esperara un segundo. Subí a mi habitación, cogí mi abrigo y mi mochila y bajé casi a la carrera.

—Vámonos —dije pasando junto a mi familia y cerrando la puerta tras de mí.

Julian y yo nos miramos durante unos segundos.

—Lo siento —dijimos casi a la vez.

Ambos sonreímos.

La pelea que habíamos tenido la noche anterior antes de que todo se desmoronase había sido estúpida e innecesaria. Con el tiempo me había dado cuenta de que Julian era la clase de persona que, cuando se enfada, suelta cosas para hacer daño. No era una postura que yo compartiese, pero podía llegar a perdonarlo por eso, sobre todo cuando hacía tantos esfuerzos por estar ahí para mí.

—Ven aquí —dijo tirando de mí y dándome un abrazo que de verdad me reconfortó. Después de unos segundos, nos separamos y nos subimos a su coche.

—¿Cómo estás? —dijo tendiéndome el café.

—No muy bien —admití dándole un traguito y notando que el café caliente me ayudaba a entrar en calor. Fuera hacía un frío que pelaba.

—Tu madre tiene razón, Kami —dijo Julian después de un rato de estar callados—. Deberías hablar con el director. Deberías denunciar a Dani... Lo que te ha hecho...

—No lo sé... Ahora mismo solo quiero dejar todo esto atrás. Ahora que él sabe que lo sabemos, seguramente dejará de hacer lo que estaba haciendo... Ahora sí, si mi hermano llega a aparecer por mi casa con medio rasguño, me lo cargo, Julian. Te juro que me lo cargo.

—Kamila, ha subido un vídeo tuyo desnuda a las redes...

Sus palabras fueron como puñaladas.

Una parte de mi cerebro estaba bloqueando esa realidad. No quería ni pensar en ello porque, si lo hacía, me entraban hasta ganas de vomitar.

—Necesito tiempo para asimilarlo... Necesito tiempo para obligarme a creer que él ha sido capaz de hacerme algo así...

Llegamos al instituto cinco minutos más tarde.

Cuando me bajé del coche, noté que muchos se giraban hacia mí.

Sentí miradas por todas partes.

Ojos que me escrutaban, que veían más allá de lo que llevaba. Veían mi cuerpo sin ropa porque un hijo de puta había puesto esas imágenes en sus cabezas.

Ni siquiera lo vi venir. No lo vi porque apareció de la nada, pero de repente lo tenía frente a mí, cogiendo mis manos, ¡tocándome!

—Por favor, Kami. ¡Tienes que saber que yo no fui!

—¡Apártate! —lo empujó Julian, antes incluso de que yo fuese capaz de reaccionar por mí misma. Dani trastabilló y casi cayó hacia atrás, pero consiguió mantenerse en pie.

Su aspecto era terrible.

La paliza que Thiago le había dado lo había dejado totalmente desfigurado. Sus dos ojos estaban morados e hinchados y tenía el labio partido.

—¡Tengo que hablar con ella! —insistió Dani, mirándome con ojos suplicantes.

Nunca lo había visto así de desesperado.

—¡Yo nunca haría algo parecido! ¿Cómo me crees capaz de hacer algo así?

—No quiero ni que te me acerques —le dije sintiendo un odio en mi interior aflorar hacia fuera.

Lo iba a matar.

Aunque sabía que en realidad no podía.

—¡Tu madre ha puesto una denuncia, Kamila! —siguió insistiendo—. ¡Vas a arruinar mi futuro, joder!

—¡Eh! —escuché una voz gritando a mis espaldas y dos puertas cerrarse con fuerza.

Al girarme, vi a Thiago y Taylor acercándose casi a la carrera.

—¡Ni te acerques! —le gritó Taylor.

Thiago ni siquiera abrió la boca. Vi la rabia nublar su mirada.

«Dios.»

Aquello iba a terminar mal, muy mal.

Dani levantó las manos en signo de rendición y empezó a caminar hacia atrás.

—Kamila, sabes que yo no haría algo así —insistió mirándome directamente a los ojos.

—Lo triste de todo esto es que sí, serías capaz de hacer algo así —dije con las lágrimas acudiendo a mis ojos.

—¡¿Que está pasando aquí?! —gritó entonces la voz del director.

Todos nos giramos hacia él y el ambiente pareció tensarse y relajarse a la vez.

Miré a Thiago.

Su mirada parecía aliviada al tener una excusa que le permitiera mantener las manos alejadas de Dani...

—¡Todos a clase ahora mismo! —dijo el director ahuyentando a los estudiantes que habían aparecido y habían formado un corrito a nuestro alrededor.

Era increíble que una pelea llamara a las masas en medio minuto. Joder, no habían tardado ni tres segundos en pararse a mirar. Solo faltaban las palomitas.

—Walker y Hamilton, a mi despacho. Al resto no quiero ni veros.

«Mierda, joder.»

—No pienso dejarla a solas con ese maldito acosador —dijo Taylor colocándose a mi lado.

Thiago no le quitaba de encima la mirada a Dani.

—¡Di Bianco, váyase inmediatamente a clase! —le gritó el director.

—No —dijo Taylor, con lo que consiguió que el director enrojeciera aún más.

—Di Bianco, o te marchas a clase o juro que te expulsaré una semana entera —le dijo y lo dijo muy en serio.

—¿Puede Thiago estar presente? —le pregunté yo entonces al director.

Yo tampoco quería quedarme a solas con Dani. Ya no confiaba en nadie y menos en él. Además, todos conocían los privilegios que se le otorgaba a Dani por ser el hijo del alcalde. Si iba a suceder algún tipo de soborno o injusticia por brindarle a él algún tipo de trato de favor, quería que hubiese algún testigo de mi parte.

—También tengo que hablar con él, así que sí —dijo el director mirándonos a todos de malas maneras.

Miré a Julian un segundo.

—¿Vas a estar bien? —me preguntó.

Asentí antes de que alguien tirara de mi mano hacia atrás.

—Cuando salgas de ese despacho, nos largamos de aquí si quieres —me dijo Taylor abrazándome delante de todos.

Respiré su perfume y sonreí contra su pecho.

—No quiero que hagas más pellas por mi culpa. Creo que ya estamos todos de mierda hasta el cuello, ¿no te parece?

—No me importa nada. Solo me importas tú —dijo besándome y abrazándome otra vez.

—¡Todos a clase, venga ya! —insistió el director.

Taylor y Julian se fueron juntos; Dani, Thiago, el director y yo empezamos a andar hacia su despacho.

No tenía ni idea de lo que podía salir de allí.

Cuando entramos, pestañeé sorprendida al ver allí sentados a los padres de Dani. Lowell y Kelly Walker me miraron como si yo fuese la reencarnación de sus peores pesadillas. Y pensar que hacía unos meses su sueño era que yo me casara con su hijo...

—Bueno, ya estamos todos —dijo el director ocupando su lugar detrás de la mesa.

—Mi madre no está. —Lamenté el momento en que le pedí que no viniera al instituto. Aquello era una encerrona en toda regla.

—Puedes decirle a tu madre que mi despacho está abierto para ella cuando quiera. Ahora mismo estamos los que estamos y hay un asunto importante que debemos tratar de inmediato.

—Mi hijo no ha subido ningún vídeo pornográfico a ninguna red social —dijo la madre de Dani muy indignada y angustiada.

—¿Vídeo pornográfico? —escuché a Thiago decir desde detrás de mí. Me rodeó para así poder mirar de frente a Kelly Walker—. Lo que ha ocurrido aquí es ¡que su hijo grabó y subió un vídeo privado sin el consentimiento de Kamila!

—¡Di Bianco! —lo regañó el director a Thiago instándolo a callarse.

—¡Yo no he sido! —gritó Dani haciéndose el indignado.

—Deja de mentir, Dani —dije sintiéndome insultada—. Tú eres el único que ha podido grabar un vídeo como ese. ¡Eras mi novio! ¡¿O ya no te acuerdas?!

Dani soltó una carcajada.

—¿Y cuántos novios tienes ahora, Kamila? Porque que yo sepa cada vez que miro hacia atrás estás con uno diferente...

—¡Señor Walker! —gritó el director.

Thiago dio un paso adelante y mi mano voló para sujetarlo fuertemente por la muñeca.

No podía hacer eso, no podía volver a pegarle.

Dani miró a Thiago un poco asustado y dio un paso hacia atrás.

—Lo que acabas de decir solo demuestra lo inmaduro, machista y gilipollas que eres en realidad —dije mirándolo furiosa.

—¡Señorita Hamilton! —volvió a gritar el director.

—No pienso permitir que se acuse a mi hijo de algo tan grave sin ningún tipo de prueba —dijo entonces el señor Walker—. Mi hijo es buen estudiante, un deportista de élite...

Thiago soltó una carcajada.

—Su hijo es un puto drogadicto que sigue en el equipo porque habéis tenido la cara y el dinero suficiente para chantajear a esta institución.

—Señor Di Bianco, lárguese de aquí inmediatamente.

—Thiago se queda —dije yo poniéndome de pie y girándome para así poder encarar a los padres de Dani—. Su hijo ha estado acosándome y no solo a mí, sino también a mi hermano pequeño. ¿Momo? ¿En serio? —dije mirándolo con asco—. ¿Te divertías asustando a tu hermano y al mío? ¡Eres repugnante!

Dani me miró como si le estuviese hablando en chino.

—Pero ¡¿de qué coño estás hablando?!

—¡Deja de hacerte el tonto!

—Esta chica está perdiendo la cabeza —dijo la madre

de Dani—. ¿Qué te ha pasado, Kamila? Antes eras tan dulce, tan educada, tan...

—¿Estúpida? —contraataqué—. Cuando pienso que perdí dos años de mi vida con el imbécil de su hijo me entran ganas de arrancarme las pestañas.

Kelly me miró estupefacta y, a pesar de todo lo que estaba pasando, hasta disfruté de ver que se indignaba y se ruborizaba ante mis palabras.

Alguien llamó a la puerta justo entonces y la secretaria del director entró un poco asustada, ya que supuse que los gritos debían oírse desde fuera.

—Señor Harrison, la madre de Kamila Hamilton está fuera y desea hablar con usted —dijo la secretaria.

Mi madre, mi abuela y mi hermano entraron en el despacho. Joder, ya no cabía nadie más.

El director se dejó caer sobre su silla y nos miró a todos sin dar crédito. A mi lado Thiago se tensó y eso volvió a hacerme daño. Que no tolerara estar en la misma habitación que mi madre ni medio segundo sería algo que siempre me escocería.

—O sea, ¿usted convoca una reunión para hablar del acoso que están sufriendo mis dos hijos y ni siquiera tiene la decencia de llamarme para estar presente? —Mi madre estaba cabreadísima.

Joder, por primera vez en mi vida pude ver que se tomaba el papel de madre en serio.

—Señora Hamilton, yo no he convocado nada. Los padres del señor Walker se han presentado...

—Si se habla de mi hija, yo debo estar presente —contraatacó mi madre de forma tajante.

—Qué poca vergüenza —dijo mi abuela mirando a Dani y negando con la cabeza.

—Eh, tú —dijo Dani dirigiéndose a mi hermano, que ya no sabía ni dónde meterse—. ¿Yo acaso me he metido contigo?

Mi hermano se escondió detrás de la falda de mi madre.

—Deja a mi hermano en paz —dije acercándome a él de forma instintiva—. Cam, ¿quién te ha estado pegando en el cole?

Mi hermano me miro a mí y después a mi madre.

—Dilo, Cameron —la instó ella.

—Pero Momo... —dijo casi llorando.

Miré al director y a los padres de Dani.

—Pero ¿quién es Momo? —preguntó entonces el director.

—Un muñeco que asusta a niños a través de vídeos de YouTube y mensajes amenazadores —explicó Thiago—.

Pero Momo no existe, Cam —le dijo dirigiéndose a él con voz suave.

—¿Quién te pega, Cameron? —preguntó entonces el director.

Mi hermano nos miró a todos y entonces confesó.

—Geordie Walker —dijo y la madre de Dani se llevó la mano a la boca.

—¡Eso es imposible!

Miré a Dani, que parecía estar flipando.

¡¿Cómo podía ser tan mentiroso?!

—Pero él lo hace porque Momo se lo dice —aclaró mi hermano.

¿Ahora iba a defender a quien le pegaba?

—El que se lo dice es su hermano mayor, Cameron —dijo mi madre mirando a Dani con cara de decepción—. Y yo que creía que eres un partidazo para mi hija...

La madre de Dani fue a decir algo, pero entonces el director se puso de pie y todos nos giramos para verlo.

—Esto se está saliendo de madre. Que si vídeos subidos a las redes, que si mensajes amenazadores, que si cuentas hackeadas. ¡Se acabaron los teléfonos móviles! Mientras se esté en este establecimiento, los puñeteros móviles se quedarán guardados bajo llave.

Mis ojos se abrieron con sorpresa.

—¿Esa es para usted la solución? ¡Está dejando que haya delincuentes en este maldito colegio! —dijo mi madre indignadísima.

—Yo no estoy aquí para educar a sus hijos, señora Hamilton, y puesto que no tenemos ningún tipo de prueba que demuestre que el señor Walker es culpable de haber subido un vídeo privado a la cuenta de la señorita Hamilton, esto es lo único que yo puedo hacer de momento. En cuanto a Geordie Walker, se le expulsará una semana del instituto por pegar y acosar a Cameron Hamilton.

—¡¿Cómo se atreve?!

El director hizo como que no escuchaba nada y siguió hablando.

—Con el tema de Momo, el instituto hará lo que esté en su mano para terminar con esa amenaza absurda y realizará una investigación exhaustiva, se lo puedo asegurar. Por el momento eso es todo, muchas gracias —dijo el director despachándonos sin más.

Los padres de Dani se levantaron y pude ver que en realidad estaban aliviados al ver que a su hijo mayor no se le iba a aplicar ningún tipo de castigo. La denuncia a la policía estaba ahí, pero sin pruebas...

Odié con todas mis fuerzas a ese maldito delincuente.

Todos fueron saliendo. Mi madre me dijo que me recogería después de clase y que no me preocupara, que aquello no iba a quedar así. Mi hermano se marchó con ella y mi abuela, hasta que en el despacho solo quedamos el director Harrison, Thiago y yo.

—No hay que ser muy inteligente para asociar sus nudillos rotos con la cara hecha un cristo del señor Walker, señor Di Bianco —dijo entonces el director dejándonos de piedra.

Thiago lo miró un momento sin decir nada y, cuando fue a hablar, el director levantó una mano para callarlo.

—Por alguna razón que desconozco, el señor Walker no ha dicho ni pío con respecto a usted ni a por qué su cara empieza a ponerse morada. No tengo pruebas —dijo muy serio—, pero en el instante en que tenga algo que pueda llegar a incriminarlo, señor Di Bianco, tenga muy claro que no me quedará más remedio que echarlo de este colegio. Si eso ocurre, ni todas las horas que ha realizado en este establecimiento contarán para sacarlo de la cárcel. No juegue con fuego... porque puede quemarse.

Me quedé quieta. Sin decir nada.

—Ahora márchense —dijo el director sentándose por fin en su silla y soltando todo el aire que parecía haber estado aguantando.

Thiago y yo salimos del despacho y nos alejamos de la recepción sin decir nada.

—Gracias por haberte quedado —dije deteniéndome en el pasillo desierto y mirándolo a la cara.

—Hay algo de todo esto que no termina de cuadrarme, Kamila —dijo volviendo a llamarme como hacía cuando me odiaba tanto que el diminutivo parecía atascársele en la garganta.

—Yo estoy cansada de seguir intentando comprender por qué me pasan estas cosas —dije abrazándome a mí misma—. Lo que más deseo en este mundo es poder graduarme y largarme a la universidad.

Thiago desvió la mirada hacia el final del pasillo. Parecía nervioso, como si quisiera decirme algo, pero no encontrase la forma o las palabras.

—¿Qué pasa? —pregunté.

Cuando volvió a mirarme, parecía más decidido que unos minutos antes.

—Ten cuidado con Julian, Kam —dijo mirándome directamente a los ojos.

¿Con Julian? ¿A qué venía eso?

—Julian es mi amigo —dije sin dar crédito. ¿Iba a ponerse celoso también de Julian?

—Hazme caso por una maldita vez en tu vida —insistió cabreado—. Ten cuidado con él, no te creas todo lo que te dice.

Sacudí la cabeza y di un paso hacia atrás.

—Llego tarde a clase —dije zanjando esa locura—. Ya nos veremos.

Thiago no dijo nada más.

Pero su manera de mirarme me persiguió durante el resto del día.

# 19

# TAYLOR

La vi llegar y noté que todos a mi alrededor se acomodaban en sus asientos y desviaban la mirada del profesor a ella.

Sus ojos recorrieron la clase hasta encontrar los míos, que la esperaban al final, donde le había guardado un asiento a mi lado.

—Adelante, señorita Hamilton —le dijo el profesor y ella se adentró por el pasillo hasta llegar a donde yo estaba.

Aún no podía creer lo que había pasado entre los dos hacía unas horas. No podía creer que la hubiese hecho mía por fin, que la hubiese sentido como llevaba tanto tiempo deseando sentirla. Haber podido besarla, tocarla, estar dentro de ella, disfrutar de su cuerpo y de su dulzura, de la pasión que escondía tras esa cara tan bonita... Verla llegar al orgasmo había sido de las mejores cosas que había podido ver en mis diecisiete años de vida. Saber que había sido a causa de lo que yo le había hecho me llenaba de una sensación tan plena que solo contaba las horas para poder volver a repetirlo.

Yo había perdido la virginidad a los catorce. Se podría decir que fue muy pronto, pero me tocó en una etapa en mi vida en la que todo iba mal, donde todas las cosas a mi alrededor no terminaban de cuajar.

Mi madre apenas se levantaba de la cama, la depresión seguía apoderándose de ella y los novios que se echaba solo parecían empeorar su estado de ánimo. Mi hermano empezaba a meterse en líos gordos en el instituto y, a pesar de estar pendiente de mí y de nuestra madre, era una bomba a punto de explotar. Recuerdo verlo llegar a casa, con el semblante taciturno, siempre enfadado con todos, de un humor negro que extendía al resto de nosotros a pesar de que él no se diera cuenta de nada.

El sexo fue en ese momento mi vía de escape. Las niñas empezaron a fijarse en mí cuando empecé a desarrollarme y, sobre todo, cuando alcancé una altura de casi uno noventa. Cuando se tienen catorce años y las niñas de diecisiete te echan la caña... es muy difícil decir que no.

—Dime que han expulsado a ese hijo de puta —le dije en voz baja nada más tenerla a mi lado.

Kami me miró y luego sus ojos se desviaron hacia la

puerta donde sin dar crédito tuve que ver aparecer a Walker como si nada hubiese ocurrido y nada fuese con él.

Casi me levanto, pero Kami me cogió la mano con fuerza y me retuvo.

—Déjalo estar, Taylor, por favor —insistió cuando vio que pensaba levantarme y reventarle esa cara de pijo imbécil que tenía.

Se hizo un silencio muy tenso en la clase, hasta el profesor se calló al verlo entrar. Estaba seguro de que lo que había ocurrido estaba ya en boca de todo el instituto, incluidos los profesores. Tampoco me hubiera extrañado que por la mañana todo el pueblo se hubiese enterado ya de que habían grabado y subido desnuda a Kami a su propio Instagram y sin su consentimiento.

—Deberías estar en la cárcel —dijo entonces Julian, que estaba sentado detrás de mí.

—¡Señor Murphy! —lo riñó el profesor.

—Qué vergüenza que dejen entrar en este instituto a posibles violadores —le dijo entonces una chica cuyo nombre no sabía.

Vi que Kami la miraba y en su mirada apareció una gratitud silenciosa que me llegó hasta el corazón.

Ella no se merecía aquello. Nunca se mereció que la trataran tan mal.

—¿Posibles? —dijo entonces otra chica—. ¡La drogó y la grabó! ¿De verdad os creéis que no hizo nada más?

Noté que Kami, a mi lado, empezaba a temblar.

—¡Basta ya! —gritó el profesor mirando a Kami, al igual que acababa de hacer yo.

Dani, entonces, se puso de pie y nos miró a todos.

—¡Yo no fui! —dijo alto y claro. Parecía estar a punto de desmayarse. Joder, cómo me hubiera gustado cogerlo y darle hasta matarlo. No me importaban las consecuencias, ese malnacido se merecía todo lo malo que pudiese sucederle.

—¡Fuiste tú! ¡Deja de mentir! —gritó entonces Kam, poniéndose de pie y marchándose de la clase sin importarle que el profesor la llamara.

Yo hice lo mismo.

La seguí sin importarme nada. La seguí porque, si me quedaba allí, lo mataría y, joder... Aquello podía darme muchísimo placer, pero no quería acabar en la cárcel por ese cabrón.

—Kami, ¡espera! —grité siguiéndola hasta entrar en el cuarto de baño de las chicas.

—¡No lo soporto más! —me dijo echándose a llorar y apoyándose en los lavabos.

—Cariño... —dije cogiéndola y abrazándola con fuerza—. Por favor..., tranquilízate...

—No puedo... —dijo hipando y derramando lágrimas de cocodrilo—. No soporto pensar lo que pudo pasar. Intento creer que la cosa se quedó simplemente en ese vídeo, pero ¿y si no fue así? Todo el mundo me ha visto... Me ha visto...

—Tranquilízate —dije acunándola contra mi pecho—. Las cosas han cambiado, la gente ya no se ríe de cosas así. ¿No has visto cómo han reaccionado al ver a Dani? La vida de ese hijo de perra está acabada..., al menos en este instituto.

Kami se separó un poco de mí y se limpió las lágrimas. Pasé mis pulgares por sus mejillas para ayudarla a borrar los restos de humedad y se me partió el alma al verla tan destrozada.

—Te quiero —le dije mirándola a los ojos.

Sonrió.

—Yo también te quiero... —dijo respirando hondo para encontrar la calma—. Y lo que pasó ayer entre los dos...

—Fue increíble —terminé por ella.

—Lo fue —dijo poniéndose de puntillas y besando la comisura de mis labios—. Siento haberme ido sin decirte nada, pero mi madre iba a matarme si no me encontraba en mi habitación esta mañana...

—Está bien, no pasa nada —dije colocándole un mechón de pelo tras su oreja.

—Kami, ¿estás bien? —dijo una voz dulce, a la vez que una cabeza de pelo rizado aparecía por la puerta del baño.

Se trataba de Ellie.

Kami volvió a limpiarse las lágrimas e intentó forzar una sonrisa.

—Estoy bien, Ellie —le dijo girándose hacia ella.

Ellie se acercó a nosotros despacio.

—Siento tanto todo lo que está pasando... —dijo echándome una mirada—. Tenías razón sobre Dani... —dijo mirando al suelo.

Ella se había liado con él, cierto.

—No pasa nada —le dijo Kami y, justo en ese instante, cuando Ellie parecía querer decir algo, el director empezó a hablar por la megafonía del instituto.

Su voz se escuchó alta y clara.

«Queridos alumnos: les informo de que a partir de mañana y, sin excepción ninguna, todos los alumnos deberán entregar su teléfono móvil en la entrada del instituto. Nadie podrá utilizar el teléfono móvil dentro de las instalaciones del colegio, a no ser que tengan un justificante que demuestre que el alumno necesita el teléfono por alguna razón extraordinaria y, aun así, el comité lectivo deberá evaluar dicha justificación.»

Abrí los ojos sin dar crédito, al igual que hizo Ellie. Kami no parecía muy sorprendida.

—Está de coña, ¿verdad? —pregunté en voz alta.

—No —dijo Kami negando con la cabeza—. Nos lo dijo a Dani y a mí en su despacho. Es una medida para luchar contra el acoso cibernético que está ocurriendo ahora...

—¡Es una medida absurda! —exclamó Ellie apoyándose contra los lavabos—. En cuanto salgamos de clase, todos tendremos los teléfonos y toda la mierda que está ocurriendo seguirá existiendo. ¿Es que no se da cuenta?

—Al menos puedo estar tranquila de que nadie está viéndome desnuda mientras cruzo los pasillos llenos de estudiantes —dijo entonces Kami—. O de que nadie le está enviando mensajes amenazantes a mi hermano pequeño.

—¿Tu hermano tiene móvil?

—Solo para emergencias —dijo poniendo los ojos en blanco—. Tonterías de mi madre. Mi padre nunca quiso.

—¿Y qué hacemos ahora sin teléfono? —pregunté yo sin dar crédito.

—Pues hablarnos a la cara —contestó Ellie y no pude evitar que las comisuras de mis labios se levantaran un poco.

—A ver quién tiene los cojones para meterse con alguien

directamente y no a través de una puta pantalla —dijo Kami en un tono que dejaba muy claro que en realidad ella apoyaba esa medida.

Salimos del cuarto de baño y, cuando el timbre que anunciaba el final de la primera clase sonó, la gente salió a los pasillos. De lo único que se oía hablar era del tema de los teléfonos móviles.

«Es un derecho, no pueden quitárnoslo.»

«¿Y los profesores sí pueden tenerlo? ¡Es injusto!»

«Propongo convocar una huelga, ¡no pueden quitarnos los móviles!»

«¡Pienso denunciar a este maldito instituto!»

Esas eran algunas de las cosas que se oían por los pasillos. Miraras donde mirases, veías a TODOS con los teléfonos en las manos, como si temieran verlos desaparecer o que alguien llegase por detrás y se los arrancase de los bolsillos traseros. Era una realidad un poco triste ver que las generaciones de entonces éramos incapaces de estar sin nuestros teléfonos, pero era así. El teléfono era una extensión de nuestra mano, siempre ahí, cerca, listo para poder ver la hora, comprobar los mensajes o simplemente ver la foto que teníamos de fondo de pantalla.

—¿Qué vas a hacer ahora que no tienes el teléfono para grabar a nadie? ¿Eh, gilipollas? —escuchamos a una chica gritar. Cuando nos giramos, en el pasillo vimos a Dani encaminándose a su taquilla.

Los tres nos detuvimos y nos quedamos mirando.

Me estaba sorprendiendo muchísimo cómo se estaba tomando la gente lo que había ocurrido con Kami. Yo no tenía en muy alta estima a la población de Carsville y menos a los adolescentes del pueblo, pero parecían todos muy asqueados con lo que había hecho el antiguo capitán del equipo de baloncesto.

Yo, mientras tanto, disfrutaba de ver cómo se metían con él.

Que se jodiera.

Que se jodiera bien jodido. De hecho, ayudaría y formaría parte en cualquier cosa que tuviese que ver con destruir a ese maldito violador en potencia.

—¡Violador! —gritó otra chica desde el final del pasillo, secundada por sus amigas.

—¡Lárgate de aquí!

La cosa no terminó ahí, sino que durante los siguientes dos días, hasta se recogieron firmas que solicitaban la expulsión inmediata de Dani Walker.

Kami apenas decía nada. Había dejado claro que no quería formar parte de nada, que solo quería olvidar lo ocurrido y no escuchar hablar del tema nunca más.

Sin comerlo ni beberlo, había vuelto a convertirse en el centro de atención, aunque ahora no era para criticarla y odiarla, sino para todo lo contrario. Se había convertido en el símbolo feminista y en la excusa para luchar contra la violencia de género en el instituto.

Entendía que ella quisiese mantenerse al margen, pero a la vez admiraba lo que las chicas del instituto querían hacer y exigían que se hiciera. Dani Walker no debería seguir estudiando en nuestro instituto.

No había pruebas. Vale, era cierto. Pero todo indicaba que había sido él y, joder, no había nada en este mundo que deseara más que ver a ese malnacido por los suelos.

Entregar los móviles en la puerta de entrada del instituto había sido una gran putada y seguía causando revuelo. Nos obligaban a meterlos en una bolsita de plástico que contenía nuestro nombre y apellido, y se quedaban encerrados en una habitación que habían despejado solo para eso.

La gente estaba tensa, se aburría sin el entretenimiento número uno de nuestro siglo y buscaba una manera de descargar su descontento. Además, todo eso ligado a que la decisión de quitarnos los móviles era consecuencia directa de lo que Dani había hecho... Pues ya os podéis hacer una idea de cómo estaban los humos en el instituto.

A cada segundo que pasaba, se veía a Dani decaer más

y más. Ya no hablaba con casi nadie. Los miembros del equipo le habían dado la espalda y habían seguido mi actitud. ¡Se merecía quedarse solo!

Kami era mi novia y todos lo sabían. Lo que había estado ocurriendo antes, aquella batalla existente entre el antiguo rey del instituto contra la reina por fin había acabado. En aquel momento, sin haberlo querido, el rey era yo y Kami era mi reina.

Quien osara tocarla pagaría las consecuencias.

Julian fue uno de los que también había adquirido una actitud nada pacífica. Se metía con Dani cada vez que lo veía y participó en la encerrona que le organizaron un día nada más salir de clase.

Yo también habría participado en aquella paliza si no hubiese sido porque Kami me lo suplicó durante más de media hora. No le gustaba cómo estaban yendo las cosas y me dijo que no quería que me rebajara a su nivel.

Julian y ella tuvieron una fuerte discusión en la que hasta Ellie se metió, diciéndole a Kami que no podía pretender que nadie actuara en consecuencia después de lo ocurrido.

Dani acabó en el hospital con un brazo roto y ahí... Ahí fue cuando me di cuenta de que las cosas se estaban empezando a descontrolar.

A descontrolar de verdad.

# 20

# THIAGO

Pasaron unos cuantos días hasta que por fin recibí la llamada de Pérez que estaba esperando. La única opción que me quedaba para averiguar si Julian mentía sobre su pasado y si era cierto que había acosado a chicas era comunicándome con alguna de las que lo habían denunciado. La razón por la que habían retirado los cargos era aún un misterio, pero no podía esperar a averiguar qué había ocurrido en realidad.

Kam había hecho oídos sordos a mis advertencias. Sabía que no iba a escucharme, rara vez lo hacía, joder, pero ¿cómo iba a lograr que entendiera que Julian llevaba meses mintiendo a todo el mundo? El muy hijo de perra lo hacía de puta madre. Su preocupación por Kam parecía verdadera, al igual que su amistad, pero tampoco era normal que, siempre que hubiese un altercado que la involucrara, él estuviese delante o apareciese de repente. Raras veces mi instinto me traicionaba y no iba a ignorarlo cuando alguien tan importante para mí estaba de por medio. Tenía que llegar hasta el final de aquello, aunque tuviese que hacerlo solo porque, aunque mi hermano tampoco confiaba mucho en Julian, él parecía tener ojos solo para el hijo de perra de Dani.

No estaba enterado de las cosas que ocurrían entre los alumnos, más que nada porque yo no era uno de ellos. Mi hermano tampoco es que se explayara en contarme nada. De hecho, apenas me hablaba si no era estrictamente necesario, pero si lo hubiese sabido, tampoco habría hecho nada para evitarlo.

Dani Walker se merecía todo lo que le estaba sucediendo y más.

Por eso, cuando estaba dándole clase a los más pequeños y el teléfono empezó a sonar y vi de quién se trataba, no dudé en atender la llamada.

Pérez me saludó al otro lado de la línea.

—Creo que tengo algo que te puede llegar a interesar —dijo y pude notar por el tono de su voz que se sentía satisfecho consigo mismo y su trabajo.

—Dime —contesté sin quitarle la vista a los niños, que en ese momento jugaban al balón prisionero. Sobre todo, tenía que tener vigilados a Cameron y a Geordie. No sería la primera vez que, con la excusa de estar «jugando», un niño aprovechara para sobrepasarse con el otro.

—Tengo el número de teléfono y la dirección de la chica que denunció a Jules el año pasado —dijo, con lo que consiguió que le prestara toda mi atención—. Me ha costado conseguirlos, pero tenía un contacto con la policía y, bueno... —se cortó y volvió a hablar—. No me enrollo. Lo que importa es que lo tengo.

—¿Su número y la dirección? ¿De dónde? ¿De Nueva York?

—Exacto. Se llama Amelia Warner. Es la capitana del equipo de animadoras. Una chica muy guapa. Tiene diecisiete años, aunque está repitiendo curso. Al parecer el año anterior suspendió prácticamente todas las asignaturas.

—¿Cómo sabes eso?

—Tengo delante su expediente académico.

—¿A qué instituto va?

—Se llama Columbus. Es un colegio de esos privados, está en Williamsburg.

—Pásame toda la información. ¿Tú crees que hablará conmigo si la llamo por teléfono?

Pérez dudó un instante.

—Con casos como este... Las víctimas que han sufrido algún tipo de acoso no suelen contárselo al primero que las llama por teléfono. Si de verdad quieres averiguar quién es ese tal Julian o Jules y qué fue lo que hizo para que lo llegaran a denunciar, vas a tener que ir en persona.

«Joder, y ¿cómo lo hago yo ahora para irme a Nueva York?»

Apunté el teléfono, el nombre completo de Amelia, la dirección de su casa y el colegio y me guardé el teléfono en el bolsillo trasero de mis pantalones.

Podía decir que estaba enfermo y faltar un día al instituto. Desde que había empezado a trabajar, no me había ausentado ni un solo día...

Cuando por fin terminé la clase y tuve un poco más de tiempo, me senté en mi lugar de la sala de profesores y desde el ordenador me compré un vuelo a Nueva York para esa misma noche. Ya me inventaría qué decirle a mi madre y a mi hermano para que no me acribillaran a preguntas, como si tenía que mentirles diciéndoles que estaba en casa de Maggie.

Y hablando de Maggie...

La puerta de la sala de profesores se abrió y entró ella luciendo una gran sonrisa, aunque en cuanto sus ojos se cruzaron conmigo esa sonrisa desapareció y su semblante se puso inmediatamente serio.

—No sabía que estabas aquí —dijo cerrando la puerta

tras de sí. No había nadie más en la sala de profesores, el resto o estaban dando clase o entraban dentro de una hora.

—Bueno... no es tan raro, ¿no? —pregunté intentando suavizar el ambiente, ya que parecía haberse congelado en un instante.

—Raro es saber dónde te metes, si me permites decírtelo —dijo dejando su bolso sobre la mesa y girándose hacia la mesa de café.

—Bueno, ya lo has dicho —contesté sabiendo que tenía parte de razón. Habíamos estado saliendo, viéndonos bastante a menudo hasta que de repente dejé de llamarla—. Y... bueno, ¿qué te cuentas? —pregunté sin saber muy bien cómo entablar una conversación.

Tampoco me hizo falta comerme mucho el coco, porque se giró de inmediato y me fulminó con esos ojos tan azules que tenía.

—¿Que qué me cuento? Thiago, ¡dejaste de llamarme sin más! ¡Me dejaste plantada!

¿La había dejado plantada?

—Ahora encima pon cara de sorpresa. ¡Eres insufrible, de verdad!

—Oye, tranquilízate, ¿vale? —dije poniéndome de pie y acercándome a ella—. Lo siento si estos últimos días he estado ausente, he tenido problemas en casa.

—No me interesa, Thiago —dijo sirviéndose café—. Eres esa clase de tío que se cree que con una simple disculpa tendrá a la tía que quiera comiendo de la palma de su mano sin importar la de veces que la cague. Lo siento, pero yo no soy así —dijo levantando los ojos del café y mirándome a los míos por fin.

No pude evitar comparar los ojos de Maggie con los ojos de Kam. Los de ella eran espectaculares, muy azules, pero, joder, nada tenían que ver con los ojos marrones de inmensas pestañas que tenía Kam. Pero eso no iba del color, de si eran ojos claros u oscuros, sino de lo que trasmitían cuando me miraban. Kam era una fuente eterna de sentimientos encontrados arremolinándose en unos iris que nunca parecían tener claro qué hacer a continuación. Cuando nosotros nos mirábamos, algo sucedía... algo especial. ¿Cómo no se daba cuenta? Con Maggie, en cambio, solo veía unos bonitos ojos azules. Seguramente no era porque ella no fuese especial, que lo era, sino más bien porque no era la persona que estaba hecha para mí. Cuando nos mirábamos, nada ocurría más allá de la evidente atracción física.

—Te advertí de que no era alguien fácil de llevar —le dije sin saber muy bien cómo excusar mi comportamiento. Maggie era buena tía, no se merecía que la tratara como basura.

—Lo hiciste —estuvo de acuerdo conmigo—, por eso voy a empezar a hacerte caso: lo nuestro se acabó. No sé muy bien qué es lo que tenemos, o teníamos más bien, pero no quiero problemas en el trabajo y mucho menos pillarme de alguien que no es capaz de comprometerse ni con una verdura.

Se hizo un silencio de varios segundos.

—¿Con una verdura? —le pregunté intentando con todas mis fuerzas no echarme a reír.

—¡Ni se te ocurra burlarte de mí, Di Bianco! —dijo furiosa.

Levanté las manos en señal de rendición y solté una carcajada sin poder evitarlo.

Me dio un manotazo en el brazo y una sonrisa se escapó de entre sus labios.

—Lo siento. Venga, Maggs, podemos ser amigos, ¿no? —le pregunté aprovechándome de que parecía haber bajado la guardia.

—¿Yo, amiga tuya? —Volvió a darme la espalda para dejar la taza sobre la encimera.

—Sabes que sí. Vas a tener que verme todos los días, todas las mañanas aquí, en esta sala tan deprimente... Así que allá tú.

—Eres insufrible —dijo volviéndose para mirarme.

—Pero te caigo bien —dije sonriendo.

Pareció dudar unos instantes hasta que finalmente una sonrisita apareció en sus bonitos labios pintados de carmín.

Me pasé el resto del día dando clase. Cuando por fin llegó la hora de ir a la cafetería, mis ojos no pudieron evitar buscar a Kam con la mirada. Ya se había convertido en una costumbre. Como siempre, la vi callada, sentada junto a mi hermano y algún que otro amigo suyo...

«¿Por qué eres tan infeliz, cariño? Por qué si supuestamente tienes lo que quieres...»

Mi instinto me animaba a levantarme y abrazarla hasta cerciorarme de que una sonrisa aparecía en su bonita cara.

Mis ojos se desviaron un momento hacia la derecha y se encontraron con los de mi hermano.

Su mirada no decía nada bueno y la mía supongo que tampoco.

Era inevitable. Aquel enfrentamiento tendría lugar tarde o temprano y lo más preocupante es que ya no me importaba.

¿Podía el amor hacia una chica superar el amor hacia un hermano?

Estaba seguro de que no, pero sí que nos podía cruzar los cables. Nunca le desearía nada malo a mi hermano pequeño, pero tenía lo que yo más quería y eso... eso despertaba mi lado más competitivo, incluso hacia él.

Uno no controla sus sentimientos y lo que yo sentía cuando miraba a Kam no desaparecería, independientemente de lo que sintiera por mi hermano. ¿Me sentía culpable? Sí, desde luego. ¿Podía hacer algo para borrar los sentimientos que tenía dentro y que destrozaban mis días? No estaba yo muy seguro.

El día pasó deprisa, o todo lo deprisa que podían pasar las horas cuando enseñabas educación física a niños de seis a doce años y entrenabas también a los mayores. Me gustaba mi trabajo y me entristecía saber que, en cuanto encontrasen a un sustituto, yo perdería mi puesto, aunque por el momento tampoco podía quejarme.

Esperé a mi hermano y a Kam en el aparcamiento del instituto y nos fuimos juntos a casa. No era fácil para mí tener que llevarla todos los días y verla interactuar con mi hermano y pasar de mí casi olímpicamente. Me era casi imposible evitar que mis ojos se fijaran en ella a través del espejo retrovisor, pero lo peor era cuando esos ojos me devolvían la mirada.

Muchas veces parecía estar gritándome que la ayudara, que la rescatara, que la abrazara y la besara, que le dieran al mundo. Pero otras veces parecía enfadada, seria. Si mis ojos se cruzaban con los de ella, los desviaba automáticamente y clavaba la vista en la ventana y no volvía a mirar hacia el frente hasta no haber llegado a nuestras respectivas casas.

Aparqué delante de su puerta, cosa que rara vez hacía, ya que normalmente solía parar enfrente de mi casa, y Kam y Taylor se bajaban. Mi hermano siempre la acompañaba hasta su puerta para despedirse de ella con un beso en los labios.

Pero no podía volver a verlo.

Al menos no aquel día.

Mi hermano me miró y Kam lo hizo desde el asiento de atrás.

—Encima de que te dejo en la puerta... —dije sin ninguna intención de moverme.

Kam se quedó en silencio unos segundos y después abrió la puerta para bajarse.

Taylor la abrió también y yo seguí sin moverme.

—Te quiero. Hablamos luego, ¿sí? —escuché que le decía.

—Yo te llamo —le dijo Kam. Empezó a andar hasta llegar a la puerta de su casa.

Mi hermano volvió a subirse al coche y me lanzó una mirada extraña.

—¿Qué te pasa? —dije a la vez que cambiaba de marcha y giraba en U para llegar a nuestro garaje.

—¿Que qué me pasa? —dijo de malas maneras—. ¿Cuándo se va a acabar esto, Thiago?

Apagué el coche y saqué la llave del contacto.

—¿Cuándo se va a acabar qué? —pregunté.

—¿Cuándo vas a dejar de mirar a Kami como si fuese tu puta novia y no la mía?

Aguanté un segundo antes de soltar la respiración.

—¿De qué coño estás hablando, Taylor? —pregunté intentando relajarme, intentando no entrar en una pelea que sabía que iba a terminar ocurriendo, pero de la que no estaba seguro saber salir sin estropear la relación que nos unía.

—¿Que de qué coño estoy hablando? ¡¿Tú te crees que yo soy ciego?!

Me bajé del coche y él hizo lo mismo.

Lo malo es que se me encaró. Vino hacia mí y tuve que recordarme a mí mismo que era mi hermano, que no debíamos pelear y menos por una chica.

—No hay nada entre Kam y yo. —Al decirlo sentí que el veneno me quemaba la lengua.

—Serás hijo de puta —soltó envalentonándose—. Te atreves a mentirme en la cara. ¡Ella me lo confesó, Thiago!

La diferencia es que tú no dejas de mirarla como si quisieras follártela, ¡joder!

—A lo mejor es que es eso lo que quiero hacer —contesté.

¿Por qué?

Porque era un gilipollas.

Porque era un inmaduro.

Porque era un imbécil prepotente.

Porque la quería para mí y no la tenía, y eso me mataba día sí día también.

Mi hermano fue a empujarme, pero mis brazos salieron disparados.

Su cuerpo chocó contra el coche con fuerza y la alarma empezó a sonar.

—No te atrevas a enfrentarte a mí, Taylor —dije más serio que en toda mi vida.

No esperé a que me respondiera.

Subí a mi habitación, pegué un portazo y empecé a hacer la maleta para marcharme a Nueva York.

Le mandé un mensaje a mi madre diciéndole que dormía fuera y, con la mochila a cuestas, me subí a la moto. Por suerte, había terminado de arreglarla la semana anterior, aunque había estado evitando utilizarla por el frío y la nieve. Mi chaqueta de cuero no ayudó mucho en su función de mantenerme caliente y, en cuanto la dejé en el aparcamiento del aeropuerto, me bajé y corrí a resguardarme dentro.

No tuve que facturar, por lo que el tiempo de espera se me pasó muy lento. Por fin, llamaron a embarcar y subí a mi asiento en turista. Había reservado habitación en un hotel no muy caro de Brooklyn y, como me conocía la ciudad de memoria, no me costaría llegar a Williamsburg a la mañana siguiente. El metro de Nueva York no es que fuese precisamente el mejor metro del mundo, pero acostumbrado ya a las esperas interminables para que llegara un tren y otro tampoco me lo tome muy mal.

Llegué al hotel a eso de las doce de la noche. Tenía el número de Amelia Warner guardado en mi agenda. Aunque tenía ganas de llamarla, hablar con ella y llegar al fondo de aquel asunto, decidí que era mejor esperar al día siguiente.

Eso sí. Antes de dormir, le envié un mensaje a alguien importante.

«Hazme caso por una vez en tu vida y no confíes en Julian. Prometo explicártelo.»

Como era de esperar, no recibí respuesta.

Me fui a la cama con una sensación no muy agradable. No podía quitarme de la cabeza que lo que iba a descubrir al día siguiente lo cambiaría absolutamente todo.

El despertador sonó temprano. Aún no tenía muy claro cómo me las iba a arreglar para hablar con aquella chica, pero metido en la cama no lo descubriría.

No dormí muy bien, el hotel era de mala muerte y el colchón era más bien un amasijo de muelles saltados que otra cosa. Me vestí, salí fuera cuando aún no había amanecido y me empapé de aquella ciudad tan bonita y a la vez tan caótica.

Había decidido interceptar a la chica a la salida del instituto. Las clases acababan sobre las tres de la tarde, o eso ponía en la página web del colegio. Aprovechando que aún faltaban muchas horas para eso, me subí al metro y tardé más de media hora en llegar a Central Park.

Allí paseé tranquilamente. El frío era soportable, aunque muy helado, y caminé hasta que fueron las doce y decidí sentarme en un banco a leer una novela que tenía a medias y que hacía tiempo que no retomaba. Mientras leía, una voz llamó mi atención por su tono dulce y cariñoso. No pude evitar levantar la mirada y observar a una chica bastante guapa hablarle a su hijo de cuatro o cinco años, no estaba muy seguro.

Lo cierto es que cuando se incorporó y tiró de su mano, me dio por pensar que a lo mejor era su hermano pequeño, puesto que la chica no tendría muchos más años que yo.

—¡Noah, venga ya! —gritó entonces una voz masculina casi al final del camino—. ¡Era una broma, venga!

—Vamos, Andy, que le den a papá.

—¡Sí, que le den a papá!

La tal Noah pareció arrepentirse en cuanto esas palabras salieron de la boca del niño y sus mejillas parecieron teñirse de un color casi escarlata.

—Por Dios, hijo. No repitas las burradas que a veces digo.

—¡Papá, mamá está enfadada contigo! —gritó entonces el niño, que al girarse me dejó verle por primera vez la cara.

El gorro de lana que le cubría la cabeza y las orejas apenas dejaba entrever mucho, pero los ojos celestes, tan celestes como el cielo, eran increíblemente bonitos.

—¡Vaya, qué sorpresa! —contestó el padre alcanzándolos por fin.

Representaban la típica pareja de ricachones que no tenían ni medio problema. Ella, preciosa, joven y seguramente la dulzura personificada; él, el típico bróker de Wall Street, con el traje impecable y los zapatos lustrados, llevando a su hijo enano de paseo.

Cuando lo vi a él no pude evitar poner los ojos en blanco.

Joder, en serio... ¿Al menos él no podía haber sido feo, viejo y gordo?

—Escúchame, pecas. Era una broma, ¿vale?

—¡Pues no tenía ni puta gracia! —le dijo ella demostrando que la dulzura, al menos, era algo que se le escapaba.

—¡Pero si todos se rieron! —dijo este tapándole las orejas al niño, que no paraba de mirar a uno y a otro alternativamente.

—¡Se rieron de mí! ¿Te parece bonito?

—Se rieron contigo, nena...

—¡Ni se te ocurra llamarme «nena» ahora! —le dijo señalándolo con un dedo—. Voy a volver al apartamento, voy a llamar a todos los invitados y pienso cancelar la dichosa fiestecita, ¡que lo sepas!

—Pero ¿por qué? ¿Por qué te molesta tanto?

—¡Porque no me lo consultaste, Nicholas! ¿Qué pensarías tú si decidiera abrir una puñetera cuenta millonaria a tu nombre, eh?

Me quedé patidifuso y deseando escuchar la respuesta.

Entonces el tío cachas pareció darse cuenta de que los estaba mirando porque desvió sus ojos de su mujer a mí y frunció el ceño volviéndose a fijar en ella.

—¿Puedes bajar el tono de voz? ¡¿Quieres que nos atraquen?!

Yo tenía la mirada clavada en mi libro, haciendo como que no escuchaba nada...

—¡Pues si nos quitan ese dinero innecesario que has puesto a mi nombre, mejor que mejor!

—Ay, Dios —dijo levantando a su hijo en brazos y tirando de ella hacia él—. Ese dinero es tuyo, te guste o no te guste, amor. No pierdas el tiempo discutiendo conmigo —le dijo. Cuando ella fue a replicar, él le tapó la boca con la suya.

Yo los miraba por el rabillo del ojo y no había que ser muy inteligente para darse cuenta de que ahí existía algo de verdad.

¿Por qué no podía yo tener algo así con Kam?

Vale que nunca podría abrirle una cuenta millonaria a su nombre, pero hubiera apostado cualquier cosa a que podía hacerla rabiar de esa manera por miles de razones diferentes.

—No te creas que has solucionado esto con un beso.

—¡Eso! ¡No lo creas! —gritó el niño, que parecía estar pasándoselo pipa entre sus padres peleones.

—Ahora tengo que reunirme con los Cortés... Pero te prometo que esta noche te compensaré por regalarte millones de dólares.

La tal Noah se cruzó de brazos, pero al final una sonrisa apareció en sus bonitos labios.

—Eres insufrible.

—Lo sé, pero te encanta... ¿o no?

No pude escuchar la respuesta porque volvió a comerle la boca.

Sin ya poderlo aguantar más, me levanté del banco y seguí caminando.

No faltaba ya mucho para que tuviera que coger el metro y volver a Brooklyn, por lo que deshice mi camino y empecé a planear cómo iba a interrogar a esa chica sin que me mandase literalmente a la mierda.

Llegué a Williamsburg veinte minutos antes de la hora de salida y esperé apoyado en la pared de enfrente, observando atentamente a la gente que entraba y salía. Se escuchó el timbre que anunciaba el final de las clases y tuve que mirar la foto de Amelia varias veces para asegurarme de que la reconocía cuando saliese del colegio.

Tardé un poco en divisarla, pero finalmente vi a una

chica de pelo castaño claro, delgada y vistiendo el uniforme correspondiente del centro que salía charlando animadamente con un grupo de amigas.

Sabía que podía resultarles muy extraño que un hombre las parara para poder hablar, por lo que intenté ser lo más amigable posible.

Me acerqué hasta interceptarlas a mitad de la calle. Eran tres y Amelia iba en medio. Todas llevaban la misma falda plisada color verde y azul marino con la respectiva camisa y chaqueta a juego.

—Hola, chicas. Perdonad que os interrumpa —dije forzando una sonrisa amigable.

Las tres se miraron unas a otras y Amelia me sonrió.

—¿Podemos ayudarte en algo?

«Joder... No esperaba una respuesta tan amable ni tan rápida.»

Una de las amigas le susurró algo a la otra y se sonrojaron de manera bastante descarada.

¿Les parecía guapo? ¿Era eso?

Bueno. Eso podía explotarlo a mi favor.

—Sí, te estaba buscando a ti, en realidad —dije señalando a Amelia y observando que era la típica chica guapa de instituto. Labios carnosos, pelo largo y liso, ojos verdes... Era guapísima... y ella lo sabía.

Me recordó inevitablemente a Kam.

—¿A mí? —dijo ella sintiéndose halagada.

—Es sobre un asunto... Mira, sé que es raro que te intercepte así, pero ¿estarías dispuesta a tomarte un café conmigo?

Ella pareció dudar y una de sus amigas le dio un codazo que intentó que yo no viera.

Obviamente lo vi, pero me hice el tonto.

—No te conozco... —dijo. Con eso pude entender que no era tan tonta como para irse con un desconocido.

—Podemos tomarnos algo ahí mismo —dije señalando un Starbucks que estaba en la esquina—. Yo invito —añadí usando mi mejor sonrisa seductora.

Amelia pareció pensárselo unos segundos, hasta que finalmente asintió.

—Está bien —dijo y se giró hacia sus dos amigas—. Nos vemos luego. Si no os he llamado en dos horas, llamad a la policía. —Aunque lo dijo riéndose y en broma, no me hizo mucha gracia.

Cuando las dos amigas se marcharon, no sin antes girarse como tres veces para volver a vernos, le indiqué a Amelia que me siguiera.

Entramos en el Starbucks y le pregunté qué quería.

—Un café Mocha está bien —respondió ella. Le indiqué que se sentara, que yo me encargaba de pedir las bebidas.

Me pedí lo mismo para mí y cinco minutos después me senté frente a ella con los dos vasos desechables entre ambos.

—Antes que nada, me presento: me llamo Thiago Di Bianco —dije al darme cuenta de que ni siquiera le había dicho cuál era mi nombre—. He venido hasta aquí desde Virginia solo para hablar contigo. Necesito que me digas todo lo que sabes sobre Jules Murphy.

Amelia detuvo el vaso desechable a unos centímetros de tocar sus labios y supe, por el pánico que apareció en sus ojos verdes, que había hecho lo correcto yendo hasta allí.

Julian Murphy era peligroso.

Y estaba a punto de descubrir por qué.

# 21

## THIAGO

Se puso blanca y su mano empezó a temblar ligeramente.

—¿Por qué estás aquí? ¿Te ha enviado él? ¡Hice todo lo que me pidió!

Presté atención a las palabras que salieron de su boca. A su manera de hablarme, poniéndose automáticamente a la defensiva. Pero no solo eso me llamó la atención, sino sobre todo el miedo... El miedo que escondían sus ojos, unos ojos del todo transparentes y que dejaban entrever que allí, como yo ya sabía, había ocurrido algo feo. Algo no me iba a gustar descubrir.

—Oye, Amelia... Tranquilízate, ¿vale? —le dije hablando con calma—. No he venido a hacerte daño ni mucho menos. He venido a preguntarte por Jules, porque tengo la sospecha de que es alguien peligroso y no me gustaría que hiciese sufrir a nadie más.

Amelia miró hacia todas partes y fue a levantarse de la mesa.

—Lo siento, pero no soy la persona que estabas buscando... —empezó a decir. La frené cogiéndola por la muñeca y me obligué a mí mismo a mantener la calma para no asustarla.

—Por favor..., quédate —le pedí—. Tengo el presentimiento de que una amiga mía no está a salvo con él y necesito estar seguro de lo que pasa antes de tomar ninguna decisión precipitada.

Amelia me miró y dudó.

—Por favor... —insistí—. Solo necesito saber qué te hizo y por qué llegaste a solicitar una orden de alejamiento.

Amelia abrió los ojos con sorpresa y volvió a sentarse. No lo hizo porque quisiera hablar conmigo, sino que me dio la impresión de que lo hacía más bien por miedo a que sus piernas dejasen de sostenerla como deberían.

—¿Cómo sabes tú eso?

—¿Acaso importa? —le contesté—. Jules ha entrado como alumno en el instituto donde yo trabajo entrenando al equipo de baloncesto —empecé a explicarle—. Me sonaba de haberlo visto antes y la realidad es que nos conocimos en la comisaría un día que nos arrestaron y nos encerraron en la misma celda —seguí y, para que no se asustara por lo de la comisaría, añadí—: Me encerraron por meterme en una pelea. Nada grave, pero recordé que él estaba allí aquel día y recordé que lo llamaron por un nombre diferente al que se da a conocer en el instituto. Allí todos lo conocen como Julian Murphy.

—Jules está loco —dijo entonces, tras escuchar mi explicación—. Es lo único que tienes que saber.

—¿Qué te hizo, Amelia?

Amelia miró por la ventana, cogió su taza de café y le dio un trago.

—Al principio era un encanto, ¿sabes? —me explicó aún sin mirarme—. A mí todo me iba genial en el colegio, pero flojeaba en matemáticas. No se me dan nada bien y alguien me dijo que Jules se ofrecía a dar clases particulares de forma gratuita, así que contacté con él y empezaron las clases. Al principio me las daba en la biblioteca, pero después me animó a quedar en su casa o en la mía porque decía que así el ambiente era menos sofocante. Nos llevábamos muy bien... y es un chico bastante atractivo. Yo en mi instituto era la capitana del equipo de animadoras... Ya me entiendes. No solía juntarme con los cerebritos de matemáticas, por lo que al principio empezamos a llevar nuestra relación a escondidas. —Cuando dijo eso pareció ruborizarse—. Eso no estuvo bien, lo sé, ahora lo sé, pero no es guay salir con un cerebrito... y todos esperaban que Liam y yo... Bueno, Liam es el capitán del equipo de rugby de mi colegio y todos nos querían ver juntos. Llevábamos siendo el rey y la reina del baile desde los catorce...

Todas esas chorradas eran insignificantes si se veían o se pensaban desde fuera, pero no podía evitar pensar que Kam había sido esa clase de chica. No tan frívola como parecía ser Amelia, pero sí compartían muchas cosas: el equipo de animadoras, salir con el capitán del instituto...

—Continúa —le dije para alentarla a seguir.

—Comenzamos a salir a escondidas y él empezó a exigirme más y más. No lo traté muy bien, es cierto, pero es que nuestras vidas eran totalmente diferentes. Él pretendía que nos quedásemos siempre en su habitación. Decía que los del instituto eran todos unos gilipollas, que yo era mejor que todos ellos, que mis amigas hablaban mal de mí a mis espaldas... No sé cómo lo hizo, pero consiguió que me alejara de todo el mundo. Me esperaba en la puerta de todas las clases y me llevaba y recogía para ir al instituto. La gente se terminó enterando de nuestra relación y, como es normal, no todos mostraron su aceptación...

¿Por qué le importaba lo que decían los demás? Me hubiese gustado preguntárselo, pero me contuve. Empezaba a entender la clase de chica que era Amelia Warner. Aunque en algunas cosas era parecida a Kam, esa chica no le llegaba ni a la suela de los zapatos.

Amelia entonces se puso más nerviosa y vi que sus ojos se humedecieron.

—Quise cortar con él... Después de acostarnos, la cosa empeoró. Se obsesionó conmigo. No me dejaba tranquila y empezó a amenazarme con hacer daño a mis amigos... Decía que todos se merecían lo peor porque habían hecho de mí alguien superficial y vacío... No sé cómo lo hacía, pero lo sabía todo. Dónde estaba en cada momento, con quién hablaba, con quién quedaba... —Me miró un momento y sus mejillas se pusieron aún más rojas—. La última vez que nos acostamos se sobrepasó... Le gustaba experimentar y yo al principio cedí a probar cosas nuevas. Me prometió que, si algo no me gustaba, bastaba con que dijera una palabra, pero no lo hizo... No paró... Me ató de pies y manos y sacó una cámara de vídeo...

Me tensé nada más oír eso.

—¿Te grabó?

Amelia asintió.

—Lo grabó todo —dijo ella limpiándose una lágrima con el dorso de la mano—. Cuando me amenazó con sacarlo a luz, lo denuncié. Todos se enteraron de que era un perturbado. ¡No sabes las cosas que hacía! Sabía todo de todo el mundo y con el tiempo me enteré de que no solo me chantajeó, a mí sino que lo hizo también con amigas mías o con gente de mi entorno.

—¿Y entonces por qué retiraste los cargos?

—Porque me amenazó con colgar el vídeo —dijo simplemente—. La policía no podía hacer nada sobre algo que ni siquiera sabían si existía de verdad. Lo arrestaron porque conté lo que me había hecho, pero retiré los cargos cuando supe que, si él quería, ese vídeo estaría rulando por internet por el resto de mi vida.

Hijo de puta.

Era él.

Mi instinto no había estado equivocado en ningún momento.

—Se marchó del colegio en cuanto se descubrió cómo era, antes de que lo expulsaran y eso figurara en su expediente. Eso sí... Mis amigos le dieron una buena paliza —dijo Amelia mirándome y retándome a que le dijera algo—. Se marchó del instituto siendo un paria y, por lo que veo, sigue siendo el mismo paria que era entonces.

Tenía que contarle esto a Kam, a mi hermano. Tenía que contarlo en el instituto. Era Julian quien había aislado a Kam desde principio de curso, esa era su forma de actuar. El vídeo lo había subido él, no tenía ni puta idea de cómo lo había conseguido… A lo mejor estaba compinchado con Dani… No lo sabía…

—Gracias, Amelia… Lo que me acabas de contar… —dije un poco perdido. Estaba a muchos kilómetros de casa y, de repente, solo quería desaparecer de allí y estar cerca de Kam para protegerla y partirle la cara a ese malnacido.

—Se aprovecha de las desgracias ajenas… Así es como consigue llegar a ti —siguió hablando Amelia—. Es el típico psicópata…

—¿Crees que, aparte del chantaje y de la manipulación, es peligroso en cuanto a violencia se refiere?

Amelia me miró un segundo a los ojos.

—Creo que Jules es capaz de hacer cualquier cosa con tal de conseguir lo que quiere —afirmó y la creí—. Está obsesionado con la popularidad y con que las chicas nos vemos corrompidas por un sistema de educación clasista y marginal… Eso me lo decía muchas veces. Que debía ser mejor, que debía ser distinta…

Me puse de pie, necesitaba urgentemente salir de allí.

La mano de Amelia me cogió del brazo para detenerme.

—Como le digas algo de lo que te he contado a Jules, vendrá a por mí. —Sus ojos se llenaron de lágrimas—. Lo hará. Lo prometió y el vídeo sigue estando en su poder.

Por favor, ayuda a tu amiga, pero déjame fuera de esto. Por favor —insistió.

—No te preocupes —le dije intentando tranquilizarme—. Te prometo que no volverá a molestarte.

Amelia no pareció muy convencida, pero tampoco me quedé lo suficiente como para hacerla entender que él nunca volvería a dañarla porque yo no pararía hasta verlo entre rejas.

Volví al hotel de inmediato. Se había hecho más tarde de lo que había pensado y tuve que recoger mis cosas y subirme al metro para llegar al aeropuerto.

Antes de que me obligaran a poner el móvil en modo avión, le mandé un mensaje a mi hermano:

«Asegúrate de que Julian no se acerca a Kam. Es peligroso, Taylor. Ya te lo contaré. Por favor, mantenlo alejado de ella».

El avión despegó y los casi seiscientos cincuenta kilómetros y la hora y media que tardé en llegar se me hicieron eternos.

Cuando bajé del avión, cogí el móvil y me fijé en si mi hermano me había contestado.

«¿De qué hablas, Thiago?»

«¿Dónde estás?»

Me subí a la moto, que había dejado en el aparcamiento del aeropuerto y le envié otro mensaje.

«De camino a casa. Espérame despierto.»

Tardé un rato en llegar. El aeropuerto no estaba cerca de Carsville, por lo que cuando me bajé de la moto después de aparcar frente a mi casa vi que todo estaba apagado, tanto en mi casa como en la de Kam. Tampoco me extrañó.

Abrí la puerta de casa y subí a la planta de arriba.

La luz que se veía por la puerta de la habitación de mi hermano demostraba que había hecho lo que le había pedido y me había esperado despierto.

Llamé antes de entrar. Cuando me indicó que pasara, abrí la puerta y vi que mi hermano no estaba solo.

Allí, vistiendo una camiseta de mi hermano como pijama, estaba Kam.

Mi hermano estaba sentado en su silla giratoria y se giró para mirarme de frente.

Me detuve un segundo y tuve que contener mis ganas de acercarme a Kam para abrazarla y sentir que estaba bien.

—¿Qué sucede, Thiago? —preguntó Taylor con expectación—. ¿Puedes decirnos ya qué pasa con Julian?

Cerré la puerta detrás de mí y hablé.

—Para empezar, no se llama Julian, sino Jules. —Empecé a contarles todo lo que había descubierto, toda la historia desde el principio, desde la primera vez que lo vi en la comisaría hasta la vez que recordé dónde lo había visto. Mi viaje exprés a Nueva York y mi reunión con Amelia Warner.

Ambos me escucharon con atención sin dar crédito.

Kam no decía nada, escuchaba y cada vez parecía ponerse más y más blanca.

Cuando acabé se hizo el silencio.

—Lo voy a matar —dijo Taylor poniéndose de pie, pero lo retuve.

—Tenemos que pensar cómo vamos a encarar esta situación. Ahora mismo no tenemos pruebas...

—Taylor, déjame ver el vídeo... —dijo Kam entonces, interrumpiendo nuestra diatriba.

—¿Qué? —preguntó Taylor sin entender.

—Me dijiste que el vídeo que subió Dani te lo enviaron por mensaje, que no lo habías llegado a ver en Instagram.

—Pero ¿por qué...?

—Deja que lo vea, por favor... —dijo.

Cuando Tay lo buscó en su móvil y le dio el teléfono, Kam lo cogió con las manos temblorosas.

No entendía qué ocurría. No entendía qué es lo que quería ver o encontrar en ese vídeo.

—Dios mío... —dijo Kam tapándose la boca con una mano.

—¿Qué ocurre?

—No fue Dani... No fue Dani quien me grabó. Fue Julian —dijo soltando el teléfono como si le quemara.

—Pero ¡¿qué dices?!

—Fue el día del partido contra los de Falls Church... Dios mío... ¡Dios mío! —dijo al tiempo que se le saltaban las lágrimas—. Me drogó. Me drogó esa noche, por eso no podía recordar cómo me había dormido. ¡Por eso me quedé dormida y nos perdimos los entrenamientos!

Yo también sentí que la sangre se me iba del rostro.

—¿Estás segura de eso? —pregunté intentando controlar la rabia y la impotencia que amenazaba con hacerme perder el poco autocontrol que me quedaba.

—Si te fijas en el vídeo... —dijo y se le quebró la voz dos veces—. Aquí... ¿Ves la pared? Es del mismo color que las habitaciones de aquel motel... No he caído hasta que no me has contado todo esto... ¿Cómo no me di cuenta? El vídeo lo quité tan rápido... Me avergonzaba tanto verme así...

—¿Por qué haría Julian algo así?

—Porque está enamorado de ella —dije visualizando en mi mente cómo iba a partirle la cara.

—Julian es gay —dijo Taylor con el ceño fruncido.

—No está enamorado de mí... Se suponía que éramos

amigos —dijo Kam poniéndose de pie, como si necesitase moverse para cerciorarse de que no estaba viviendo una puta pesadilla.

—Julian tiene de gay lo mismo que tú y que yo, Taylor —dije acercándome al escritorio de mi hermano y cogiendo su portátil. Me senté en la cama con él en mis piernas y tecleé la página web que me había pasado Pérez.

—Pérez encontró esto —dije enseñándosela.

Kam leyó lo que ponía en la página y negó con la cabeza.

—No puedo creerlo —dijo volviéndose a sentar en la cama, a mi lado, con la vista fija en el ordenador—. ¡Mira! —gritó entonces leyendo un comentario que alguien había escrito hacía un día y medio—: «Al final todos arderán en el infierno» ¡Lo ha escrito «@omv_ovamat», el mismo que me dejaba comentarios en mi Instagram!

—¿Qué cojones significa «@omv_ovamat»? —pregunté asqueado con aquella página.

—Ni idea —dijo Kam—. No puedo creerlo. No puedo creer cómo me ha mentido, cómo me ha engañado...

—Lo bueno de esto es que ya sabemos quién estaba detrás de todo... —dijo Taylor intentando animarla, pero sin mucho éxito.

—Ahora mismo..., necesito estar sola, necesito... —dijo poniéndose de pie, y acercándose a la puerta—. Necesito salir de aquí. —Vi el pánico, la tristeza, el miedo en sus ojos marrones.

Hice el amago de ponerme de pie. ¿Qué iba a hacer? ¿Abrazarla? ¿Decirle que no iba a ocurrirle nada?

No podía hacer eso...

No podía hacer nada porque no era mi novia, era la de mi hermano...

—Te acompaño —dijo Taylor poniéndose de pie.

Miré el ordenador y lo cerré justo cuando Kam se detenía ante la puerta y se giraba hacia mí.

—Gracias, Thiago —dijo mirándome directamente a los ojos—. Por todo lo que has hecho. Por haberte ido hasta Nueva York, por indagar sobre algo que no tenía nada que ver contigo... De verdad, gracias —dijo y simplemente asentí.

«Lo he hecho porque te amo», me hubiese gustado decirle, pero solo me bastó una simple mirada hacia mi hermano para darme cuenta de que, a pesar del bien hecho, a él no le hacía ni puta gracia que hubiese sido yo el que hubiese terminado por descubrir lo de Julian.

Los dos salieron por la puerta y yo regresé a mi habitación.

«¿Qué hago contigo, Jules?»

«¿Arruino mi vida, pero acabo contigo?»

Aquella noche no conseguí pegar ojo.

Lo peor de todo es que aquella sería la primera de muchas noches de insomnio. A veces, si pudiese volver a ese mismo instante, haría exactamente lo que mi instinto me dictaba porque acabar con él hubiese sido la mejor opción.

Acabar con él hubiese salvado a muchos.

# 22

# KAMI

No conseguí pegar ojo en toda la noche.

Julian era Momo.

Julian era el malo.

Julian era quien me había grabado y quien había subido el vídeo a internet.

Julian era quien me había aislado.

¿Por qué?

¿Por qué?

¿Por qué?

No podía dejar de preguntármelo. No podía entender por qué razón me había mentido. Me había engañado. Me había utilizado. Me había manipulado.

¿Por qué existían esa clase de personas?

Pero lo peor de todo era que mi mente no llegaba a comprender hasta dónde llegaba la manipulación de Julian. Era un psicópata. Joder, era el peor de los psicópatas y yo en ese momento aún no era capaz de comprender hasta qué punto era peligroso.

Pensé en Kate. Pensé en que tenía en su casa a una persona totalmente desequilibrada. Pensé en esos mensajes tan horribles que había escrito bajo el seudónimo de «@omv_ovamat».

Pensé en mi hermano... Ese hijo de puta había estado jugando con mi hermanito pequeño. Él había sido quien le había metido miedo para conseguir que se colara en mi cuarto y cogiera mis fotos. Seguramente le había pedido más cosas..., que le informara de adónde iba, con quién estaba...

¡Dios mío!

¿Qué iba a hacer cuando lo volviese a ver?

¿Qué haría cuando se presentara ante mí con una sonrisa falsa de oreja a oreja y tuviese que decirle que lo sabía todo? Que sabía quién era, cuál era su verdadero nombre. Que sabía lo que había estado haciendo, cómo me había mentido.

Sentí miedo.

Cuando pasan cosas así, una ni siquiera llega a comprender el alcance que pueden generar sus actos o los de los demás.

Sentí miedo y rechazo. Rechazo por la amistad, por la autenticidad, por la sinceridad... Todos mis ideales y creencias parecían estar viniéndose abajo y todo porque un imbécil trastornado había decidido jugar conmigo y con la gente de mi alrededor.

Pensé en Thiago. En todo lo que había hecho por mí para descubrir qué era lo que estaba pasando. Pensé en su forma de mirarme, en sus ganas de protegerme, en los mensajes y en sus advertencias sobre Julian. Pensé en mi manera de pasar de él porque no lo creía, porque pensaba que simplemente estaba celoso.

Todo estaba mal y temía la forma en la que todo podía llegar a terminar.

Pensé en Dani.

Pensé en que, independientemente de lo capullo que era y de lo gilipollas que había sido conmigo, no se merecía lo que le estaba pasando en el instituto.

Le habían dado una paliza.

Lo habían marginado y lo habían llamado violador por mi culpa. No dudé ni un instante en culparlo a él, porque era la única opción lógica.

Por algo existían las pruebas.

Uno es inocente hasta que se demuestre lo contrario, ¿verdad? Y el instituto entero, incluyéndome a mí, habíamos juzgado y sentenciado a Dani por un crimen que él no había cometido.

No pude remediarlo.

Lo llamé.

Necesitaba pedirle disculpas.

Necesitaba informarle de que Julian también había jugado con él.

Joder, ¡Julian había sido uno de los que le había dado una paliza hasta conseguir mandarlo al hospital!

¿Cómo se podía ser tan hijo de puta?

Marqué el número de Dani y esperé a que me lo cogiera. No eran más de las siete de la mañana. Dentro de poco nos veríamos todos las caras en el instituto y, aunque me daba miedo la reacción de Dani, él debía saber lo que Julian había hecho.

—¿Diga? —respondió con voz adormilada.

—Hola, Dani, soy yo. —Supe que seguramente yo era la última persona con la que quería hablar en ese momento.

—¿Qué quieres? —me contestó de muy malas maneras.

—Dani, hay algo que debes saber...

Thiago y Taylor me recogieron en mi puerta y fuimos juntos hasta el instituto.

—Ahora mismo, en cuanto lleguemos, hablaré con el director —dijo Thiago—. Le contaré todo lo que sé. Con suerte, hoy mismo, para empezar, lo habrán expulsado del instituto. Después podrás denunciarlo correctamente a la policía, Kam. Ese malnacido va a pagar por haber violado tu intimidad, por haber abusado de ti y por haber mentido a todo el mundo al respecto.

Yo estaba muy nerviosa.

No quería verlo. No quería tener que enfrentarme a alguien que en realidad no sabía ni quién era.

—Por favor, no le digáis nada a nadie todavía —siguió diciendo Thiago—. Las cosas están ya bastante tensas como para que...

Mierda.

—Thiago, Dani lo sabe —lo interrumpí. Ambos, Taylor y Thiago, me miraron por el espejo retrovisor.

—¿Se lo has contado a Dani? —preguntó Thiago sin dar crédito.

—¡Tenía que pedirle disculpas! ¡La gente lo ha estado llamando violador!

—Mierda, Kamila. ¡Daniel Walker no va a esperar a solucionar esto de forma pacífica!

Y tanto que no iba a solucionarlo de forma pacífica.

Nada más entrar en el aparcamiento del instituto, lo vimos.

Fue como si todo pasara a cámara lenta.

Dani se encontraba apoyado contra su todoterreno. Esperando.

Sus amigos estaban con él, lo que significaba que ya sabían todo lo ocurrido, al igual que nosotros. Teniendo en cuenta la rapidez a la que volaban las noticias en Carsville, podía dar por hecho que medio instituto estaría ya al tanto de lo ocurrido.

No nos dio tiempo ni a aparcar y bajarnos del coche.

Julian iba caminando hacia la entrada del instituto cuando Dani y sus amigos lo rodearon para cortarle el paso.

—Mierda —dijo Thiago.

—Déjalos —dijo Taylor sin moverse del coche.

Ninguno de los tres hicimos el amago de movernos.

¿Estuvo mal?

Seguramente, sí.

Pero a veces el ser humano es más animal que humano, y eso... Eso era lo que aquella vez no marcaría la diferencia.

—¡¿Te ha gustado cómo has manipulado a todo el instituto con tus mentiras?! —empezó Dani, con lo que consiguió captar la atención de todos los que había alrededor.

Julian miró hacia ambos lados, sin entender qué estaba pasando.

—¿Te sentiste más hombre cuando justo en este aparcamiento me pegaste hasta romperme un brazo? —preguntó Dani, mientras hacía una señal a dos de sus amigos, que avanzaron y sujetaron a Julian por los brazos.

—¡Suéltame! ¡¿De qué coño estás hablando?! ¡¿Por qué lo defendéis?! ¡Si es un puto violador!

El puño de Dani se estrelló contra la cara de Julian y la sangre manchó el suelo al instante.

La gente empezó a arremolinarse tanto que no tuvimos más remedio que bajarnos del coche y acercarnos para ver qué pasaba.

¿Me alegraba que recibiera su merecido?

Sí.

¿Era mala por eso?

Tal vez.

Pero aquella persona me había engañado de todas las maneras en que se podía engañar a alguien.

Julian Murphy había violado mi mente, mi integridad y mi confianza.

Y se merecía pagar por ello.

Los tres nos acercamos al corrillo que se había formado y la gente nos abrió paso.

Cuando Julian me vio, le cambió la cara.

—¡Kam, diles que me dejen en paz! —gritó y vi el miedo en sus ojos.

¿Julian con miedo?

Eso era nuevo.

No dije nada.

Simplemente me quedé ahí.

Mirando.

Y por eso fui tan culpable de lo que pasó como de lo que iba a pasar.

Sería algo que nunca me perdonaría.

—¡Julian Murphy nos ha estado engañando a todos! ¡Él fue quien pintó las taquillas! ¡Él fue quien subió los vídeos de Kami a Instagram! ¡Él fue quien la violó! —siguió gritando Dani.

—¡Yo no he violado a nadie! —me gritó volviendo a mirarme.

El puño de Dani, el puño del brazo que no tenía roto, volvió a impactar contra su cara, callándolo de inmediato.

—¿Te gustó desnudar a Kami y grabarla sin su consentimiento? —dijo Dani y a mí me empezaron a temblar las manos y las piernas.

Taylor me soltó. Me dejó en las manos de Thiago, que me sujetó casi sin darse cuenta de lo que hacía y miró a su hermano.

—Te voy a matar, hijo de puta —dijo Taylor uniéndose a Dani.

Julian seguía con la cabeza gacha.

La gente empezaba a ponerse nerviosa. Thiago parecía tenso como las cuerdas de una guitarra.

El puño de Taylor chocó contra Julian y Dani aplaudió.

—¿Quién más quiere darle su merecido a este mentiroso y manipulador?

La gente empezó a gritarle de todo.

—¿Sabes qué voy a hacer? —dijo Dani entonces—. Voy a hacerte exactamente lo mismo que le hiciste a Kami, hijo de puta.

—Necesito salir de aquí —le dije a Thiago.

Él me abrazó con fuerza, pero no se movió.

—Quitadle la ropa —les pidió Dani a sus amigos.

Taylor estaba allí. Quieto. Mirándolo todo y sin mover un solo dedo.

Los amigos de Dani hicieron lo que él les pidió y, riéndose, empezaron a desnudar a Julian.

—¡Dejadme en paz! —gritó Julian, retorciéndose con fuerza.

—¡Venga, sacad los móviles! ¡Grabadlo y subidlo a todas partes! ¿No es eso lo que tú has hecho? ¡¿Eh?!

Dani le pegó una patada al abdomen desnudo de Julian y su cuerpo se dobló.

Taylor parecía supervisar lo que le hacían.

Quería pedirle que saliera de ahí, que no formara parte de algo tan horrible. Daba igual que se lo mereciera, aquello no estaba bien. Para algo existía la justicia...

—¡Dejadme tranquilo! —volvió a gritar Julian, pero nadie paró. Muchos se reían.

Le quitaron toda la ropa y lo dejaron caer al suelo.

Julian no se movió. Se quedó allí acurrucado, temiendo que volvieran a pegarle.

La gente siguió grabando con los móviles. La gente siguió haciendo fotos.

¿Qué estaba mal de todo aquello?

Absolutamente todo.

Entonces... justo cuando ya ni siquiera yo sabía qué podía pasar, apareció el director acompañado de otros profesores.

Lo último que vi antes de que Thiago girara automáticamente conmigo a cuestas, evitando así que lo vieran allí, fue a Dani escupiéndole a Julian.

La gente salió corriendo en todas las direcciones y mis ojos se fijaron en Kate.

Kate miraba la escena muerta de miedo, sin dar crédito a lo que sucedía.

—Súbete al coche, ¡vamos! —me instó Thiago montándose en el asiento del conductor.

Puso el coche en marcha y salió de allí.

—¿Y Taylor? —pregunté buscándolo entre los alumnos que se marchaban de allí lo más rápido posible.

—Se habrá escabullido como el resto, no te preocupes. —Thiago giró hasta que llegamos a una calle poco transitada—. Esperaremos aquí unos minutos para que nadie sospeche que me he visto involucrado —dijo soltando el aire que había estado conteniendo y apoyando la frente en el volante.

—¿Temes que el director se entere? —le pregunté notando mi corazón acelerado, intentando con todas sus fuerzas recuperar un latido normal.

—Temo no poder controlarme y terminar con ese espécimen de persona.

Me quedé callada hasta que él levantó la cabeza y me miró. Se hizo el silencio entre los dos y sentí que mi miedo empezaba a desaparecer. Como si me hubiesen dado un paracetamol para el dolor.

—No te merecías esto, Kam —dijo levantando la mano hasta acariciarme la mejilla.

Se me cerraron los ojos.

—No pienso parar hasta que vuelvas a sentirte segura en este maldito instituto —me prometió acercándome a él ligeramente.

—No tienes que seguir preocupándote por mí, Thiago. Ya has hecho más que suficiente...

—Nada es suficiente cuando se trata de ti y de tu felicidad, Kam.

Pestañeé para evitar que las lágrimas me nublaran la visión.

—Te quiero, pequeña —dijo entonces dejándome sin palabras por un momento.

—Hay tantas cosas que quiero decirte... —conseguí articular, dejando que él me limpiara las lágrimas con cuidado.

—Dímelo en secreto y te prometo que lo que digas quedará aquí guardado para siempre.

Miré sus bonitos ojos verdes y tuve que decirlo.

No podía seguir guardándolo para mí.

—Yo también te quiero, Thiago... Siempre te he querido.

# Epílogo

## JULIAN

Me habían humillado.

Me habían tratado como a un animal.

Miré con rabia las imágenes que hacía horas rulaban por todas las redes sociales. Miré con odio las imágenes de mi cuerpo desnudo siendo el objeto de burlas, de memes, de todo tipo de montajes vejatorios y me apunté en una lista todos los nombres y todos los usuarios.

Aquello no iba a terminar así.

Sentí la adrenalina recorrer mis venas, mi corazón alocado bombeando sangre, dándome fuerzas.

Me senté frente a mi ordenador y abrí la carpeta donde tenía todo tipo de cosas. Vídeos, correos, imágenes, mensajes. Tenía algo de todos. Sabía los secretos de la mayoría y pensaba utilizarlos.

Pero eso no bastaba, no. No bastaba para aplacar mi

rabia y sabía de una sola persona capaz de hacerme sentir mejor.

Le había mandado un mensaje pidiéndole perdón, pero todavía no había recibido respuesta.

Cuando comprobé el móvil por cuarta vez, vi que por fin lo había hecho. Mi corazón se aceleró y sentí vértigo nada más ver su nombre en la pantalla.

«Eres la persona más despreciable que he llegado a conocer jamás. No vuelvas a dirigirme la palabra. Ni siquiera vuelvas a mirarme. Te odio, Julian. Te mereces todo lo que tenga que pasarte de ahora en adelante.»

Mi ritmo cardíaco entró en descenso y me obligué a mantener la calma.

Kam no me daría la espalda.

Kam era mía.

Todo lo que había hecho había sido para conseguirla, para que entendiera que se merecía algo mejor que toda aquella panda de inútiles con los que compartíamos instituto.

Ella era una reina. Era hermosa. Era elegante. Era lo más bonito de mi vida.

Llamaron a mi puerta y mis puños automáticamente se cerraron con fuerza.

Me levanté y abrí la puerta.

Ahí estaba mi animalito de compañía.

—Pasa, Kate —dije moviéndome hacia un lado y dejándola pasar.

Mi hermana entró sin mirarme, con la vista clavada en el suelo como yo le había enseñado a hacer.

—¿Qué vas a hacer, Jules? —preguntó muerta de miedo.

Cerré la puerta y me senté en el sofá de mi habitación.

—¿Qué voy a hacer con qué? —pregunté sacando algo de diversión de todo aquello.

—La gente ya sabe que eres tú... ¿Vas a marcharte a otro instituto? —preguntó y fue tan necia como para creer que no iba a darme cuenta del tono esperanzado con el que acababa de dirigirse a mí.

—¿De verdad te crees que voy a irme de aquí después de lo que me han hecho? ¡¿Después de cómo me han tratado?! —le grité y ella se sobresaltó.

Kate empezó a caminar hacia atrás.

—Yo... yo ya no puedo más...

—¿Que no puedes más con qué? —pregunté levantándome y acercándome hacia ella—. Tú vas a seguir haciendo exactamente lo que yo te diga. Vas a seguir comportándote exactamente como hasta ahora, ¿me has oído?

Kate apretó los labios con fuerza y ese gesto me causó curiosidad.

—¿Acaso te has olvidado de lo que podría llegar a pasar si los vídeos que tengo de nosotros saliesen a la luz? —le pregunté sabiendo que con eso la tendría atada de por vida—. ¿Qué diría la gente si ve el vídeo que te hice chupándomela, eh, Kate? ¿Y el vídeo que te hice follándote?

Kate empezó a llorar y yo la miré con lástima.

A veces las mujeres eran tan predecibles...

—Lárgate de aquí, que hoy no tengo ganas de aguantarte.

Kate salió de mi habitación y yo subí a la planta de arriba de mi cuarto. Tenía unas escaleras que daban a una zona alta donde estaba mi cama y un televisor pequeño.

Los padres de Kate no subían allí y, por lo tanto, era el único lugar donde podía disfrutar de las mejores vistas.

En las cuatro paredes se podía ver la mejor recopilación de fotos que había podido ir haciendo de Kam. Kam dormida, Kam desnuda, Kam riéndose, Kam con Thiago, Kam con Taylor, Kam con su hermano, Kam con su padre, los ojos de Kam, el pelo largo y brillante de Kam, primeros planos de partes del cuerpo de Kam, Kam de animadora, Kam haciendo la compra...

Joder, cómo había disfrutado siguiéndola a todas partes y observándola a través de mi lente.

Qué guapa era... era perfecta.

Kam debía estar conmigo. Debía dejarse de tantas idas y venidas y pegarse a mí, que la convertiría en alguien mejor.

Toda esa gente de ese estúpido instituto solo la había corrompido. Ella era mejor que todos ellos. Solo había que ver cómo se había ido alejando sin apenas hacer ningún esfuerzo.

No fue difícil conseguir trapos sucios de sus supuestos amigos.

Todos habían ido cayendo tras recibir amenazas de mi «@omv_ovamat».

La única que había mostrado más resistencia había sido Ellie. Pero ¿a quién se le ocurría tocarse con la cámara del portátil encendida? Tenía material para rato y ella lo sabía, por eso había terminado haciendo lo que le había pedido.

Que se liara con Dani había sido el último eslabón que quedaba en el aire para que Kam se sintiera aún más perdida, más sola..., más unida a mí.

Todo había estado saliendo tan bien...

¿Cómo me habían descubierto?

Estaba seguro de que los hermanos Di Bianco estaban detrás.

¡Ellos lo habían fastidiado todo!

Odiaba con tantas fuerzas ver que Taylor la tocaba, que Thiago la miraba... ¡Ella era MÍA!

Por suerte todo acabaría dentro de poco.

Si antes había dudado, fue porque la gente había empezado a tratarme mejor. Porque por primera vez en el instituto no me habían dado la espalda por considerarme raro...

Pero lo que había ocurrido aquella mañana...

Abrí el baúl que había en el extremo de mi cama.

Con lo que había allí dentro, me daba para acabar con todos. Y aún me sobraría la mitad.

Habían encendido la llama.

Y la dinamita estaba a punto de estallar.

# Agradecimientos

Acabo de terminar el libro. Normalmente espero unos días para escribir los agradecimientos, así tengo un poco de respiro. Pero hoy me apetece hacerlo ahora, que tengo esa sensación magnífica de haber terminado llenándome de adrenalina y satisfacción.

Cada libro para mí es un nuevo reto al que me enfrento con muchísimo entusiasmo. Tengo que decir que este en particular ha estado marcado por muchos acontecimientos que, como todos sabéis, nos dejarán marcados por mucho tiempo. Este es mi libro de pandemia. Es el libro escrito bajo mucha presión, bajo mucha incertidumbre y, sobre todo, salpicado de mucho miedo. Miedo por nuestros seres queridos, miedo por lo que puede llegar a pasar, miedo por muchísimas cosas que todos ya entendéis, porque por primera vez podemos decir que estamos todos en las mismas.

Escribo este libro para daros a quienes me leáis una vía de escape y una ventana al mundo como era antes. No han faltado dramas, ni peligros, ni besos ni peleas, porque eso es lo que me caracteriza como escritora. Pero, sobre todo, este libro está marcado por mis ganas de haceros volar y huir un poco de esta realidad tan rara que nos ha tocado a todos vivir.

Es raro pensar que este libro saldrá en noviembre y que ni siquiera sé si seré capaz de hacer una gira o una simple presentación. Todo está en el aire, pero ¿sabéis lo que no lo está? Vosotros. A pesar de todo seguís ahí, leyéndome con ganas. Mil gracias por formar parte de ese trozo de mí que solo se entiende si te sumerges entre muchas letras y páginas. Sin vosotros, mis historias aún seguirían en mi cabeza.

Gracias a todo el equipo de Penguin Random House, por correr como locos para poder tener el libro a tiempo. Sé que soy vuestra peor pesadilla, pero intento hacerlo lo mejor que puedo. Gracias a mis editoras Rosa y Ada, por la paciencia y la total confianza en mí y en mis capacidades; hablar con vosotras le sube los ánimos a cualquiera.

Gracias Ana, por corregir mis libros con una profesionalidad impecable. Aprendo mucho con tus comentarios y también me río cuando no entiendes por qué sigo cambiándoles los nombres a los personajes, a las ciudades o a los perros. Yo tampoco lo entiendo, créeme.

Como siempre le daré las gracias a mi prima Bar. Porque sigues ahí, ayudándome como nadie lo hace y, sobre todo, siendo totalmente sincera con tus críticas. Siempre serás a quien escuche primero.

Gracias a mi familia, a la que extraño todos los días y a la que me muero por abrazar sin miedo. Os quiero muchísimo.

Gracias a ti, Joaquín. Por darme ánimos cuando no los tenía, por echarme la bronca cuando no escribía las páginas que me había prometido escribir, por las charlas sobre la trama del libro en el Starbucks y por ayudarme con mis bloqueos, pero, sobre todo, por enseñarme lo que es querer de verdad.

Y, por último, gracias a ti por seguir aquí. Nunca me cansaré de escribir historias si sé que estás esperándolas con ganas.

¡Nos vemos en #Dímeloconbesos!

ENAMÓRATE DE OTRAS SAGAS
DE MERCEDES RON

*Culpables*

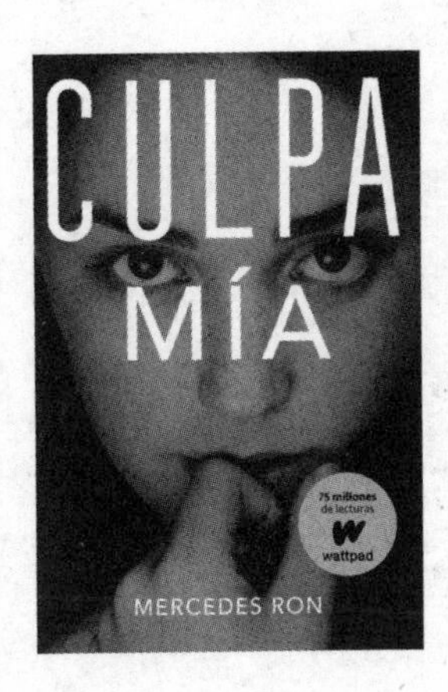

*Enfrentados*

*Dímelo en secreto* de Mercedes Ron
se terminó de imprimir en julio de 2021
en los talleres de
Impresora Tauro, S.A. de C.V.
Av. Año de Juárez 343, col. Granjas San Antonio,
Ciudad de México